Jean Giono

Le chant du monde

Gallimard

PREMIÈRE PARTIE

I

La nuit. Le fleuve roulait à coups d'épaules à travers la forêt, Antonio s'avança jusqu'à la pointe de l'île. D'un côté l'eau profonde, souple comme du poil de chat; de l'autre côté les hennissements du gué. Antonio toucha le chêne. Il écouta dans sa main les tremblements de l'arbre. C'était un vieux chêne plus gros qu'un homme de la montagne, mais il était à la belle pointe de l'île des Geais, juste dans la venue du courant et, déjà, la moitié de ses racines sortaient de l'eau.

— Ça va? demanda Antonio.

L'arbre ne s'arrêtait pas de trembler.

— Non, dit Antonio, ça n'a pas l'air d'aller.

Il flatta doucement l'arbre avec sa longue main.

Loin, là-bas, dans les combes des collines, les oiseaux ne pouvaient pas dormir. Ils venaient écouter le fleuve. Ils le passaient en silence, à peine comme de la neige qui glisse. Dès qu'ils avaient senti l'odeur étrangère des mousses de l'autre côté, ils revenaient en claquant éperdument des ailes. Ils s'abattaient dans les frênes tous ensemble, comme un filet qu'on jette à l'eau. Cet automne dès son début sentait la vieille mousse.

De l'autre côté du fleuve on appela :

— Antonio!

Antonio écouta.

— C'est toi, Matelot?

— Oui, je veux te voir.

— Le gué a changé de place, cria Antonio.

— Je viens à cheval, dit le Matelot.

Et on l'entendit pousser à l'eau un gros tronc d'arbre.

— Il doit arriver à peu près aux osiers, pensa Antonio, avec ce nouveau détour du gué le courant doit se balancer par là.

— Oh! cria Matelot.

Il était déjà arrivé.

— Ça porte dur, dit-il, et ça flotte sans toucher. Méfie-toi, ça s'engraisse bien depuis deux jours.

— Oui, dit Antonio, ça travaille surtout par le dessous. Écoute.

Il mit sa main sur le bras de l'homme. Ils restèrent tous les deux immobiles.

Du fond de l'eau monta comme une galopade de troupeau.

— Le gué voyage, dit Antonio. Viens te chauffer.

— Écoute, dit Matelot, c'est pressé. Tu as regardé l'eau aujourd'hui?

— Oui, et tout hier.

— Du côté du grand courant?

— Oui.

— Tu as vu passer nos arbres?

— Non.

— Sûr?

— Sûr.

— Tu peux dire avec moi, Antonio. Je suis vieux mais j'attends tout. Ne dis pas non si c'est oui.

— C'est non.

— Des troncs de sapin. La marque c'est la croix. J'ai toujours donné l'ordre qu'on les marque des quatre côtés. Même si ça roule on doit voir. C'est toujours non?

— C'est toujours non, dit Antonio.

Ils restèrent un moment sans parler.

— Tu as du tabac sec? dit le Matelot.

— Oui, dit Antonio.

Il se fouilla.

— Ma main est là, dit-il.

— Où?

— Devant toi.

Matelot prit le tabac.

— Qu'est-ce que c'est que cette histoire? dit Antonio.

— J'ai plus de nouvelles de mon besson aux cheveux rouges, dit Matelot.

— Depuis quand?

— Jamais.

— Il est parti quand?

— A la lune de juillet.

— Il en avait pour combien?

— Deux mois en comptant large.

— Deux mois pour toi, dit Antonio.

— Deux mois pour lui aussi, dit Matelot. Je le connais. Je fais pas fond sur lui seulement parce que c'est mon fils, je sais comment il travaille. Il devait couper cinquante sapins.

— Où?

— Au pays Rebeillard, cinq jours de l'autre côté des gorges. Il devait faire le radeau et descendre avec. C'est pour ça.

— Sauf..., dit Antonio, mais il resta sans tout dire et il demanda :

— Tu as fait ta pipe? Donne le tabac.

— Ma main est là, dit Matelot.

— Attends, on va allumer ensemble.

— C'est toujours non? dit le Matelot.

— C'est plus que non. J'ai refait ma digue, dit Antonio et, depuis plus de vingt jours, je regarde l'eau. C'est plus que non. Si les arbres étaient passés, j'aurais vu.

— Ils ont pu passer de nuit.

— Pas tous, dit Antonio. De nuit, le courant porte sur l'île. Il en serait resté au moins un.

— Qu'est-ce que tu penses?

— Je pense à Junie.

— C'est elle qui m'a fait descendre vers toi, dit Matelot. Si tu es prêt, on allume.

— Allume.

Matelot se mit à battre le briquet. Il souffla sur l'amadou. Il avait, au fond de sa barbe blanche, une bouche épaisse aux grosses lèvres un peu luisantes, bien gonflées de sang.

Il alluma sa pipe. Il donna l'amadou à Antonio. Antonio souffla. Il était maigre de menton et tout sec, avec à peine des lèvres.

— Je pense à Junie, dit Antonio.

— C'est d'elle qu'est venue l'inquiétude, dit Matelot. Moi, le temps me passait. Un matin elle m'a touché le genou.

« — Et l'enfant? elle a dit.

« — L'enfant, j'ai dit, quoi?

« — Il devrait être ici.

« — Le temps de faire, j'ai dit.

« — Le temps a passé, elle a dit. Elle s'est levée, elle a ouvert la porte, c'était le petit jour.

— Qu'est-ce que tu crois? dit Antonio.

— Je cherche pas à croire, dit Matelot, ce que je sais c'est qu'il a coupé les arbres, fait le radeau et qu'il a dû le flotter.

— Alors?

— Peut-être noyé, je pensais.

Le gué galopait toujours sur place et on entendait ses grosses pattes blanches qui pataugeaient entre les rochers.

— Je suis venu, dit Matelot, pour te chercher toi, Antonio. Viens avec moi au campement. Il faut que tu me rendes le service. Il faut aussi que ma femme te voie. C'est notre besson, Antonio. S'il est noyé, il faut que je le trouve. Il faut que nous le portions à sa mère là-haut et puis qu'on l'enterre au sec dans la forêt.

— Allons-y, dit Antonio.

Il chercha dans l'ombre pour toucher le Matelot.

— Moi, je traverse au gué, dit-il, ça m'amuse. C'est une idée comme ça. Tiens le bout de ma veste et viens derrière moi.

Il entra tout de suite dans l'eau.

— C'est plus bas, dit le Matelot.

— C'est là, dit Antonio. Voilà cinq heures que je regarde le gué voyager par là-dessous. A mon idée il va rester là quelque temps, il s'appuie au bout de l'île. C'est ça qui m'amuse. Viens.

Antonio commença à marcher. Comme il entrait dans l'eau, le froid le serra tout de suite aux genoux. Autour de ses jambes l'eau s'enroula et se mit à battre comme une herbe longue.

— Tiens bien, dit-il au Matelot.

Il sentait la vie du fleuve.

C'était toujours un gros moment pour Antonio. Il avait regardé tout le jour ce fleuve qui rebroussait ses écailles dans le soleil, ces chevaux blancs qui galopaient dans le gué avec de larges plaques d'écume aux sabots, le dos de l'eau verte, là-haut au sortir des gorges avec cette colère d'avoir été serrée dans le couloir des roches, puis l'eau voit la forêt large étendue là devant elle et elle abaisse son dos souple et elle entre dans les arbres. Maintenant, c'était là autour de lui. Ça le tenait par un bon bout de lui. Ça serrait depuis les pieds jusqu'aux genoux.

— Tiens bien, dit-il.

— Je tiens, dit Matelot, j'ai fait un peu du fleuve, moi aussi, dans le temps.

— C'est la vie, dit Antonio.

— Mieux la forêt, dit Matelot.

— Son goût, dit Antonio.

Ils étaient presque dans le plus plat du gué. Ils entendaient siffler les crinières d'écume. Soudain, Antonio toucha la terre, avec son ventre la terre devant lui. La terre du bord avec des racines pendantes par-dessous. Il lança son bras dans la nuit. Un arbre. Un bouleau. Le bord. Ils étaient au bord.

— Monte vite.

— Déjà, dit Matelot.

— Il m'a trompé, dit Antonio. Je croyais connaître. On croit toujours connaître. Mais ça ne raisonne pas comme nous, alors c'est difficile.

— Ici, j'y vois, dit Matelot. Le clair des arbres est sur ma gauche. Viens derrière moi, on va monter par la chênaie de Jean Richaud.

Il entra dans les broussailles.

— On se croit toujours trop fort, dit Antonio. Ne va pas si vite, où es-tu?

— A gauche, dit Matelot, entre ici.

De l'autre côté du buisson, la forêt s'ouvrait toute en silence. On n'entendait plus le fleuve. Le bruit restait là-bas dans les feuillages des bouleaux comme le grésillement léger de la pluie.

— Tu connais ton chemin? demanda Antonio.

— J'ai été un peu dérouté, dit Matelot, mais viens, là-bas c'est les chênes.

Ils marchaient sur des mousses épaisses et sur un humus gras qui craquait juste un peu sous le pied. Ça sentait le bois et l'eau. Des fois, une odeur de sève épaisse et sucrée passait et Antonio la sentait à sa droite, puis à sa gauche, comme si l'odeur avait fait le tour de sa tête, lentement. Alors, il touchait tout de suite devant lui le tronc d'un frêne avec ses blessures. Il y avait aussi une odeur de feuille verte et des élancées d'un parfum aigu qui partait en éclairs de quelque coin des feuillages. Ça avait l'air d'une odeur de fleur et ça scintillait comme une étoile semble s'éteindre puis lance un long rayon.

— Qu'est-ce que ça sent? dit Antonio.

— C'est un saule qui s'est trompé, dit Matelot. Il sent comme au printemps.

En arrivant à la chênaie, Matelot s'arrêta pour chercher du pied le creux de la sente.

Antonio entendit le bruit de la forêt. Ils avaient dépassé le quartier du silence et d'ici on entendait la nuit vivante de la forêt. Ça venait et ça touchait l'oreille comme un doigt froid. C'était un long souffle sourd, un bruit de gorge, un bruit profond, un long chant monotone dans une bouche ouverte. Ça tenait la largeur de toutes les collines couvertes d'arbres. C'était dans le ciel et sur la terre comme la pluie, ça venait de tous les côtés à la fois et lentement ça se balançait comme une lourde vague en ronflant dans le corridor des vallons. Au fond du bruit, de petits crépitements de feuilles couraient avec des pieds de rats. Ça partait, ça fusait d'un côté, puis ça glissait dans les escaliers des branches et on entendait rebondir un petit bruit claquant et doux comme une goutte d'eau à travers un arbre. Des gémissements partaient de terre et montaient lourdement dans la sève des troncs jusqu'à l'écartement des grosses branches.

Antonio s'adossa à un fayard. Près de son oreille il entendit un petit sifflement. Il toucha avec son doigt. C'était la sève qui gouttait d'une fente de l'écorce. Ça venait de s'ouvrir. Il sentait sous son doigt la lèvre du bois vert qui s'élargissait doucement.

— C'est là, dit Matelot. Viens, en rien de temps on va être au Collet de Christol. Je te fais passer par un chemin neuf.

— Tu y vois, toi? dit Antonio.

— Non, je sens, c'est ma forêt, ça, ne t'inquiète. Tu sens les pins? dit Matelot au bout d'un moment.

Antonio renifla.

— Je sens le chêne, je crois.

— Plus loin, dit Matelot.

— Non.

— Je sens, moi, dit Matelot. Je connais seulement trois pins dans cette forêt. Tous les trois au Collet de Christol.

Une vie épaisse coulait doucement sur les vallons et les collines de la terre. Antonio la sentait qui passait contre lui; elle lui tapait dans les jambes, elle passait entre ses jambes, entre ses bras et sa poitrine, contre ses joues, dans ses cheveux, comme quand on plonge dans un trou plein de poissons. Il se mit à penser au besson qui peut-être était mort.

— Tu sens les pins? dit Matelot.

— Maintenant, dit Antonio.

Il sentait maintenant l'odeur des pins. Ils étaient tout près; l'odeur venait déjà du sol mou couvert d'aiguilles. On entendait chanter les pins là-bas devant et une autre odeur venait aussi, avivée et pointue, puis soyeuse et elle restait dans le nez, et il fallait se le frotter avec le doigt pour la faire partir. C'était l'odeur des mousses chevrillonnes; elles étaient en fleurs, écrasées sous de petites étoiles d'or.

— Oh! Matelot!

— Quoi?

— Rien.

Antonio pensait au besson. Ce nez rempli de boue, ces oreilles remplies de boue!

Ils venaient d'émerger de la forêt sur une haute bosse de terre. C'était toujours la nuit mais plus grise parce qu'ils étaient au-dessus des arbres. Il n'y avait que deux ou trois étoiles dans le ciel et des nuages lourds qui passaient avec un bruit de sable. Une lueur rouge montait d'un fond de la forêt.

— C'est quoi? dit Antonio en tendant le bras.

— Mon camp, dit Matelot.

Le chant grave de la forêt ondulait lentement et frappait là-haut dans le nord, contre les montagnes creuses. Une trompe sonna vers l'est.

— Les bergers de Chabannes, dit Antonio.

L'odeur des mousses se leva de son nid et élargit ses belles ailes d'anis. Une pie craqua en dormant comme une pomme de pin qu'on écrase. Une chouette de coton passa en silence, elle se posa dans le pin, elle alluma ses yeux. La trompe là-bas appelait. Une cloche se mit à sonner. Le clocher devait être très haut dans la montagne. Le son venait comme du ciel.

— Ça répond du côté de Rebeillard, dit Matelot.

Dans un silence l'odeur du fleuve monta. Ça sentait le poisson et la boue. La chouette ferma les yeux. Un petit hurlement souple appela.

— Il y a encore un loup dans le vallon de Gaude.

— Toute la portée, dit Matelot, j'ai vu les traces.

Des renards jappaient dans le Jas de Jean Richaud. Tout près des hommes, il y eut une galopade dans les buissons. La chouette s'envola sans bruit. Toutes les pies se réveillèrent, elles s'envolèrent en crevant les feuillages et elles descendirent vers le fleuve.

— Je pense au besson, dit Antonio. Tu as de l'espoir ?

— Non, dit Matelot.

— Dommage, dit Antonio.

Comme ils descendaient le Collet de Christol, une lueur rousse commença à palpiter au fond de la forêt. Au bout d'un moment les troncs d'arbres furent devant eux comme les barreaux d'un grillage. Antonio regardait la carrure de Matelot qui marchait devant lui. Il marchait avec un effort de ses reins, plus par le milieu de son corps que par ses jambes. C'était bien un homme de la forêt ; tous les hommes de la forêt marchent comme ça. C'est la forêt qui apprend cette habitude. De temps en temps, dans la clarté du feu qui approchait, Antonio voyait la barbe blanche de Matelot.

On entendait crépiter le feu.

Deux chiens sombres crevèrent sans bruit les buissons. Matelot chanta leurs noms.

Le camp de Matelot, c'étaient trois maisons de bois dans cette clairière de la forêt. Lui et Junie habitaient la maison à un étage; en face, dans la cabane basse, restait Charlotte, la veuve du premier besson, tué dans l'éboulement des glaisières, le printemps d'avant. Sur l'alignement du carré, une longue baraque servait de grange et d'atelier. C'était là que couchait le second besson avant son départ. Dans la place entre les maisons, on avait allumé un grand feu. Les trois portes étaient ouvertes.

— Mère, appela Matelot, je suis allé te le chercher ton homme du fleuve. Il est là.

— Bonne nuit, Antonio, dit une voix de jeune femme.

Elle était assise de l'autre côté du feu. On ne la voyait pas en arrivant parce qu'on était aveuglé par les flammes.

— Bonne nuit, Charlotte.

C'était une femme brune aux cheveux raides. Elle était sans couleur, toute grise malgré le feu : grise de front, de joues et de lèvres, avec un long visage dur aux fortes pommettes. Les yeux, d'un jaune violent, étaient largement allumés comme les yeux des bêtes de nuit.

— Assis-toi, Antonio, dit Matelot, je vais chercher la mère.

Ici, on voyait bien Antonio. C'était un homme au plein de l'âge. Il avait des bras longs, de petits poignets et les mains longues. Ses épaules montaient un peu. Sa chair était souple et forte, tout armurée de muscles doux et solides.

Il plia les genoux et il s'assit dans l'herbe.

— Antonio, dit la jeune femme.

Il tourna vers elle son visage dur, sans poils ni graisse.

Elle le regardait. Elle avait encore la bouche ouverte mais elle ne disait pas ce qu'elle avait envie de dire.

— Donne-moi ta petite fille, dit Antonio.

La jeune femme ouvrit ses bras. L'enfant, debout sur ses jambes solides, était en train de téter.

— Va voir Tonio, dit la femme.

Elle tira son sein. L'enfant avait les yeux tout éblouis de feu. Il essaya de sourire avec ses lèvres luisantes. Une grosse goutte de lait continuait à germer du sein de la femme; elle l'essuya du plat de la main.

— Fini, dit la femme.

L'enfant contourna le feu. Antonio l'attendait avec ses grands bras. Il le caressa en frottant sa joue contre la joue de l'enfant. L'enfant avait sur lui l'odeur épaisse de sa mère.

— Tu es là, homme du fleuve? demanda Junie du fond de la maison.

— Je suis là, dit Antonio sans se retourner.

— Tu sais ce qui est arrivé par ta faute?

— Je sais ce qui est peut-être arrivé, dit Antonio, et par la faute de personne. Sors un peu, toi, qu'on te voie, dit-il encore.

Il entendait là-bas dedans la vieille Junie qui marchait sur son parquet de bois.

— Je te vois sans sortir, comme si je t'avais fait, dit Junie.

— Le Matelot m'a raconté, dit Antonio. Si vous voulez m'écouter ici, voilà ce qu'il faut faire. Nous partirons demain, ton homme et moi, et on remontera l'eau un de chaque côté. S'il est à la côte on le trouvera. S'il passe, on le verra. On remontera jusqu'au pays Rebeillard, on demandera. Ça se fond pas, un homme.

— C'est pas pour rien que nous t'avons appelé « Bouche d'or », dit la voix de Junie. C'est parce que tu sais parler.

— Non, dit Antonio, c'est parce que je sais crier plus haut que les eaux.

La jeune femme regardait Antonio. Elle se souvenait de ce cri que tous les gens de la forêt connaissaient, qui passait parfois au-dessus des arbres comme le cri d'un gros oiseau pour dire la joie d'Antonio sur son fleuve.

— Tu dois avoir du regret, maintenant, dit Junie.

— De quoi? demanda Antonio.

Il tourna son visage du côté de cette porte ouverte d'où venaient la voix et le tambour de cette marche rageuse à pieds nus sur le parquet de sapin.

— Tu n'as pas eu de repos avant de nous avoir tirés sur ton fleuve, Antonio, dit la voix. Je croyais que tu m'aimais un peu comme ta mère, moi, la vieille. Mes deux bessons! On m'en a apporté un sur des branches de chêne. Celui-là, on l'a enterré. L'autre, qui me l'apportera?

Antonio dressa la main.

— Je te dis que demain matin nous irons te le chercher.

— Il est mort, dit la voix.

— Nous te l'apporterons comme il est, dit Antonio.

— Qu'est-ce que tu veux que j'en fasse? dit la voix.

Antonio caressait la tête de la petite fille, il en faisait tout le tour avec la paume de sa main. Les flammes du feu se couchèrent comme si l'air s'était mis à peser. L'odeur du fleuve descendait dans le vallon. La jeune femme regardait Antonio; elle suivait tous ses gestes.

Matelot vint s'asseoir près du feu. C'était un homme épais sans lourdeur. Il s'était un peu tassé avec l'âge et maintenant il était rond comme un tronc d'arbre, sans creux ni bosse, large de la largeur de ses épaules, depuis ses épaules jusqu'aux pieds. Son visage était couvert de barbe blanche.

— On ne peut guère parler, dit-il.

Antonio regardait droit devant lui. Il serrait doucement entre son pouce et ses doigts la bouche de la petite fille.

— Qu'est-ce que tu fais maintenant? dit Antonio.

— Rien, c'est tout prêt pour l'hiver.

— Tu as du temps?

— Oui.

— Il faudrait partir demain matin, toi et moi. On remontera, un d'un côté un de l'autre, comme j'ai dit. Ça peut nous mener loin...

— J'ai le temps, dit Matelot.

— Moi aussi, dit Antonio.

Le regard jaune de la jeune femme cherchait le regard d'Antonio. On entendait le pas de la vieille Junie dans la maison.

— Prends ton fusil et de l'eau-de-vie, dit Antonio.

Il se dressa. La petite fille abandonnée le regardait d'en bas en essayant de parler. La jeune femme le regardait. Matelot le regardait.

— Tu rentres? dit Matelot.

— Non, dit Antonio, je vais dormir dans la forêt.

— Couche à l'atelier.

— Non, prête-moi une couverture.

— Reste, dit la jeune femme.

— Non, dit Antonio.

Il s'en alla dans la forêt. Il était couché dans les fougères depuis un moment quand il entendit du bruit. Il ouvrit les yeux. Le feu était encore allumé là-bas et sur sa lueur on voyait venir une ombre.

C'était la jeune femme. Elle appelait doucement :

— Antonio!

Puis elle faisait un pas presque sans bruit, avec juste le bruit de sa jupe.

Elle appelait autour d'elle en baissant un peu la tête pour que sa voix aille toute chaude vers le dessous des buissons. Un oiseau réveillé se mit à gémir.

Antonio se serra dans sa couverture; il cacha son visage dans la mousse. L'odeur de l'humus chaud et cet appel de femme entraient dans lui en l'éclairant comme un soleil.

II

Dès l'aube, Antonio avait pris par les dessous du bois et il était revenu à l'île. Vers l'est la lumière frappait dans des arbres pleins d'oiseaux.

Tous les matins Antonio se mettait nu. D'ordinaire, sa journée commençait par une lente traversée du gros bras noir du fleuve. Il se laissait porter par les courants; il tâtait les nœuds de tous les remous; il touchait avec le sensible de ses cuisses les longs muscles du fleuve et, tout en nageant, il sentait, avec son ventre, si l'eau portait, serrée à bloc, ou si elle avait tendance à pétiller. De tout ça, il savait s'il devait prendre le filet à grosses mailles, la petite maille, la nacette, la navette, la gaule à fléau, ou s'il devait aller pêcher à la main dans les ragues du gué. Il savait si les brochets sortaient des rives, si les truites remontaient, si les caprilles descendaient du haut fleuve et, parfois, il se laissait enfoncer, il ramait doucement des jambes dans la profondeur pour essayer de toucher cet énorme poisson noir et rouge impossible à prendre et qui, tous les soirs, venait souffler sur le calme des eaux un long jet d'écume et une plainte d'enfant.

Ce matin, il y avait un peu de gel dans l'herbe. L'automne s'était un peu plus appuyé sur les arbres. Des braises luisaient dans les feuillages des érables. Une petite flamme tordue échelait dans le fuseau des peupliers. L'étain neuf de la rosée gelée pesait à la pointe des herbes.

Nu, Antonio était un homme grand et musclé en longueur. La nuit d'avant, dans la forêt, il était un peu tassé sous l'ombre, mais là il s'étirait jusqu'à la bonne limite de son étirement. Il était bien celui dont on parlait sur les deux rives du fleuve, depuis les gorges jusque loin en aval. Antonio dit « Bouche d'or ». Ses pieds bien cambrés avaient un talon dur comme de la pierre, couleur de résine et juste de rondeur. De là, par un bel arc le pied s'avançait, les orteils s'écartaient, chacun à leur place. Il avait de belles jambes légères avec très peu de mollet : à peine un petit mollet en boule retenu par une résille de muscles épais comme le doigt. La courbe de ses jambes n'était pas rompue par le genou mais les genoux s'inscrivaient dans cette courbe et elle s'en allait plus haut, elle montait, tenant toute la chair de la cuisse dans ses limites. La caresse, la science et la colère de l'eau étaient dans cette carrure d'homme. A ses flancs, les cuisses s'attachaient par un os arrondi comme le moignon d'une branche. Il avait un ventre de beau nageur plat et souple, ombragé en dessous par des poils blonds, habitués au soleil et au vent, drus, frisés d'une houle animale, solides comme les poils des chiens de bergers. Ces poils emplissaient le creux entre ses cuisses et son ventre et ils débordaient de chaque côté. Dessous campait cette partie de sa chair d'où jaillissaient les ordres étranges. Ce qui le faisait à certains soirs abandonner ses filets, se jeter à l'eau, glisser vers l'aval et aller s'amarrer près des villages aux abords des lavoirs. Il se cachait dans les roseaux, il se mettait à chanter de sa voix de bête. Les jeunes filles ouvraient leurs portes et parfois elles couraient vers le fleuve sur la pente des prés où leurs jupes de fil claquaient comme des ailes.

Depuis l'attache des cuisses jusqu'à la dure courbe

en faucille du bas des côtes, la peau dorée et sa légère couche de chair sans graisse palpitaient. La respiration d'Antonio venait prendre pied là, sur les parois de ses flancs. C'est là qu'elle tremblait lentement dans l'attente, quand il guettait à la pique un gros saumon. C'est de là qu'elle s'élançait quand il lançait le harpon sur le poisson, c'est là-dedans qu'elle venait se rouler sur elle-même quand il avalait sa grosse haleinée de plonge ou quand il s'apprêtait à hurler son cri vers les femmes. Antonio aimait toucher ses flancs. Là commençait le creux. Ses jambes, ses cuisses, ses bras c'était du plein. A partir de ses flancs, c'était du creux, une tendresse dans laquelle était Antonio, le vrai. Il touchait ses flancs souples, puis la largeur de sa poitrine et il était rassuré et joyeux.

Le jour, maintenant, frappait sur des vallons sonores pleins d'hommes et de bêtes. Des fumées sortaient de la forêt. Il était entendu avec Matelot que, pour le départ, Antonio crierait. A partir de ce moment Matelot remonterait sa rive de fleuve en sondant toutes les criques et en regardant bien doucement toutes les plages; Antonio avait dit que la moindre éraflure de sable pouvait être un signe, la plus petite chose luisante enfoncée dans la glaise pouvait être la corne d'un ongle. A essayer de trouver le besson tant valait tout mettre de son côté et remonter la piste, pas après pas, sans rien laisser derrière. Antonio crierait pour partir, mais avant de crier il se rendrait compte de l'air, de l'eau, de tout pour partir à bon compte.

« C'est le dernier homme de la maison que tu emmènes », avait dit Junie ce matin.

Et Antonio avait regardé cette vieille femme toute en ventre et en seins, cette faiseuse d'enfants morts, ce visage en chair éteinte.

Le mouvement d'air était au nord. Le froid donnait à Antonio envie de s'étirer. Il s'allongea, il fit craquer les os de ses épaules et de ses bras. Il se mit à rire sans bruit.

Lui il devait remonter par le côté au-delà des grandes eaux. Il allait tâter d'abord ça, il savait déjà en marchant pieds nus que la terre se serrait sous l'herbe. L'automne allait s'aigrir. C'était un long voyage ce qu'il fallait faire avec Matelot. Il fallait traverser les gorges. Une fois dans le pays Rebeillard on pourrait demander dans les villages et les fermes. Une énorme cicatrice violette barrait la poitrine d'Antonio. En imaginant les villages du pays inconnu, il avait pensé à sa cicatrice et, en touchant ce creux de chair mal recollé, il pensait à la bru de Matelot.

Pendant qu'elle le cherchait, il n'avait pas bougé de son lit de fougères. Elle avait encore un peu marché dans la forêt. Elle avait appelé encore :

« Antonio ! »

Puis elle était restée là, et, de temps en temps, elle appelait :

« Antonio ! »

Il n'avait pas bougé, lui.

Il suivit avec son pouce tout le profond de cette cicatrice qu'il avait à la poitrine.

Qu'était-elle devenue celle-là pour qui il s'était battu ? Était-elle toujours dans la maison près des lavoirs ? Il fallait cet automne doux qui trompait les osiers et les femmes dans leurs fleurs, pour penser encore à cette bataille des villages. Il avait fallu aussi cette voix de Charlotte dans la forêt, cette femme depuis trop longtemps sans mari et qui cherchait.

Il avait cette cicatrice en longueur comme un sillon, et puis une autre toute ronde sur le bras gauche, et puis encore une autre longue sur le bras droit. Ça datait du temps où, sur le bas fleuve, on l'appelait : « L'homme qui sort des feuillages. » Toutes les nuits les hommes des villages étaient en embuscade dans les roseaux.

Antonio nageait sans bruit, il émergeait sans bruit. Il marchait sans bruit sur les chemins pleins d'herbes, il entrait sans bruit dans les maisons où les femmes huilaient soigneusement les serrures.

Il avait ses trois cicatrices : un coup de couteau, une morsure d'homme, un coup de serpe qui lui avait ouvert la poitrine. Cette fois-là, il s'était réveillé à la côte, avec de l'eau jusqu'au ventre. L'eau était toute rouge de son sang et des petits brochetons étaient déjà entre ses cuisses à lui mordiller les bourses.

C'est pour ça qu'il aimait toucher ses flancs veloutés. A partir de là c'était creux. C'était ce creux plein d'images qui était resté seul vivant malgré sa blessure pendant qu'il était tout sanglant étendu sur le sable. C'était dans ce creux que venait s'enrouler comme une algue la longue plainte du vent. C'est à partir du moment où il avait eu son ventre et sa poitrine pleins de souvenirs des villages, des femmes et des terres d'aval qu'il était devenu « Bouche d'or ».

Le matin s'avançait. Il allait voir d'abord ce que devenait ce fleuve avec son grand courant noir et silencieux, puis il crierait pour dire à Matelot de partir. Il était à la pointe de l'île. Il plongea.

Dans l'habitude de l'eau, ses épaules étaient devenues comme des épaules de poisson. Elles étaient grasses et rondes, sans bosses ni creux. Elles montaient vers son cou, elles renforçaient le cou. Il entra de son seul élan dans le gluant du courant.

Il se dit :

« L'eau est épaisse. »

Il donna un coup de jarret. Il avait tapé comme sur du fer. Il ne monta pas. Il avait de longues lianes d'eau ligneuse enroulées autour de son ventre. Il serra les dents. Il donna encore un coup de pied. Une lanière d'eau serra sa poitrine. Il était emporté par une masse vivante.

Il se dit :

« Jusqu'au rouge. »

C'était sa limite. Quand il était à bout d'air il entendait un grondement dans ses oreilles, puis le son devenait rouge et remplissait sa tête d'un grondement sanglant à goût de soufre.

Il se laissa emporter. Il cherchait la faiblesse de l'eau avec sa tête.

Il entendait dans lui :

« Rouge, rouge. »

Et puis le ronflement du fleuve, pas le même que d'en haut mais ce bruit de râpe que faisait l'eau en charriant son fond de galets.

Le sang coula dans ses yeux.

Alors, il se tourna un peu en prenant appui sur la force longue du courant; il replia son genou droit comme pour se pencher vers le fond, il ajusta sa tête bien solide dans son cou et, en même temps qu'il lançait sa jambe droite, il ouvrit ses bras.

Il émergeait. Il respira. Il revoyait du vert. Ses bras luisaient dans l'écume de l'eau.

C'étaient deux beaux bras nus, longs et solides, à peine un peu renflés au-dessus du coude mais tout entourés sous la peau d'une escalade de muscles. Les belles épaules fendaient l'eau. Antonio penchait son visage jusqu'à toucher son épaule. A ce moment l'eau balançait ses longs cheveux comme des algues. Antonio lançait son bras loin là-bas devant, sa main saisissait la force de l'eau. Il la poussait en bas sous lui cependant qu'il cisaillait le courant avec ses fortes cuisses.

« L'eau est lourde », se dit Antonio.

Il y avait dans le fleuve des régions glacées, dures comme du granit, puis de molles ondulations plus tièdes et qui tourbillonnaient sournoisement dans la profondeur.

« Il pleut en montagne », pensa Antonio.

Il regarda les arbres de la rive.

« Je vais jusqu'au peuplier. »

Il essaya de couper le courant. Il fut roulé bord sur bord comme un tronc d'arbre. Il plongea. Il passa à côté d'une truite verte et rouge qui se laissa tomber vers les fonds, nageoires repliées comme un oiseau. Le courant était partout dur et serré.

« Pluie de montagne, pensa Antonio. Il faut passer les gorges d'aujourd'hui. »

Enfin il trouva une petite faille dans le courant. Il s'y jeta dans un grand coup de ses deux cuisses. L'eau emporta ses jambes. Il lutta des épaules et des bras, son dur visage tourné vers l'amont. Il piochait de ses grandes mains; enfin, il sentit que l'eau glissait sous son ventre dans la bonne direction. Il avançait. Au bout de son effort il entra dans l'eau plate à l'abri de la rive. Il se laissa glisser sur son erre. De petites bulles d'air montaient sous le mouvement de ses pieds. Il saisit à pleines mains une racine qui pendait. Il l'éprouva en tirant doucement puis il se hala sur elle et il sortit de l'eau, penché en avant, au plein du soleil, ruisselant, reluisant. Ses longs bras pendaient de chaque côté de lui souples et heureux. Il avait de bonnes mains aux doigts longs et fins.

« Il faut passer les gorges d'aujourd'hui. Il pleut en montagne, l'eau est dure. Le froid va venir. Les truites dorment, le courant est toujours au beau milieu, le fleuve va rester pareil pour deux jours. Il faut passer les gorges d'aujourd'hui. »

Il se redressa. Il se gonfla plein d'air pour crier. L'air était sucré. Là-bas dans la forêt, du côté d'où le vent venait, les vieux bouleaux devaient avoir fait craquer leurs écorces et ils pleuraient leur sang de miel. Il goûta cet air. Il avait encore le goût de l'eau dans la bouche. Il mâcha deux ou trois fois tout ça ensemble. Le cri d'Antonio fit s'envoler les verdiers des deux rives, puis, du fond de la forêt l'appel de Matelot répondit.

Matelot était équipé avec le fusil, la besace et le manteau.

— Au revoir, mère, dit-il.

Junie regardait vers le nord :

— Quand tu seras à ce pays de Rebeillard, dit-elle, va à Villevieille. Demande le marchand d'almanachs. Va le voir. Si sa maison est pleine de malades n'attends pas. Dis seulement : « Je viens de la part de Junie. »

— Comment tu sais ça? dit Matelot.

— Je le sais, dit Junie. Fais comme je te dis. Les arbres qu'on greffe haut portent deux fruits, un doux, un âpre. Moi, je suis le fruit doux, celui-là c'est le fruit âpre, marche, voilà tout.

Elle regardait vers les montagnes et elle regardait là-haut entre les hautes montagnes et les collines des gorges cette vapeur bleue qui était la fumée et la respiration du grand pays Rebeillard plein de villages, de ruisseaux et de charrois.

Charlotte avait entendu l'appel d'Antonio. Elle regarda par la fenêtre. Son beau-père partait. Il s'en allait par les chemins du bois avec son pas lourd d'homme qui part pour longtemps. Junie, les mains au ventre, le regardait partir. Charlotte écouta. C'était là dehors les bruits ordinaires du jour et de la forêt. En plus seulement ce pas d'homme aux souliers ferrés. Elle revint à l'âtre tasser le bois sous la marmite. Elle pensait au Rebeillard en regardant, dans les grandes flammes, se tordre les vallées bleues de la fumée.

Antonio fit un paquet de son gros pantalon de velours et de son fusil. Il mit dans sa besace ses cartouches, sa poire à poudre, son grand couteau, son lingot à chevrotine, sa lime et un rouleau de cordes. Il dénoua le paquet pour ajouter du tabac à fumer et à chiquer. Il traversa le fleuve en souplesse, sans lutter, sans faire d'écume, en profitant des jeux de l'eau. Il regarda. Rien n'était mouillé, juste un peu la crosse du fusil parce qu'elle dépassait. Il s'habilla. Il était sur une petite plage en corne et il voyait en amont le fleuve jusqu'à sa sortie des gorges. Depuis Antonio jusque là-haut le fleuve luisait sous le soleil et les arbres étaient de bons arbres. Là-haut le fleuve s'aplatissait sous l'ombre. Au-delà, c'était le pays Rebeillard.

Le fleuve qui sortait des gorges naissait dans un éboulis de la montagne. C'était une haute vallée noire d'arbres noirs, d'herbe noire et de mousses pleines de pluie. Elle était creusée en forme de main, les cinq doigts apportant toute l'eau de cinq ravinements profonds dans une large paume d'argile et de roches d'où le fleuve s'élançait comme un cheval en pataugeant avec ses gros pieds pleins d'écume.

Plus bas, l'eau sautait dans de sombres escaliers de sapins vers l'appel d'une autre branche d'eau. Elle sortait d'un val qu'on appelait : la joie de Marie. Puis, avec plus d'aisance il roulait sa graisse dans de belles entournures d'herbes. Déjà, la voix de la haute montagne n'était plus au fond de l'horizon que comme la respiration d'un homme. Des arbres sensibles s'approchaient des bords : des saules, des peupliers, des pommiers et des ifs entre lesquels galopaient des chevaux et des poulains presque sauvages. La cloche des troupeaux marchait dans les collines. Le fleuve entrait dans le pays Rebeillard.

C'était un large pays tout charrué et houleux comme la mer; ses horizons dormaient sous des brumes. Il était fait de collines forestières en terres rouges sous des bosquets de pins tordus, des vals à labours, des plainettes avec une ferme ou deux, des villages collés au sommet des rochers comme des gâteaux de miel. Des chiens de chasse sortaient de tous ces villages et de toutes ces fermes et s'en allaient chasser seuls à travers les bois et dans les champs. Les chats se glissaient à ras du sol dans les labours pour guetter les taupes. Une petite chienne jaune toute en oreilles et en reins courait après une chouette. L'oiseau aveuglé de matin volait d'un arbre à l'autre vers le bois. La chienne courait en faisant claquer ses oreilles. De beaux nuages dorés avaient commencé la traversée du ciel au-dessus du pays. Ils descendaient vers le sud entraînant leur ombre. Entre de grands chênes immobiles dormait un lac d'air silencieux; un petit verdier lancé dans son vol le traversa en gloussant. Sur un chemin qui montait à un village, un homme accompagnait un mulet chargé de paquets de tabac. Les vieux hommes du Rebeillard étaient sortis devant leurs portes. Ils avaient entendu les clochettes du mulet. Ils écoutaient. Ils languissaient sans tabac. Les femmes les regardaient en riant.

« Ça vient, ça monte », disaient-elles.

Du creux des bois, les faisanes guettaient les champs de petit blé vert. La chienne était arrêtée sous l'arbre à la chouette; en même temps elle regardait du coin de l'œil un gros scarabée doré qui travaillait une fiente de sanglier. Un aigle se balançait sous les nuages. Les coqs chantaient, puis ils écoutaient chanter les coqs. L'aigle regardait un petit gerbier entouré de poules et il se balançait doucement en descendant chaque fois un peu. Sur les aires d'un village très haut, au-dessus du fleuve, on avait allumé des feux malgré le matin et l'air doux. Sur de longues broches on faisait rôtir des lièvres rouges, des chapelets de grives pourries, les deux grosses cuisses d'un cerf et la graisse du lard pétillait dans les lèche-frites. Dans sa maison, la mariée était assise sur sa chaise. Elle n'osait pas bouger. Elle avait la grande jupe de soie, le lourd corsage, les bijoux de sa mère et la couronne en feuilles de laurier. Elle était toute seule, elle regardait cette fumée de viande qui passait dans la rue. Elle avait les beaux yeux immobiles des bœufs.

A ce moment de l'automne il y avait sur le pays une grande migration d'oiseaux. Deux renards suivaient au petit trot un vol de canards à col vert. Dans un village, des limons au milieu des marécages du fleuve, un gros homme fort et rouge qui avait été charron venait de mourir. C'était le cinquième homme qui mourait depuis la nouvelle lune. Et de la même maladie. Une mousse noire qui prenait tout le rond du ventre et qui avait comme des racines de fer. Elle mangeait la peau puis elle rentrait là-bas dedans fouiller durement les tripes. Alors, les hommes mouraient en criant. Ça faisait le cinquième et la maladie allait de plus en plus vite, et déjà le cordonnier se plaignait en tenant son ventre. On avait attrapé au piège une grue rouge toute vivante, on l'avait fendue en deux par le milieu d'un bon coup de hache et on était en train de guérir le cordonnier en lui faisant un cataplasme d'oiseau. Les renards marchaient dans l'oseraie en regardant les canards fatigués; mais les oiseaux avaient senti les bêtes de terre et ils se posèrent au milieu de l'eau. Le fleuve les emporta. Un vol de grives épais et violet comme un nuage d'orage changea de colline. Il s'abattit dans le bois de pins en grésillant. Les renards aboyaient vers le large de l'eau. Des villages perdus dans l'océan des collines sonnaient de la cloche puis s'éteignaient sous des vols d'hirondelles. Une longue file de gelinottes aiguë comme un fer de lance volait à toute vitesse vers le bas pays. La chouette poursuivie par la chienne rousse s'arrêta au cœur du bois. Dans le silence, on entendait seulement tomber dans les feuilles les gouttes d'eau du givre qui fondait. Elle cligna de ses paupières de marbre, puis elle se mit à dormir. Il y avait une espèce d'oiseau qu'au pays Rebeillard on appelait les houldres. Ils étaient en jaquette couleur de fer avec une cravate d'or. C'étaient les oiseaux qui portaient le printemps dans leurs gorges. Ils avaient vu passer les gelinottes. Ils savaient que derrière elles la neige allait descendre. Ils s'appelèrent pour s'en aller tous ensemble vers leurs quartiers d'hiver. C'était une combe tiède, pleine d'alluvions que le fleuve en se retirant sur sa bonne route avait laissées. Tout autour les échos ronflaient sans arrêt de la voix des taureaux et des génisses. Là restait Maudru le dompteur de bœufs. Quand il marchait sur les routes du pays Rebeillard, il était toujours suivi de quatre bouvillons qui aimaient cet homme plus que des chiens. Il était fort, disait-on, d'une force énorme entassée dans lui avec si peu d'ordre qu'il n'avait plus la figure d'un homme. Dans sa bouche rouge le moindre mot sonnait comme la colère de l'air.

Le fleuve traversait tout le pays Rebeillard, étendu sur la terre avec ses affluents, ses ruisseaux et ses ramilles d'eau comme un grand arbre qui portait les monts au bout de ses rameaux. En bas dans le sud, il entrait dans les gorges.

Là, on n'entendait plus que le grondement de l'eau, et les clapotis, et le cri des gelinottes qui se reposaient sur les rochers. On n'était qu'au milieu du jour et déjà la brume s'épaississait.

Antonio entra dans les gorges du fleuve un peu après avoir vu Matelot sur l'autre bord. Il lui fit signe qu'il n'avait rien trouvé puis il s'enfonça dans des fourrés de genévriers. Il savait, pour l'avoir entendu dire par des bateliers, que, vers le milieu des gorges, sur son bord, se trouvait une petite maison ronde qu'on appelait le « vieux pigeonnier ». Il allait se guider sur ça. Il pensa : « Matelot doit savoir. »

Il regretta de ne pas s'être entendu avec lui sur ce vieux pigeonnier. Il regarda vers l'autre rive. On ne voyait plus Matelot. On ne pouvait pas crier; le fleuve faisait trop de bruit.

Depuis son départ de l'île, Antonio avait regardé longuement toutes les criques, toutes les plages, tous les bords en surplomb du fleuve. Ça l'étonnait. Un grand radeau ne se fond pas comme du sucre. Le sable des plages était lisse et sans éraflure. Pourtant, le courant drossait vers ici et, en imaginant bien ce que pouvait faire une poutre de sapin un peu équarrie et marquée à la croix sur les quatre faces, on était obligé de dire qu'elle était obligée de venir s'échouer là, sur ce sable.

A chaque plage nouvelle, Antonio restait là à refaire son raisonnement. Au départ, il ne comptait que sur une chance de retrouver le corps de l'homme, mais il était sûr de retrouver du bois. Rien. Le fleuve était net et propre. Il avait l'air de dire :

« Le besson? Qu'est-ce que vous me voulez avec votre besson? je l'ai seulement jamais vu. »

Et maintenant, Antonio pensait un peu de nouvelle façon sur ça. Il revoyait le fils de Matelot. Un de ces hommes qui gardent tout en eux, qui écoutent, qui regardent, qui ne disent pas non mais qui pensent non, et c'est non. Le voilà parti vers le Rebeillard. Il est seul. Il fait le radeau. Il fait la glissière. Il met à l'eau. Il suit le fleuve. Il a de la force. Il a de la souplesse. Tout ça, connu. Depuis la lune de juillet le fleuve n'a pas fait la bête et la terre a été calme tout autour. Le besson s'est trouvé sur un beau fleuve, une eau d'enfant. Alors? Contre quoi le besson était-il le plus faible?

Antonio arriva à une crique d'eau profonde; elle luisait entre les branches de cendres d'un bouleau. Il descendit jusqu'au bord. C'était un petit golfe tranquille creusé dans un granit bleuâtre. Antonio se pencha. Il lança une petite pierre; il écouta le son du « glouf ». Une chose blême semblait dormir. Un long serpent se déroula au milieu de l'eau à la limite de l'ombre profonde.

C'était un congre d'eau douce.

Ce poisson dort toujours sur du propre. Il n'y avait là-bas au fond ni cadavre ni épave. Le congre plongea en ondulant comme une herbe.

Tous les buissons avaient leurs renards. Loin devant les pas d'Antonio ils détalaient, la queue raide comme des rameaux de fer et ils jappaient en remontant les éboulis. Sur le fleuve, les milans et les éperviers planaient en criant.

Ça sentait la mousse et la bête. Ça sentait aussi la boue; cette odeur âpre, un peu effrayante qui est l'odeur des silex mâchés par l'eau. De temps en temps il y avait aussi une odeur de montagne qui venait par le vent devant. Antonio releva sa manche de chemise et il renifla tout le long de son bras. Il avait besoin de cette odeur de peau d'homme.

Vers le début de l'après-midi, la brume qui venait du pays Rebeillard commença à couler dans les gorges. C'était un fleuve au-dessus du fleuve. Les vagues le rabotaient par-dessous. Des copeaux de brume sautaient en grésillant dans les arbres. Puis, il se fit une sorte de silence, la voix de l'eau peu à peu s'étouffait. Antonio cria. La voix s'en alla à trois pas devant lui puis revint. Il était en plein brouillard. A ses pieds un renard tapi dans l'herbe le regardait avec de grands yeux étonnés. Il n'avait pas entendu Antonio crier.

— Ça vient, vieux, lui dit Antonio.

Le renard retroussa ses babines et montra les dents. Il avait mussé son corps en boule sur ses petites jambes de jonc tremblant.

Tout de suite après le renard, Antonio entra dans un jour trouble, plat et où tout arrivait sans prévenir. Les bras écartés, il marcha parmi les arbres. Il ne pouvait plus se servir ni de ses yeux ni de ses oreilles. Il touchait les branches avec ses mains. Il les écartait pour passer. Il enleva ses souliers. En marchant pieds nus il sentait mieux la qualité de la terre. Il avait peur d'arriver sur un surplomb. Il n'entendait plus le fleuve. Le brouillard coulait le long de ses joues avec un petit bruit de farine qui glisse.

Il se dit tout d'un coup :

« Et Matelot? »

Il parla pour entendre sa voix :

« Alors, mon homme, qu'est-ce que tu fais là-bas de ton côté? Tu es le dernier homme de la maison. Va doucement. Je ne vais pas t'entendre moi d'ici si tu tombes dans l'eau et si tu cries. Qu'est-ce que tu veux qu'on voie, maintenant, pour ton besson? »

Il marcha encore un peu.

— Si tu avais de l'idée, dit-il, tu t'arrêterais et tu m'attendrais. Tu dois bien savoir que moi maintenant je vais essayer d'aller à côté de toi. Voilà que j'ai à chercher le père et le fils.

— Et si moi j'avais de l'idée, dit-il pour lui-même, je traverserais avant la nuit.

C'est à ce moment-là qu'il entendit un crépitement de petits bruits menus largement étalés. Il écouta : là, c'était une lointaine charrette qui se plaignait sur ses essieux, un chien qui aboyait, un coup de vent très haut dans le ciel, le bourdonnement d'un village. Il avait traversé les gorges; le pays Rebeillard était là devant lui étendu sous la brume.

Le soleil qui baissait se montra au fond du ciel. Il était rouge et sans forme. Il fit passer un petit rayon entre le fleuve et la brume. Au-dessus de l'eau s'éclaira tout un couvercle de caverne de sel. De longues chandelles de cristal vivantes descendaient lentement de leur propre poids. On voyait un assez large morceau du fleuve.

— Je traverse, dit Antonio.

Il se dépouilla de ses lourds pantalons et de son harnachement. Il ramassa du bois sec. Il fit un petit foyer entre deux pierres et il alluma le feu. Il laissa là son sac, son fusil, ses vêtements, puis il sauta dans l'eau pour connaître la route.

L'eau était tiède. Il se laissa porter puis il commença ses grandes brasses d'aigle. Le rayon de soleil l'accompagnait.

« C'est possible », dit-il en lui-même.

Il pensait au charroi de tout son fourniment. Comme il se retournait vers le feu qu'il avait allumé pour se guider il plongea sa tête sous l'eau et il vit que le grand congre l'accompagnait. C'était une bête longue de près de deux mètres et épaisse comme une bouteille. Elle nageait près de l'homme en donnant toute sa vitesse puis elle l'attendait et alors elle dansait doucement au sein de l'eau. Quand le soleil la touchait elle étincelait comme une braise et, allumée de toute sa peau où couraient les frémissements de petites flammes vertes, elle s'approchait de l'homme et elle ouvrait sa grande mâchoire silencieuse aux dents de scie. Antonio toucha le congre à pleines mains au moment où le serpent d'eau balançait sa queue devant lui. La bête plongea en tourbillonnant. De gros remous huileux s'élargirent devant le nageur. Il fit sa brasse puis il se replia et descendit lui aussi tête première vers le fond. La bête revenait, lancée à pleine force, droite comme un tronc d'arbre. Elle passa en glissant au-dessus de l'ombre où Antonio s'enfonçait. Le congre se renversa sur le dos. Le soleil fit luire son ventre. La tête du congre émergea. Il souffla un jet d'eau en gémissant. Son œil rouge regardait vers le bord du fleuve. Antonio émergea sans bruit et sans bruit il s'enfonça dans l'eau. Il reparut en aval. Là-haut, le congre fouettait l'eau de sa queue et il continuait à crier avec la gueule tendue vers la rive. Le soleil s'en allait. Le couvercle de brume noircissait de moment en moment puis il retomba sur le fleuve. Antonio entendit la bête qui plongeait. Il aborda et il se mit à courir vers le feu. Il traversa le fleuve plus haut en emportant tout son harnachement. Sur l'autre rive, il eut juste le temps de voir au travers d'un brouillard plus clair les barreaux tremblants d'un bois de bouleaux. Puis, ce fut la nuit. Il s'avança vers les arbres. Il les toucha. Ils avaient de petits troncs tremblants. Sous les pieds d'Antonio la terre était molle comme la viande d'une bête morte. Il était sur des alluvions. Il imagina une petite bande de boue au bord du fleuve, entre le fleuve et les derniers rochers des gorges. Il s'avança, les mains en avant, vers ces rochers. Il marchait lentement; son pied guettait les places sûres; ses mains touchaient les arbres. Au-delà des arbres, elles s'enfonçaient toujours plus loin dans la nuit. A tous moments il s'attendait à toucher le rocher froid et toujours sa main s'enfonçait dans la nuit et il marchait pas après pas. Il traversa un petit ruisseau. Il entendit bruire un chêne. Il respira une odeur d'herbe grasse. Il comprit qu'il n'y avait plus de rochers pour canaliser le fleuve mais que maintenant, sur les deux rives, s'étendait le pays Rebeillard. Il essayait de regarder devant et autour de lui. Rien ne touchait ses yeux sauf une nuit plate et froide comme de la pierre. A un moment, comme il avançait lentement la tête pour s'approcher d'un bruit devant lui, doux comme le bruit d'un foulard de soie à l'étendoir, une petite caresse froide toucha sa joue. C'était un brandillon de saule avec deux petites feuilles.

Soudain, il vit que le large s'éclairait devant lui. Au-dessus du brouillard la lune s'était levée. Une colline dressa son dos et sa toison de pins. Un labour fumait. Des ronces nues avec des gouttes d'eau allumées à toutes les griffes luisaient dans les haies. Un déroulement de collines et de bois, de bosquets noirs et de champs clairs s'élargit lentement jusqu'à tenir tout le large de l'horizon.

Antonio s'arrêta.

Il appela :

— Oh! Matelot! Oh! Matelot!

Et, tout d'un coup, il vit bondir là-bas devant une flamme rouge et il entendit la voix de Matelot.

III

Il le trouva accroupi près des braises, la tête dans ses mains.

— Rien vu, dit Antonio.

— Moi non plus.

— Il y a longtemps que tu es là?

Matelot mit un doigt sur ses lèvres.

— Tais-toi, dit-il, écoute!

Ils étaient à l'abri d'un bois de pins.

— Les arbres crient, dit Antonio.

Matelot le regarda avec des yeux larges.

— Je suis là depuis la nuit, dit-il.

— Et alors? dit Antonio.

— Ça vient pas des arbres.

Le feu crépitait. La flamme tomba en deux petits sauts puis elle rentra sous les braises et elle se mit à courir au ras du sol dans toutes les cavernes bleues du brasier.

— Longtemps que ça dure?

— Oui.

— Ça a commencé quand?

— Quand j'ai allumé le feu.

Antonio s'accroupit sans bruit. Il regarda son fusil. Il le tira près de lui.

— Pas de fusil pour ça, dit Matelot, c'est déjà du mal, écoute!

Le gémissement arriva.

— Mauvais pays, dit Matelot.

On voyait l'étrange Rebeillard à travers la brume avec ses forêts blanches de givre et noires d'ombres.

— C'est un arbre fendu, dit Antonio à voix basse.

— Non, dit Matelot, c'est une voix.

Antonio se dressa.

— Allons voir.

— Non, dit Matelot.

— Si, dit Antonio, nous cherchons ton besson. Je ne te dis pas que c'est lui mais il a peut-être crié comme ça la nuit, là-haut en plein pays...

Ils entrèrent dans le bois de pins. La plainte coulait sans arrêt au ras de l'herbe.

— Qui est là? cria Antonio.

Ils étaient arrivés au sommet du tertre, de l'autre côté du bosquet. Ils voyaient devant eux de grandes flaques de lune sur le dos des collines et des ruisseaux d'ombres dans les vallons.

— C'est là-dedans.

Une combe sous eux noire d'arbres et de nuit et d'où émergeaient les pointes étincelantes de givre d'une sapinière. La plainte montait.

— Pas un homme.

— Non, dit Antonio.

La plainte s'arrêta.

— Viens, dit Antonio.

— On ne voit plus le feu, dit Matelot.

— Descendons.

Le sol était couvert d'aiguilles de pin. Le reflet du brouillard éclairait le sous-bois.

— Ça serait des fois une chienne, dit Matelot.

— Qu'est-ce que tu cherches? dit Antonio.

— Je me rassure, dit Matelot. Le pays est mauvais.

Ils étaient maintenant au fond de la combe et la lueur trouble de la lune et du brouillard était restée là-haut dans les arbres. Ils marchaient sur de grandes

mousses. Ils entendirent près d'eux comme le halètement d'un gros travail, des raclements de pieds, une
main nue qui claqua sur une pierre, puis un hurlement
à tout déchirer.

C'était là, dans le buisson.

— Allume, dit Antonio.

Matelot battit le briquet.

C'était une femme étendue sur le dos. Ses jupes
étaient toutes relevées sur son ventre et elle pétrissait
ce tas d'étoffes et son ventre avec ses mains, puis elle
ouvrait ses bras en croix et elle criait. Elle banda ses
reins en arrière. Elle ne touchait le sol que par sa tête
et ses pieds. Elle fit un long effort. Elle écartait ses
cuisses. Elle poussait de toutes ses forces en silence,
sans respirer, puis elle reprenait haleine en criant et
elle retombait sur la mousse. Sa tête battait dans l'herbe
de droite et de gauche.

— Femme! cria Antonio.

Elle n'entendait pas.

— Va chercher, va chercher, dit Matelot.

Antonio essaya de rabattre les jupes. Il sentit que
là-dessous le ventre de la femme était vivant d'une
vie houleuse comme la mer.

Il se recula comme s'il avait touché du feu.

— Va chercher, va chercher, disait Matelot, et il
faisait signe avec la main du côté du pays. Il essayait
de tenir cette tête folle qui battait de tous les côtés et
qui sonnait sur les pierres.

— Cours, Antonio.

— Quoi?

Il essayait de tenir les jambes de la femme. Elles lui
échappaient. Il n'osait pas serrer.

— Cours.

— Donne-lui de la blanche.

— Cours!

— Tiens sa tête.

— Cours! je te dis.

Il sembla que la femme s'apaisait.

— Elle va faire le petit, dit Matelot, cours vite!

Antonio remonta le tertre. De tous les côtés c'était la nuit et cette lueur blême du fond de l'eau. En bas leur brasier s'éteignait, comme un sou bleu. Antonio se mit à courir vers un labour qu'il avait vu luire. Il cria :

— Bonnes gens!

Un vol de gelinottes passa au-dessus de lui.

Il courut dans une lande, puis sur un pré; ça sentait la bête.

— Qu'est-ce que tu veux? dit une voix dans l'ombre.

— Où es-tu?

— Dis d'abord qui tu es et ce que tu veux. Et ne bouge pas, dit la voix.

C'était la voix ronde d'un homme de la montagne.

— Je suis Antonio de l'île des Geais. Nous avons trouvé une femme malade dans le bois.

— Tu es un de ceux qui se chauffaient là-haut?

— Oui.

— Avance.

— Où es-tu?

— Là.

L'homme était tout à côté de lui mais avec son grand manteau il semblait un tronc d'arbre et il avait parlé avec sa main devant la bouche pour faire croire qu'il était là-bas à gauche.

— Je crois qu'il y a une maison par là dans le petit val.

— Où? dit Antonio.

— Marche tout droit, tu verras la lumière.

— Attends, dit l'homme.

Et il toucha le bras d'Antonio.

— Maudru ne veut pas qu'on allume du feu dans ses pâtures. Tu n'es pas du pays?

— Non, dit Antonio.

— Marche, dit l'homme, je te verrai demain.

Le pré se courbait vers une combe molle, sans arbres, pleine de lune. La maison était là, avec de la lumière au joint des volets. Antonio frappa avec son poing.

— Femme!

— Qui frappe?

— Un homme : c'est pour du secours.

La femme s'arrêta de bouger.

— Pour toi?

— Non, nous avons trouvé une femme. Elle va faire le petit.

— Qui, nous?

— Moi et le Matelot. Moi je suis Antonio de l'île des Geais.

— Tu as rencontré l'homme qui garde les bœufs?

— Oui.

La femme dénoua la serrure. On entendait les lanières de cuir qui sifflaient quand elle défaisait les nœuds. Elle tira la barre.

— Entre.

Elle le regarda entrer.

— Tu es un bel homme, dit-elle.

— Mère, dit Antonio.

Il voulait lui parler vite de cette femme là-bas. Il entendait encore le hurlement dans ses oreilles. Il voyait ses cuisses nues comme des cuisses de grenouille. Il sentait encore sous sa main ce gros ventre houleux.

— Elle crie, dit-il, viens vite.

— Crier pour le commencer et crier pour le finir, c'est la règle. C'est ta femme?

— Non, on l'a trouvée dans le bois.

— Dommage, elle l'aurait au moins commencé avec plaisir.

— Ne joue pas, dit Antonio, viens vite.

C'était une femme forte et brune avec de la moustache et de gros sourcils. Elle était faite comme un homme, à mains épaisses, un nez de mâle, un corps sans hanches, seulement un peu attendrie à la poitrine.

— Tu pourras la porter, dit-elle.

— Je la porterai, dit Antonio, ne t'inquiète.

Il la revoyait : elle n'était pas grosse. Oui, il la porterait dans ses bras.

La femme ferma la porte sur eux.

— Traversons la pâture, dit Antonio.

— Non, dit la femme, passons par le bord des haies. A qui est ce feu là-haut?

— A moi, dit Antonio.

— Attends, dit la femme, ne m'annonce pas tous les malheurs à la fois : tu as fait du feu sur la pâture de Maudru et tu m'apportes une femme qui a le mal. Marche devant et ne dis plus le mot, c'est assez pour cette nuit.

— C'est fait, dit Matelot.

Il avait allumé un autre feu. Il était à genoux près de la femme. Elle paraissait morte, blanche comme du gel et sans un souffle. Entre ses jambes écartées elle avait un gros paquet fait avec la veste de Matelot.

— Où est-il? dit la femme.

— Je l'ai plié dans ma veste, dit Matelot. Coupe le cordon seulement; ça a été plus fort que moi.

— Elle est morte? demanda Antonio.

— Non.

— Donne-lui de l'eau-de-vie, dit la femme.

Elle écarta les pans de la veste.

— Le voilà l'artiste, dit-elle.

L'enfant tout sale haletait doucement. Sa petite bouche se tordait en silence. Il tenait encore à sa mère.

— Donne ton couteau.

Elle coupa le cordon et elle fit un nœud.

— Et qu'est-ce que tu te crois d'être? (Elle parlait à l'enfant.) Parce que tu arrives dans la forêt, tu gueules pas comme les autres. Ouvre-la cette bouche, ouvre-la (elle le secouait), pleure, mon gars.

L'enfant se mit à crier.

— Et vous autres couvrez-la. Toi qui te dis si fort porte-la maintenant et ramasse ton couteau, et venez. Maintenant que celui-là a commencé à gueuler, il ne s'arrêtera peut-être plus. En avant : le gel c'est pas très bon pour tout ça.

Antonio ramassa son couteau. Il le regarda. Il avait cette arme depuis longtemps. Elle avait tout fait jusqu'à présent sauf de séparer un enfant de sa mère. Elle venait de le faire.

— Une histoire! dit Matelot. On fait comment? Tu prends la tête ou les pieds?

— Je la prends toute, dit Antonio. Tu la couvriras quand elle sera sur moi.

Elle ne pesait presque pas. Elle était cependant épaisse de poitrine et de chair dure. Antonio ne connut pas son poids; il y avait tant dans cette femme pour faire oublier qu'elle pesait. Il sentit seulement cette chaleur qu'elle avait maintenant et la forme ronde de cette chair juste du rond de ses bras à lui. En la haussant pour la charger sur ses épaules, il vit son visage sans savoir si c'était beau ou pas beau. Il guettait seulement là-dessus la souffrance et il était heureux de le voir enfin calme et délivré du gémissement.

— Entoure ses jambes, dit-il. Mets-lui mon capuchon. Passe bien là-dessous, entre elle et mon épaule.

— Vous venez? cria la femme qui emportait l'enfant.

— Oui.

— Je porte les fusils, dit Matelot.

Antonio pensa au besson qu'ils cherchaient sur le fleuve le jour d'avant. C'était loin de dix ans depuis qu'ils avaient trouvé la femme. Il la portait. Elle était pliée sur son épaule comme un doux gibier.

— Ouvre mon lit, dit la femme à Matelot. Sers-toi un peu de tes mains, toi, le vieux, qui portes les fusils. Je ne te dis pas d'arracher les couvertures. Là, un peu de sens.

— Tu restes seule? dit Matelot.

Il arrangea soigneusement la couverture.

— Oui.

— Tu fais bien, dit-il.

— Mets-la sur le lit, dit la femme. Je fais bien pourquoi? demanda-t-elle à Matelot.

— Tu fais bien pour celui qui resterait avec toi par hasard. Il est mieux ailleurs. Regarde si c'est ouvert un lit, ça!

— Bourre le feu, dit-elle, et fais chauffer de l'eau.

— Elle ne parle pas, dit Antonio.

Il regardait la délivrée. Elle ne bougeait pas.

— Je crois...

— Tu crois et tu ne sais rien. Aide-moi, on la déshabille et on la lave, puis on la chauffe, puis tu verras. Mets la corbeille du petit près du feu. Et toi là-bas, le vieux au fusil, tâche à ne pas me faire rôtir ce petit. Soulève-la.

Elle dégrafa le caraco.

— Tire. Elle aura du lait. Regarde.

Il avait un peu honte de regarder cette chair sans défense. Il y avait une énorme vie dans ces seins. Il n'en avait jamais vu d'aussi beaux.

— Ça sera une grande nourrice. Il faut lui enlever sa chemise. On dirait que tu as peur d'elle. Touche-la carrément. Qu'est-ce que c'est que ces deux hommes en pâte à pain qui sont sortis de la nuit? Là, tire la chemise. C'est pas encore trop beau ce qu'on va voir. Et toi, là-bas, ça va mon eau chaude?

— Ça va, dit Matelot.

— Là, ma fille. On crève de chaleur ici dedans.

Antonio faisait la coupe avec la paume de sa main. Il y versait de l'eau-de-vie chaude et il frottait les flancs de la femme. Il avait peur de ses longues mains toutes rugueuses. Cette peau qu'il frottait était fine comme du sable. Il touchait le dessous des seins. C'était soyeux. Il frotta doucement le globe en remontant vers le dessous des bras. Toutes les vallées, tous les plis, toutes les douces collines de ce corps, il les sentait dans sa main, elles entraient dans lui, elles se marquaient dans sa chair à lui à mesure qu'il les touchait avec leurs profondeurs et leurs gonflements et ça faisait un tout petit peu mal, puis ça éclatait dans lui comme une gerbe trop grosse qui écarte son lien et qui s'étale.

La délivrée soupira. Un long soupir, un beau soupir bien charnu et sans plainte.

Antonio retira sa main.

— Relève-la, dit la femme. Je lui passe la chemise. Prends-la dans tes bras, tiens-la.

Il la serrait contre lui. Il la tenait toute nue dans ses bras.

— Enlève-toi, dit la femme. Il faut te donner un sou pour faire et deux sous pour défaire à toi. Lâche-la, pour le moment elle n'a pas envie de recommencer.

Elle la couvrit.

— Là, dit-elle, elle a une pierre chaude aux pieds. Mets encore ton manteau sur elle. Ça va aller. Donne-nous un coup d'eau-de-vie à nous autres.

La délivrée respirait. Comme le chaud entrait en elle par toutes les portes de son corps elle se mit à sourire. Elle n'avait pas encore ouvert les yeux. Elle dormait.

— C'est de l'alcool de loin, dit la femme en buvant.

Elle regarda les deux hommes.

— Vous n'avez pas le front d'ici, dit-elle. Vous êtes d'où?

— Du fleuve, dit Antonio.

— Moi, de la forêt, dit Matelot.

— De l'autre côté? dit la femme en montrant le sud.

— Oui.

— Ça me fait penser, dit la femme, que vous avez allumé deux feux sur les pâtures de Maudru.

Matelot, étendu devant l'âtre, ronflait. La femme s'était couchée dans l'ombre, de l'autre côté de la cheminée. Antonio ne pouvait pas dormir. Il avait peur de bouger et de faire du bruit à cause de la délivrée qui dormait dans sa paix et son sourire. Il ouvrit la porte sans bruit et il sortit. Dehors, on en était à la fin de la nuit. Les étoiles étaient grosses comme des pois. Il n'y avait plus de brouillard, plus de lune; le ciel était large ouvert d'un bord à l'autre. Le vent haut chantait tout seul. La maison sentait le foin sec et le feu. Il y avait sur toute la largeur du ciel et de la terre une paix et une douceur qui annonçaient le jour. Les bruits étaient purs et légers. Antonio entendit un pas dans l'herbe souple : c'était le bouvier. Il s'arrêta au coin de la maison.

— Tu m'as dit que tu étais Antonio de l'île des Geais? demanda-t-il.

— Oui.

— Celui qu'on appelle « Bouche d'or »?

— Oui.

— Ne te dérange pas, dit l'homme. Regarde paisiblement ta nuit.

« Elle est belle. Je vois toutes les nuits, moi. Sais-tu le nom de ces étoiles?

— Lesquelles? » dit Antonio.

Il se sentait redevenir la « bouche d'or » chantant dans les roseaux du fleuve. Celui qui s'amarrait près des lavoirs avec sa bouche hors de l'eau et son corps plongé dans le monde.

— Ces quatre-là, dit le bouvier.

— Celles-là, dit Antonio, moi je vais les appeler « la blessure de la femme ». Je vais les appeler comme ça parce qu'elles font comme un trou dans la nuit. Elles luisent sur la bordure. Dedans c'est la nuit noire et on ne sait pas ce qui va sortir.

— Et celles-là, là-bas dans le nord?

— Celles-là, moi je vais les appeler « les seins de la femme » parce qu'elles sont entassées comme des collines.

— Et celles-là, là-bas vers l'est?

— Je vais les appeler « les yeux ». Parce que moi je crois qu'elles sont comme le regard de celle qui dort et qui n'a pas encore ouvert ses paupières.

Le bouvier resta sans parler.

— Prends mon manteau, dit-il. Il fait froid sur le matin pour toi qui restes sans bouger à regarder la nuit. Moi, il va falloir que je marche après mes bêtes. Ne t'inquiète.

Antonio prit le manteau. La bure était chaude de la chaleur de l'homme.

Le bouvier s'en alla dans l'ombre. La nuit se déchirait lentement sur tout le pourtour des montagnes.

A l'aube, le troupeau s'avança. Antonio vit sortir des ombres de l'ouest les taureaux aux cornes en lyre. Ils émergeaient de la pâture à la lèvre du val et tout de suite le soleil levant était sur leurs fronts. A la pointe des cornes, ils portaient des éperviers et des milans qui battaient des ailes. Antonio marcha à leur rencontre.

— Homme, dit-il au bouvier, merci pour ton manteau. Le mien, je l'ai mis sur le lit d'une femme malade qui dort dans cette maison.

— Maintenant, je te vois, dit le bouvier. J'aime voir les hommes. Je suis venu de ce côté avec mes bêtes pour te voir. D'ordinaire, je les pousse droit vers le fleuve, par là-bas.

« Alors, c'est toi " Bouche d'or " ?

— C'est moi, dit Antonio, tu me connais?

— Non, mais je connais la chanson des trois valets.
On dit que c'est toi qui l'as faite.

— Qui te l'a dit?

— Celui qui vend des almanachs à Villevieille.

— Oui, dit Antonio, c'est moi. Maintenant je cherche
un moyen pour pêcher le congre.

— Qu'est-ce que c'est, le congre?

— C'est un poisson comme un serpent.

— Gros?

— Plus que mon bras. Il a des yeux comme du sang
et un ventre de la couleur des narcisses. Il s'enfonce
dans l'eau comme une racine. Il pleure comme les enfants.
Il peut manger du fer avec ses dents.

— On t'écouterait tout le jour, dit le bouvier.

Antonio le regarda.

C'était un homme bâti avec un peu de chair brique
et de grands muscles secs, ronds comme des cordes de
puits. Il avait, sur le côté droit de sa veste de cuir, la
lettre M peinte à la terre d'ocre, comme la marque des
taureaux.

— Je voulais te dire, dit Antonio, ne passe pas près
de la maison, tu la réveillerais. Elle a besoin de sommeil.

— Ne t'inquiète, dit le bouvier, je vais descendre par
les bouleaux puisque c'est ça. Tu seras là ce soir?

— Oui, dit Antonio.

Il pensait à la femme qui ne pourrait pas encore se
lever.

— A ce soir donc, écoute. Je te dis tout ça pour ton
aise. J'ai caché les feux sous les herbes. Et puis, Maudru ne vient pas souvent. Sois tranquille. La femme
de la maison, moi je l'appelle « la mère de la route ».
Ne t'y fie pas trop. Elle vit de ses doigts.

Et il fit le geste de prendre. Puis il appela ses bêtes
avec des mots profonds et les taureaux portant les

oiseaux sur leurs cornes commencèrent à descendre vers le fleuve.

— Elle dort? demanda Antonio en entrant.

— Oui, dit la femme.

— Le jour donne sur le lit, tu devrais couvrir ta fenêtre.

— Laisse-moi faire, dit la femme. Tu fais bien ton flambard maintenant. Tu veux tout savoir. Quand on s'est délivrée, le jour qui vient est le plus beau. Laisse-la se réveiller dans le soleil. J'ai fait du café, dit-elle, tu en veux?

— Donne.

— Regarde ton copain si le jour le réveille, lui : ni le jour ni le feu.

— Il est fatigué.

— Pourquoi as-tu des copains si vieux?

— J'ai pas de copains, dit Antonio. Je vis seul. Ça, c'est un homme de la forêt qui a perdu son fils et je le lui cherche dans le fleuve.

— On lui dit comment?

— Matelot.

La femme regarda Matelot qui dormait. Le jour bleu coulait de la fenêtre et déjà il faisait flotter dans la lumière un escabeau de bois, la table faite de troncs d'arbres, le bas du lit. Le haut du lit était encore dans l'ombre. Le visage de sucre de l'accouchée se confondait avec l'oreiller blême et le drap.

— Le fils avait des cheveux rouges, dit la femme.

— Oui, dit Antonio surpris.

— Et dans sa main gauche le haut du petit doigt manquait.

— Tu l'as vu?

— Je vois tous ceux qui passent, dit la femme. C'est la route. Celui-là je l'ai bien vu. Il a assez d'extraordinaire sur lui.

— Approche-toi, dit Antonio.

La femme se pencha vers lui. Il l'attira encore un peu plus près.

— Il doit être mort, dit-il.

— Ta bouche sent la sève, dit la femme.

— J'ai mâché un bourgeon de figuier.

— Bon, dit-elle. Tu n'es pas un homme comme les autres. Moi, je crois qu'il n'est pas encore mort.

— Qui te le fait dire?

— Écoute, dit-elle.

Et elle arrêta avec sa main l'épaule d'Antonio qui se reculait.

— Reste près de moi. C'est pas ordinaire un homme qui sent bon le matin. Ce que je peux te dire c'est que vous n'êtes pas que tous les deux à le chercher.

— Qui encore?

— Les hommes de Maudru.

— Pour quoi faire?

— Va savoir! Le sûr, c'est que celui-là, là dehors, est arrivé avec ses bœufs et il m'a demandé des nouvelles du garçon aux cheveux rouges. Je suis la mère de la route. On me demande souvent des nouvelles des gens mais pas souvent deux fois. Ça a été d'abord le bouvier et il descendait du nord avec ses taureaux pour me demander ça, et depuis il fait sentinelle là devant en surveillant toute la vallée avec ses bêtes. Il a des ordres. Ça se voit. Des hommes de Maudru il y en a partout. Et tous avec leurs taureaux. Des fois, celui d'ici sonne de la trompe et on lui répond. D'abord celui-là, je dis, et puis, vous deux qui montez du sud et qui parlez aussi du garçon aux cheveux rouges. Qu'est-ce qu'il a fait celui-là pour qu'on remue ainsi ciel et terre autour de lui?

— Pour moi, dit Antonio, il n'a fait que d'être le dernier fils de cet homme qui dort.

Le petit enfant se mit à gémir dans sa corbeille.

— Berce-le, dit Matelot dans son sommeil de l'aube. Il se réveilla.

Il avait dormi comme une bête assommée. Il avait la barbe pleine de bave. Il l'essuya avec le dos de sa main.

— Et alors? dit-il.

— Rien, dit Antonio, tout est pareil.

Le petit enfant se plaignait et s'agitait. Il frappa avec son poing sur le dos de la corbeille.

— Qu'est-ce que c'est cette grenouille? dit la femme; le voilà déluré dès le premier jour. On n'a jamais vu ça sur la terre.

— Il est beau? demanda Matelot.

— Viens le voir, vieux.

Ils le regardèrent. A force de bouger il s'était défait de ses linges et il était tout nu là-dedans à bouger ses bras et ses jambes. Il n'était pas rouge comme les nouveau-nés ordinaires mais déjà sa peau blanchissait, et, comme il était plein de plis de graisse, la peau riait d'un rire de soie.

Antonio regarda la mère. Elle respirait régulièrement et profondément. L'enfant lui ressemblait, il n'avait rien d'étranger. C'était exactement la même bouche, le même nez, la même paupière car ils avaient encore tous les deux les yeux fermés, le même front, les mêmes joues aux fortes pommettes. Tout ça dans l'enfant était en fantôme sous une peau comme trop large, pleine de plis et de grimaces, mais on voyait qu'il portait la graine du visage de femme et que tout allait fleurir et s'épanouir dans la forme exacte de ce visage de femme, là, sur l'oreiller. Elle semblait l'avoir fait seule.

L'enfant tordait sa bouche et il salivait une belle bulle de salive. Il pleurait.

— Il veut téter, dit Antonio.

— Il veut son eau de sucre, dit la femme. Pour le tété ça viendra après. Seulement si elle se réveillait.

J'aimerais bien qu'il prenne le sein, ne serait-ce que pour tirer. Ça lui ferait monter le lait à elle.

Elle s'approcha du lit.

— Poule, dit-elle, et elle toucha la main de l'accouchée.

Un frisson monta le long du bras de la femme blême. Elle soupira. Elle ouvrit les yeux.

Ils étaient comme des feuilles de menthe.

— Mon petit!

— Il est là, ne bouge pas.

— Il est vivant?

— Plus que toi, ma belle.

— C'est un garçon?

— C'est un garçon.

— Où je suis?

— Dans mon lit.

Elle eut un petit sourire.

— Je sens, dit-elle, mais où?

— Que de choses, dit la femme. On te dira tout ça peu à peu. Maintenant, je t'ai réveillée pour que tu le prennes un peu, ce garçon. Tu vas voir ça; vieux, apporte-moi le petit.

— Tu n'es pas seule? dit-elle.

— Tu vois bien, dit la femme.

Les yeux de la femme n'avaient pas bougé. Elle regarda le mur en face d'elle et Antonio avait tourné la tête pour voir ce qu'elle regardait avec tant de force.

— Vous ne savez pas? dit-elle.

Elle mit sa main sur sa poitrine qu'elle sentait nue :

— Je suis aveugle.

Les paupières étaient comme des violettes et la couleur de ses yeux était au milieu d'un beau plâtre sans rides.

— Tu n'y vois pas? dit la femme.

— Non.

Antonio se retenait de respirer.

— Rien?

— Non, rien.

— Depuis longtemps?

— Depuis toujours. Donne le petit.

Matelot apporta l'enfant.

— Mets-le là entre mes genoux, dit-elle.

— Ça semble pas vrai, dit Matelot en regardant les yeux en feuilles de menthe.

Ils étaient larges et profonds et ils donnaient à ce visage une énorme lumière, une sorte de lueur qui ne suintait pas seulement au ras de la peau mais qui venait du dedans. Quand on parlait, elle regardait du côté du parleur mais avec un peu de retard et les rayons de ses yeux arrivaient dans les parages de la parole puis ils s'arrêtaient. Ils manquaient des fois l'homme ou la femme. Ils regardaient à côté.

Elle se mit à toucher l'enfant. Ils regardaient tous les trois ces longs doigts blêmes, ces mains qui n'étaient pas seulement souples mais, ô miracle, semblaient avoir la force enveloppante de l'eau.

Le petit enfant s'arrêta de crier. Il renifla la main. Il chercha avec sa bouche dans la trace des doigts qui glissaient à la connaissance de son visage. Il essayait de sucer. La main se dérobait toujours. Il recommença à crier. Elle toucha les paupières de l'enfant.

— Il y voit, lui? dit-elle.

— On ne le saura que demain, dit la femme.

— Ça serait hors de justice, dit la délivrée.

— Il y verra, dit Matelot. Tout à l'heure il avait l'air de suivre le mouvement de mes mains.

— Il me ressemble, dit-elle : c'est mon nez, ma bouche et tout, et j'ai senti que c'étaient aussi mes yeux. C'est de ça que j'ai peur.

— Les accouchées ont toujours peur, dit la femme. Moi, tout le temps que je portais, j'avais peur qu'il vienne avec un bec-de-lièvre, et puis il est venu comme les autres.

— Moi, dit la délivrée, j'aurais toujours voulu le garder dans mon ventre; là, je le connaissais. Maintenant, qu'est-ce que je vais faire? Avant que j'aie le temps de tout l'apprendre... Rien que ses pieds, ses petites jambes, son petit corps...

Elle se mit à pleurer sans bruit avec son regard immobile.

— Ne pleure pas, dit la femme. Ne te soucie pas. Ne te tracasse pas. Tout ça est mauvais pour le lait. Ton mal n'est pas une raison et il a droit à du lait aussi bon que les autres. Donne-lui le sein, pour voir.

— Vous êtes trois, dit-elle.

— Oui, dit la femme.

— Il y en a un que j'ai senti, au pied du lit et il n'a rien dit, il s'est retenu de respirer. Il sent le poisson. Je voudrais qu'il parle, un mot ou deux, puis je voudrais qu'il sorte pendant que je ferai téter le petit.

— C'est moi que tu veux dire? dit Antonio.

Il avait fait un gros effort pour parler.

— Oui, dit-elle.

— Je vais aller chasser pour que tu manges de la viande.

— Ne te fâche pas, dit-elle, je te sentais et tu ne disais rien. Ton odeur n'était pas mauvaise. Tu sens l'eau. Tous ces jours-ci, j'ai marché vers le fleuve qui sent comme toi et ça n'était pas pour une bonne chose parce que j'avais peur que mon enfant soit aveugle comme moi et j'aimais mieux que nous nous en allions tous les deux.

Antonio sentit un grand tremblement qui montait dans lui et il ne pouvait pas l'arrêter. Il tremblait comme le chêne battu par les eaux à la pointe de son île.

— Il ne faut pas aller vers le fleuve, dit-il, tu n'as pas le droit, ni pour toi ni pour lui, et ton garçon sera comme tout le monde. Et même pour toi, il faut toujours réfléchir. Tu vas avoir du bonheur à le toucher et à l'entendre. Le monde a du bien et du mal. Tu as encore beaucoup de bien à sentir.

— Je ne sais pas, dit-elle, mais tu as bien fait de parler.

— Je vais chasser pour toi, dit Antonio.

— Oui, allez-vous-en, dit la femme, laissez-nous un peu seules toutes les deux. On a à laver des choses qui ne vous regardent pas.

— Et mon besson, dit Matelot, pendant qu'ils marchaient dans les roseaux.

— J'ai plus trouvé dans cette maison que tout le long du fleuve.

L'oseraie s'écartait devant eux et, au-delà de la porte d'osier, le fleuve plat luisait sous le soleil du matin.

— On t'en a parlé.

Matelot s'était arrêté et il avait fait le mouvement d'épaules pour revenir sur ses pas.

— Marche, dit Antonio, ça se présente d'une drôle de façon. Tu as confiance en moi ?

— Oui.

— Laisse-moi libre. Ce que je te dis maintenant, c'est que rien ne presse et que ce soir on saura plus. Je crois que ton besson a fait flotter son radeau sur un plus gros fleuve que le nôtre.

— Tu crois qu'il est vivant ?

Ils s'étaient approchés du fleuve et maintenant ils entendaient l'eau bouillir sous des esclapades et des taureaux qui mugissaient. De l'autre côté, à travers les taillis de genévriers, un troupeau de bœufs courait lourdement, dispersé à travers la lande. Au milieu du troupeau sautait la silhouette noire d'un homme au manteau volant qui chevauchait un taureau roux. Sur la peau rase d'une colline, vers le fond de l'horizon, d'autres bœufs marchaient dans l'herbe courte. Là-haut le bouvier sonna de la trompe. L'homme au manteau arrêta ses bêtes en chantant. Elles tournèrent en rond autour de lui, puis elles s'arrêtèrent en soufflant.

Antonio et Matelot venaient de dépasser les gros bosquets d'osiers. Dans les ragues plates du fleuve un autre troupeau se baignait. Les bœufs dansaient dans une poussière d'eau irisée comme les plumes des faisans. Leur bouvier s'avança au clair des graviers. Il sonna deux coups sur la trompe. L'homme au manteau sonna deux coups. Le bouvier de la colline sonna deux coups. Alors, le bouvier des graviers se mit à leur raconter une histoire à coups de trompe et on sentait qu'il leur disait tout ce qu'il voulait leur dire, posément et clairement, et les autres, à un moment donné, répondirent :

— Répète un peu.

Il répéta sa longue phrase bien mieux modulée et cette fois les deux trompes lointaines dirent :

— Ça va, ça va, ça va.

Et le charroi des taureaux recommença à couler sur la lande et dans les collines; le manteau de l'homme s'en alla en claquant au-dessus des bêtes aux grandes cornes claires, puis son troupeau s'engouffra dans un vallon.

— Il est vivant, dit Antonio : il y en a trop qui le cherchent. On ne se met pas à tant après un mort.

Il faisait un temps faux et sournois, tiède comme une fin de printemps, clair comme un beau mai, un jour bruissant et sonore comme s'il descendait vers l'été. Sur les lointains tremblait la force laiteuse de l'air et, jusqu'au milieu du ciel, montait un voile de brume tremblant et plein de lumière mais qui cachait les hauts escaliers de la montagne couverts d'arbres rouges et de neige.

— Un beau temps, dit Matelot.

— Va vers l'hiver, dit Antonio.

— Me fous de l'hiver s'il est vivant, dit Matelot.

Antonio l'arrêta de la main. Les traces fraîches d'un marcassin trouaient la boue. Immobiles, ils entendirent la bête qui se vautrait dans les roseaux. Ils s'avancèrent un peu. On la voyait maintenant. Elle faisait le porc. Elle labourait la boue avec son groin puis elle se couchait dans la boue fraîche et elle se vautrait à pleins poils, le ventre en l'air.

Matelot lui tira un coup de fusil dans le ventre. Les lingots de Matelot faisaient de grosses blessures. La bête ne s'arrêta pas de gémir ses gémissements heureux. Elle en était encore à sa joie de soleil et son sang et ses tripes fumaient déjà sur le sable noir. Elle allongea le cou et elle se mit à rire silencieusement avec ses grandes dents.

Un jeune homme maigre courait sur les graviers. Il tenait comme une lance un long aiguillon à bœufs. Il cria :

— Laissez la bête.

Il arriva tout essoufflé.

Antonio avait ouvert son grand couteau.

— Elle est à toi? dit-il.

— Elle est à Maudru, dit le garçon.

— Si c'est pour nous faire rire, dit Antonio, fais-toi des moustaches avec de la boue et puis danse un peu au soleil, ça nous fera peut-être rire. Quoiqu'on n'en ait pas trop envie, ni mon copain ni moi, mais, le mieux c'est que tu t'occupes de tes affaires.

Et il s'accroupit près de la bête chaude pour l'écorcher.

— J'ai dit Maudru, dit le garçon.

— On a entendu, dit Matelot.

Antonio coupa autour du pied de la bête et il commença à décaper la cuisse. Il leva les yeux vers le garçon.

— Tu me fais de l'ombre, dit-il, lève-toi du milieu que je voie ce que je fais.

Le garçon se recula.

— Ça sera compté, dit-il.

— On paiera tout, dit Antonio, ne t'inquiète.

Le garçon jeta son aiguillon.

— Si tu es un homme, dit-il, laisse ton couteau et avance. On ne fait pas languir chez Maudru.

Antonio se redressa.

Le jeune bouvier se mordait les lèvres. Il était maigre comme du fer. Antonio enjamba la bête et s'avança. Il fit seulement semblant de se baisser. Il courut trois pas. D'un tour de bras il agrafa la taille du bouvier. Il serra.

— La putain de ta mère, dit le garçon.

Il lui martelait les épaules et la nuque.

Antonio serrait à pleins bras. Il appuyait sa tête dure sur le joint des côtes et il entendait que ça commençait à craquer dans le garçon.

Le garçon haletait. Son visage et son cou étaient bourrés de sang à éclater. Il n'avait plus d'air. Il releva les bras. Antonio se desserra. Il le poussa. Le bouvier fit trois pas pour chercher son équilibre derrière lui. Il tomba sur les graviers.

— Ma mère, peut-être, dit Antonio pendant que l'autre essayait de reprendre haleine. Mais toi : ton père, ta mère, ta sœur, tes frères, tes tantes et tes oncles, vous êtes tous des putains.

Matelot s'était chargé la bête sur les épaules.

— On l'écorchera là-bas, viens !

Antonio ramassa l'aiguillon.

— Ça me servira de canne, dit-il.

C'était une pique en beau houx solide et nerveuse. L'aiguille avait été aiguisée à la pierre et elle faisait corps avec les muscles du bois. Quand on brandissait l'aiguillon, il était léger comme une aile. Au milieu du manche on avait écrit « Maudru » en grosses lettres brûlées.

Vers la fin de l'après-midi, Antonio tira un peu Matelot de côté.

— Va voir, dit-il, ce que font les bouviers.

— Comment ? dit Matelot.

— Monte sans rien dire jusqu'au bosquet et couche-toi,

et puis regarde. Au coulant de la nuit ils doivent faire quelque chose; regarde.

— Je prends mon fusil?

— Non, méfie-toi. De ce côté ils doivent être deux : celui de cette nuit et le louche de ce matin. Regarde-les. Deux de l'autre côté : un qui a le manteau, l'autre qui est dans la colline.

Lui, il vint s'asseoir sur le seuil de la maison.

La porte était ouverte sur le soir d'automne.

— Patronne, dit Antonio, donne-moi des terrines, je vais te faire de la conserve avec le sanglier.

— Pour une fois, dit la femme, je connais un homme qui s'occupe. Voilà la jarre à viande, mon gars.

Elle apporta la haute jarre qui sentait le sel et le sang. Antonio s'était fait une brosse avec des touffes de thym et il nettoya le dedans de la jarre. L'accouchée était assise sur le lit et elle gardait son enfant dans ses bras. Elle lui chantait la chanson à bercer :

> *De toutes les étoiles du ciel,*
> *C'est toi que je préfère.*

Antonio mit un lit de sel pur au fond de la jarre puis il apporta une grande pierre plate, il affûta son couteau puis il commença à tailler les tranches de viande dans la cuisse noire du marcassin.

L'aveugle s'arrêta de chanter.

— Qu'est-ce que c'est, des étoiles? dit-elle.

— Des lumières dans le ciel, dit la femme.

— Comment?

— Des lumières comme quand on arrive près d'une ville la nuit et que toutes les fenêtres sont allumées.

— Je ne sais pas, dit l'aveugle. Qu'est-ce que c'est votre jour dont vous parlez tant, votre nuit, vos villes, vos lumières, vos fenêtres allumées?

— La nuit c'est ce que tu vois, toi, dit Antonio.

— Et le jour?

— Le jour, dit Antonio, c'est le jour, comment te dire?

— Moi, dit l'aveugle, voilà ce que je crois : le jour c'est l'odeur.

— C'est difficile à comprendre, dit Antonio.

Il coupait la viande sur la pierre plate. Il mettait les morceaux dans la jarre. Il saupoudrait avec du sel.

— Comment tu t'appelles? demanda Antonio.

— Clara, dit-elle.

— Pourquoi es-tu seule?

Elle resta sans répondre. Ses grands yeux de plâtre et de menthe étaient immobiles dans l'ombre. Elle comprit qu'il la regardait car elle n'entendait plus le couteau à couper grincer sur la pierre et elle détourna la tête. Alors, Antonio imita avec son couteau le bruit de celui qui coupe la viande et, peu à peu, le visage se retourna vers lui et les yeux aveugles le regardèrent longtemps en silence pendant qu'il faisait celui qui coupe la viande.

La femme allumait le feu. Elle fouilla dans le coin sombre de la cheminée. Elle prit l'aiguillon qu'Antonio avait enlevé au bouvier. Elle l'examina. Elle vint près d'Antonio.

— Qu'est-ce que c'est, ça? dit-elle.

— Rien, dit-il.

— C'est marqué Maudru dessus.

— Tu parles toujours de Maudru, toi et les autres, dit Antonio, de quoi as-tu peur?

— Où l'as-tu pris?

— Je l'ai pris à ce bouvier maigre.

— C'est comme ça que tu me remercies? dit la femme à voix basse. Cette maison, c'est tout ce que j'ai, et ma paix c'est d'être la mère de la route et de vivre petit, un jour derrière l'autre. Tu seras content quand tout sera brûlé ici. Qu'est-ce que tu crois avoir comme bras pour toujours aller à la traverse de Maudru depuis que tu es là? Tu le connais?

— Non, dit Antonio.

— Ça m'étonnait que tu aies ce courage. Et pour celle-là, dit-elle en montrant l'aveugle, elle a besoin de repos. Qu'est-ce que tu as fait, garçon?

Elle soupesa l'aiguillon léger comme une aile.

— Voilà le soir, dit-elle, je vais chercher de l'eau.

— Tu en as, dit Antonio.

— J'en veux plus.

— J'irai t'en chercher.

— Non, dit-elle, moi j'y vais.

Antonio la surveillait doucement dessous ses sourcils. Elle s'en alla vers le fleuve.

Matelot revint à pieds pelus. Il trottait sans bruit en se faisant petit, dans l'ombre.

— Ils viennent, dit-il.

Antonio sauta sur ses pieds. Il vit là-bas la femme qui courait vers les bois.

— Prends ton fusil.

— Ils ont parqué les taureaux, dit Matelot. Les deux du delà ont traversé, montés sur deux bêtes. Les deux d'ici les attendaient. Tout de suite ils ont pris le chemin. Ils viennent.

Un taureau se mit à beugler dans les osiers.

— Charge comme pour le gros, dit Antonio à voix basse.

— Qu'est-ce que c'est? demanda l'aveugle de son lit.

— Rien, dit Antonio.

Il serrait son fusil à pleines mains. Il pensa à ses cartouches. Il en avait quatre toutes prêtes. Il s'agenouilla dans l'herbe. Il les étala devant lui. Il fit signe à Matelot de venir près de lui.

— Ferme la porte de la maison, dit-il doucement. Couche-toi, dit-il à haute voix à l'aveugle, et ne t'inquiète pas.

Matelot tira la porte et mit la barre.

— Va près du laurier, dit-il, et si ça va mal cours vers le bois. La femme y est déjà partie, ne te soucie pas de moi. Ne tire pas avant moi.

Le soir maintenant descendait plus vite. Il y avait encore à la cime des arbres des petits flocons de lumière. Antonio entendait encore dans son oreille la voix de la vieille Junie.

— C'est le dernier homme de la maison qui va avec toi.

« Merde pour le dernier homme, se dit-il, et pour Junie, et pour le besson. Merde pour tous. »

Les quatre hommes débouchèrent du chemin.

— Halte!... cria Antonio.

Le soir était calme et vert. Dans la maison l'aveugle berçait le petit avec sa voix si bonne à entendre.

« Que c'est couillon », pensa Antonio en épaulant son fusil.

— On t'apporte la paix, dit un des hommes.

Antonio reconnut le bouvier qui lui avait donné le manteau de la nuit d'avant.

— C'est encore pour le nom des étoiles? demanda-t-il.

— Oui, dit l'autre, c'est pour une chose comme ça.

Ils étaient arrêtés tous les quatre à la limite de l'oseraie.

— Nous venons rester un peu avec toi. Tu dois savoir que c'est dur de garder les bœufs!

— Ce que je sais surtout, dit Antonio, c'est que les gardeurs de bœufs sont des hommes. S'ils se mettaient à quatre contre un, ça se dirait jusqu'à la mer, mais s'ils essaiaient de m'entortiller de la langue, alors j'y perdrais mon compte. Avancez puisque c'est la paix.

IV

La nuit arriva dans un grand coup de vent. Elle n'était pas venue comme une eau par un flux insensible à travers les arbres, mais on l'avait vue sauter hors des vallées de l'est. D'un coup, elle avait pris d'abord jusqu'aux lisières du fleuve puis, pendant que le jour restait encore un peu sur les collines de ce côté-ci elle s'était préparée, écrasant les osiers sous ses grosses pattes noires, traînant son ventre dans les boues. Au premier vent elle avait sauté. Elle était déjà loin, là-bas devant, avec son haleine froide; ici on était caressé par son corps tiède plein d'étoiles et de lune.

On entendit bouger les branches du laurier, puis Matelot s'approcha. Il tenait encore son fusil pointé.

— Tu veux nous faire la guerre? dit l'homme au manteau.

— Je veux ce qu'il faut, dit-il.

— D'où venez-vous tous les deux? dit le maigre.

— Tu es le chef du pays? demanda Antonio.

— Non.

— Alors, laisse-nous à notre chemin.

— Restons un moment sans parler les uns et les autres, dit le premier bouvier. Ça nous éclairera. Après nous nous expliquerons.

Celui-là semblait être le chef. De temps en temps il regardait la nuit. D'autres fois il faisait signe avec la main de se taire et il écoutait craquer les arbres. Le bouvier au manteau s'assit sur l'herbe. Doucement. Il releva son manteau. Il s'assit, il ramassa soigneusement les pans sur ses genoux, il déplia et replia ses jambes deux ou trois fois jusqu'au moment où il trouva la bonne place. Il ne bougea plus. Le jeune homme maigre qui s'était battu avec Antonio nettoyait ses dents creuses avec sa langue. Il était tout le temps à manger du vent et à saliver le vide. Il resta debout. Enfin, le bouvier de la colline qu'Antonio avait vu seulement de loin au milieu de ses taureaux était maintenant un gros colosse court de souffle. Il respirait trois fois puis il poussait un long soupir sifflant et il reniflait. Il respirait encore trois fois et ça recommençait, puis il se passait sa grosse main courte sur la nuque. Il se coucha à côté des autres.

— On va pas se laisser manger notre fricot, dit le maigre.

— J'ai dit de rester sans parler.

— Et, assieds-toi, dit le manteau, tu nous fais du vent avec tes gestes.

L'inquiétude d'Antonio était pour Matelot. Il savait que, dans la bataille, le vieux bûcheron avait le goût de la gloriole et du geste. Antonio serrait les dents. Lui maintenant il avait envie de faire péter son coup de fusil au milieu de ces faux tranquilles.

Il se dit :

« Si je tire j'en tue un. Matelot crie "Attendez" et il se met au milieu. Il veut toujours attendre. Il se croit toujours de son temps. Il reçoit un coup de couteau. Je me méfie de celui au manteau. C'est vrai que c'est celui-là que je tuerai. Alors, l'autre. Ils doivent tous avoir des couteaux. Si j'étais sûr de Matelot. »

Il pensa aussi à l'aveugle, là-bas dedans.

« Deux sur les bras, se dit Antonio, le dernier homme de la famille, et Clara! » Il l'appelait Clara en lui-même en ce moment, devant les quatre bouviers.

« Je tire, je saute en arrière. Matelot se met au milieu.

Il reçoit un coup de couteau. Ils restent trois, je suis seul.
Je n'ai pas le temps de recharger. J'assomme le jeune.
Deux et moi. Courir. Oui, mais le gros étrangle Matelot.
Non. »

— Vous veniez du sud? dit le premier bouvier.

— Oui, dit Antonio, attends.

Il appela :

— Matelot!

« Viens te mettre à côté de moi.

— Laissez-le passer, dit le premier bouvier.

— Près de moi, dit Antonio; assieds-toi.

Dans l'ombre il lui flatta doucement la cuisse.

— Nous venons du sud, dit Antonio. J'ai dit qui
j'étais. Celui-là est mon ami. Depuis quand le pays
Rebeillard est gardé?

— Depuis toujours, dit le gros bouvier.

Et il souffla en se tournant lourdement dans l'herbe.
Il sentait le poireau sauvage.

— Que dit le maître d'école? dit le premier bouvier.

— Je dis qu'ils viennent du sud, dit le manteau.
Le maigre fit claquer sa dent creuse.

— On va pas se laisser prendre notre fricot.

— Il ne s'agit pas de fricot, dit le manteau, ni de ta
gueule, ni des coups de poing sur ta gueule. S'agit des
ordres.

Il déplia ses jambes, il chercha une autre place.

— ... c'est pour ça que je dis : « Ils viennent du sud. »

La nuit maintenant était tendue d'un bord du ciel
à l'autre et elle vibrait avec de sourds grondements
comme une grande voile pleine de vent.

— Où allez-vous? dit le premier bouvier.

— Dans le pays.

— Quoi faire?

— Savoir si on peut le dire?

Antonio toucha la cuisse de Matelot. La main de
Matelot serra la main d'Antonio.

— Je le dis? demanda Antonio à voix haute.

— Dis-le, dit Matelot.

Antonio toucha deux fois la paume de Matelot avec son doigt pour dire « je ne vais pas le dire ». « Bon », répondit Matelot en serrant le doigt.

— On cherche un homme.

— Qui?

— Un garçon aux cheveux rouges.

Le maigre s'arrêta de curer ses dents. Le gros bougea dans l'herbe.

— Amis ou ennemis? dit le manteau.

— Quoi?

— Aide ou contre-aide?

— Parle comme tout le monde.

Le bouvier sortit sa main hors du manteau et il fit signe qu'il abandonnait la partie. La lune était venue toute blanche sur sa main.

— Je me comprends.

— La parole t'a été donnée pour te faire comprendre des autres, dit Antonio.

— Il te demande, dit le premier bouvier, si tu es un ami ou un ennemi du garçon aux cheveux rouges?

Antonio toucha le genou de Matelot.

— Écoute, dit-il, toi tu es venu avec ton manteau pendant que je regardais la nuit et tu m'as demandé le nom des étoiles. Après, tu as mis ton manteau sur mes épaules pour que j'en fasse à mon aise et tu es parti vers tes bœufs. Je veux te parler à toi. Ton copain que tu appelles « le maître d'école » je ne le connais pas. Il est là dans son manteau, qu'il y reste!

— J'y reste.

— Il ne parle pas comme moi. Il ne comprendra peut-être pas ce que je vais dire. Toi, je te connais, j'ai eu ta chaleur sur moi. C'était de la chaleur de bon homme. Dans cette affaire, je vois bien que vous êtes venus d'entre les herbes pour savoir qui nous sommes, où nous allons, ce que nous allons faire. Quelqu'un vous a donné commission.

— Oui, dit le maigre.

— Je ne te parle pas à toi qui es là devant la lune, répondit Antonio, et qui m'empêches de voir la barbe des autres. Je parle à celui-là là-bas qui a reçu les ordres. Tu as des ordres, toi? Non? Alors, ferme ta gueule et encore une fois lève-toi de devant mon jour.

— Tu ne m'as pas répondu, dit le manteau.

— Je réponds : j'ai une affaire à régler avec un garçon qui a les cheveux rouges. Ce que c'est ça me regarde.

— Au fond, dit le manteau (et il avait l'air de se parler à lui-même plus qu'aux autres), l'ordre c'est : un homme et une femme qui viennent du nord. Ça c'est deux hommes. Ils viennent du sud : pas d'accord.

« L'ordre c'est : faut pas qu'ils sortent du Rebeillard, ceux-là entrent. Pas d'accord. On m'écoute? demanda-t-il.

— On t'écoute.

— Alors, je dis : si en plus ces deux-là sont contre le garçon aux cheveux rouges...

— Regardez », cria le maigre.

Sur une des collines du nord un feu s'allumait. Il fut d'abord comme un petit oiseau luisant sous les mousses puis il ouvrit deux grandes ailes rouges pointues comme l'aile des buses.

— On l'a pris! cria le maigre.

Matelot se mit à claquer des dents.

— Il est vivant, dit Antonio tout bas, et nous sommes des hommes.

— Du côté de l'huis Jacques, dit le premier bouvier.

— Du côté de la montagne.

— Sur la montagne.

— Haut dans la montagne.

— Regardez, partout.

Sur tout le large du pays Rebeillard, des feux s'allumaient. Il y en avait depuis les bords assez proches du fleuve, dans les peupliers des alluvions, jusque sur les hautes marches des montagnes lointaines et on en voyait qui s'allumaient encore plus haut. Les coups du vent rabattaient l'odeur des brasiers de la plaine où on brûlait du mûrier. Dans les moments de grand ébat, quand les flammes s'élançaient on les voyait se creuser des cavernes dans une épaisse fumée rousse, allongée dans le vent, tordue et palpitante comme la chevelure tressée des femmes des hauts sommets.

— Il y en a trop, dit le manteau.

Sur les brasiers du fleuve, des ombres noires passaient. Les hautes flammes battaient derrière les peupliers. Dans les collines, des lueurs coulaient de toutes les lisières, des corps d'arbres tout noirs s'épanouissaient sur l'air rouge des feux. Puis, là-haut dans la montagne, les bûchers étincelaient comme des œufs pleins de soleil dans l'herbe noire; plus haut ils brillaient comme des yeux de moutons quand on lève la lanterne dans la bergerie; plus haut ils étaient presque dans les étoiles avec seulement un petit effacement de temps en temps.

— Tu vois, dit le premier bouvier, on n'a pas besoin de toi pour le garçon aux cheveux rouges, s'il n'est pas pris ça n'est pas loin.

Le vent de la pleine nuit arriva. Les longues ailes des feux traînaient dans les arbres noirs sur les collines cotonneuses. De l'autre côté du fleuve, les taureaux appelèrent les bouviers.

Antonio retint de la main Matelot qui se dressait.

— Reste assis.

« Salut, compagnie, dit-il aux autres bouviers.

— Salut. Je suis content de te connaître, Bouche d'or. J'aime bien les chansons que tu fais. Nous, nous allons partir. C'est le signal, dit-il en montrant la nuit.

— Reste assis », répéta Antonio à voix basse.

Matelot voulait se dresser. Il claquait des dents. Il tremblait jusqu'au bout de ses grosses mains.

— Adieu.

— Bon vent.

Dans les roseaux, là-bas, on entendait la voix du « maître d'école » qui donnait des ordres pour le départ sans faire semblant.

— On m'écoute?

— On t'écoute.

— Je disais ça pour moi. Supposons qu'il parte sur ce côté-là, par les collines, je disais...

— Moi, dit Antonio à haute voix en se dressant, et il s'étira en gémissant : « Un bras, deux bras, la jambe, deux jambes, oh! en tirant bien de droite à gauche, avant-arrière. Moi je vais me coucher et dormir.

« Tais-toi », dit-il à Matelot.

Il compta les bruits devant lui.

— Un. Le manteau, deux.

Une grosse voix appela les taureaux qui servaient de monture pour traverser le fleuve.

— Trois.

Les bêtes se mirent à galoper vers la voix dans la pâture qui sonnait creux sous leurs sabots et, dans le bruit du galop, Antonio entendit un petit frémissement d'oseraie, comme le passage d'une bête.

— Quatre, dit-il. Le maigre s'en va. On est seuls.

— Il faut partir, dit Matelot.

— Minute.

— Moi je pars.

— Minute, je te dis.

— Toi tu es toi, moi je suis moi. C'est mon besson. Il est là comme un coup de couteau. Matelot se toucha le flanc. Ça me tient, c'est mon garçon. Maudru, je l'emmerde et toi aussi.

— Je te dis minute.

— Je te dis tout de suite.

— Dis, Matelot. Antonio saisit le poignet du vieux bûcheron. Quand je devrais te casser la figure, je te dis minute.

— T'es trop jeune pour me tenir.

Il secoua son bras.

— Lâche-moi.

Antonio serrait son poignet.

— Vieux couillon, dit-il.

Il lança autour de Matelot son bras de nageur. Il serra l'homme contre lui.

— Jette ton fusil. Là, je te dis « minute ». Je t'écrase les côtes. Là. Qui m'a fichu un barbu comme ça?

— Lâche-moi.

Antonio le lâcha.

— Je te dis « minute », dit-il. Ton besson est vivant. Tout est là. Maudru, moi je l'emmerde aussi. C'est pas avec ses bœufs et ses hommes qu'il me fera peur. Mais, tout ce qu'on a trouvé jusqu'ici c'est bien feutré.

Pas la peine de ruer là-dedans comme un âne. Faut tout défaire fil à fil. Le cheveu rouge est vivant. Tu le connais? Je le connais. Faut pas s'inquiéter pour lui à l'avance. Et nous deux on est là. Voilà ce que je veux dire. Le responsable c'est moi. Alors je mène. Des baffes, tu m'en donneras si je renâcle. Pour le moment je dis minute. Minute, c'est pas long!

— Rancune? dit Matelot.

— Si c'est la peine! dit-il... Avale ta barbe, va.

Dans le figuier les feuilles bougèrent.

— Où sont les entiers? dit une voix de femme.

— Ah! c'est toi, dit Antonio, approche-toi, peureuse, tout est entier.

La femme de la maison s'approcha.

— Tu es longue pour aller chercher de l'eau, dit Antonio. Mais, je veux te dire une chose : quand tu dis « je vais chercher de l'eau » et que tu veux le faire croire, prends un seau au moins et ne pars pas les bras ballants.

— Toi, dit la femme, je crois que tu rigoles trop sans rien savoir. Moi, tu comprends, je sais qui c'est.

— Qui?

— Maudru.

— Et alors?

— Alors, ces quatre-là, dit-elle en montrant les ténèbres de l'oseraie, si ça avait fait leurs affaires, ils auraient brûlé la maison, la femme, l'enfant, sans que ça fasse un pli.

— Oui, dit Antonio, et pendant ce temps, nous deux, nous aurions lu le journal?

La nuit s'était épaissie de toutes les fumées. Elle ne bougeait plus. Elle n'avait plus d'étoiles et seulement une lune sans éclat qui n'éclairait qu'une largeur de doigt autour d'elle. Les feux haletaient en silence. Au ras de terre, loin et partout, un piétinement sourd ondulait avec les collines et les plaines du pays.

— Je voudrais savoir, dit Antonio en parlant à la nuit, si malgré tout la mère de la route est capable d'avoir un peu de courage tranquille.

La femme s'approcha de lui.

— Laisse-moi te toucher les épaules et les bras, dit-elle. Je t'ai ouvert une maison rien qu'à ta voix. Je ne suis pas encore une vieille femme en dedans. Laisse, fiston.

Elle appuya sa tête sur le bras large d'Antonio, au coulant de l'épaule.

— Je t'ai dit « bel homme » quand tu es entré. Laisse, fiston, je te demande pas plus.

Antonio faisait les muscles mous.

— Qu'est-ce que tu me veux? dit-elle.

— Te dire un peu de vérités.

Elle frotta sa joue contre le bras d'Antonio.

— Le garçon aux cheveux rouges, dit-il, il nous tient au cœur comme le miel à la ruche. On s'est beaucoup léché avec les gars de Maudru. Nous voulions tous nous dégluer la bouche les uns aux autres. On s'est fait parler. Maintenant, je crois que nous allons un peu nous épousseter les oreilles ensemble. Ne t'inquiète, ça se passera loin de chez toi. Ces quatre-là partent avec leurs bœufs. Écoutez-les; nous, on va partir aussi avec mon copain. Voilà une vérité.

— Parle encore, si tu me laisses là, dit la femme.

— Oui, reste contre mon bras. Tu n'as pas ménagé ton bon service dans cette histoire. Mais, j'ai peut-être tort de croire que ta maison c'est notre maison en pays Rebeillard.

— C'est ta maison, dit-elle.

— Mon copain et moi ça fait un, dit Antonio. Écoute, si je voulais te toucher, je te toucherais. Tu vois, je ne bouge pas mon bras. Mais je crois que je peux faire beaucoup d'amitié avec toi si tu me rends service.

— Le service aura ton odeur, dit-elle, demande-le.

— L'aveugle, dit Antonio, tu me la gardes?

— Si tu veux.

— Je voudrais bien, dit Antonio.

Il appela à voix basse :

— Matelot!

— Je t'écoute.

— Je me sens, dit-il, le cœur tourné comme si j'avais respiré longtemps cet osier trop tendre qui fleurissait dans ta forêt l'autre soir.

— Je savais que ça te viendrait, dit Matelot.

— Je ne sais plus que faire, je n'ai plus mon fleuve et son eau. Ça m'a pris déjà plusieurs fois cette chose mais jamais si fort et jamais quand la neige descend doucement le long de la montagne.

— Je suis toujours comme ça dans le fond de moi, dit la femme, et c'est pourquoi il faut que tu te laisses caresser le bras. Nous sommes de pauvres petits oiseaux.

— Les prés sentent fort dans ce pays, dit Antonio, et les arbres ont tant de sang que l'air en prend l'odeur rien qu'en passant entre les branches. C'est un lourd pays ton pays, mère de la route.

— Tous les pays sont lourds, dit-elle. Nous sommes pliés dans les prés et les collines comme des pains durs dans le linge humide.

Antonio respira longuement en silence.

— C'est ta femme? dit-elle encore.

— Non, je l'ai trouvée hier soir.

— Je la garderai, dit-elle.

Antonio ouvrit la porte.

— Ton sac, dit Matelot.

— Donne.

— Ton fusil.

— Donne. Tu es prêt, toi?

— Je suis prêt, dit Matelot. C'est mon fils, tu comprends?

— Reste là un moment, dit Antonio.

Il entra. Dans l'âtre un petit feu se traînassait en sifflant entre les bûches humides. A la lueur tremblante des braises, il vit que les yeux de menthe et de chaux étaient ouverts.

— Demoiselle, dit-il.

— Parle doucement.

Il s'approcha sans bruit. L'enfant était couché avec sa mère. Il couinait en dormant comme un petit rat.

— Ta voix est comme une pierre, dit-elle.

— Demoiselle, dit-il, voilà.

Il la regarda sans parler. Maintenant, il la voyait malgré l'ombre et il fit sans y penser ce geste de bras qu'il faisait au fond de l'eau pour rester devant un gros poisson endormi. Elle était toute jeune, pâle et sans rides comme un beau galet, avec cette rondeur dure et pleine des porphyres usés par l'eau.

— Je pars, dit-il.

— Je croyais que c'était fini, dit-elle.

— Quoi, fini?

— Je me parle à moi, dit-elle.

Et elle se tourna vers lui comme pour le regarder. Il approcha sa main, là, près du visage, il restait là à faire seulement le tour de cet air qu'elle touchait.

— Tout commence, dit-il.

— Je me laisse faire, dit-elle.

— Quoi, fini?

— Tout ce mauvais temps. Toute cette tromperie de la terre. Je me laisse faire. C'est trop facile, tu comprends?

— J'entends tes mots longtemps après, dit-il doucement; tu ne parles pas comme nous; explique-moi.

— Toi non plus tu ne parles pas comme eux, tu parles presque comme moi. C'est ça qui m'a fait dire que c'était fini d'être trompée et de courir sur des chemins qui descendent.

— Tu ne t'en veux pas d'être vivante?

— Non, depuis que je t'écoute.

— Je peux toucher ta main?

— Touche là.

— Elle est froide.

— J'ai perdu du sang.

— Refais-toi du sang, dit Antonio.

Il gardait la petite main froide dans sa main. Il n'osait pas dire : « Je reviendrai. »

— Je reviendrai, dit-il.

— C'est trop facile de me tromper, dit-elle. Je me laisse faire. Ça porte sa punition parce que c'est trop facile.

VI

« Elle n'a jamais vu la nuit », se dit Antonio.

— Où est la route? dit Matelot.

— On suit le fleuve.

« Elle n'a jamais vu », se dit Antonio.

La nuit était beaucoup plus vaste que le jour.

Sur la terre, tout était effacé, des collines, des bosquets et des ondulations des champs. C'était seulement plat et noir et au-dessus des arbres éteints le monde entier s'ouvrait. Au fond, coulait le lait de la vierge; des chariots de feu, des barques de feu, des chevaux de lumière, une large éteule d'étoiles tenaient tout le ciel.

« Elle n'a jamais vu. »

Ça n'était plus cette vie furieuse et hâtive de la terre; ces chênes crispés, ces animaux tout pantelants de leur sang rapide, ce bruit de bonds, de pas, de courses, de galops et de flots, ces hurlements et ces cris, ce ronflement de fleuve, ce gémissement que de temps en temps la montagne pousse dans le vent, ces appels, ces villages pleins de meules de blé et de meules à noix, les grands chemins couverts de silex que les chariots broient sous leurs roues de fer, ce long ruissellement de bêtes qui troue les halliers, les haies, les prairies, les bois épais dans les vallons et les collines et fait fumer la poussière rousse des labours, toute cette bataille éperdue de vie mangeuse sous l'opaque ciel bleu cimenté de soleil. Non, c'était le silence et le froid de la nuit.

« Elle n'a jamais vu cette nuit gonflée de sang froid comme le fleuve avec ses poissons. Elle n'a jamais vu, et moi je lui ai dit que la nuit c'est ce qu'elle voit d'habitude dans sa tête noire! »

— On marche jusqu'au bosquet là-bas? dit Matelot.

— Oui.

— Pourquoi nous suivons le fleuve?

— Pour avoir une direction, dit Antonio, et puis aussi parce qu'ici la terre est molle. Ils passeront plus haut dans les bois avec leurs bœufs. Ils nous perdront. Tu comprends, noisette?

« Je lui ai dit :

« — La nuit, c'est ce que tu vois, toi l'aveugle, dans ta tête noire.

« Alors elle va me dire :

« — Si c'est ça, dès que la nuit vient, tu te couches dans l'herbe et tu regardes au-dessus de toi. Alors, tu ne vois rien? Alors, il vaut mieux que tu dormes. Pourquoi regardes-tu? C'est trop facile de me tromper. Et quoi lui dire?

« Elle saura que je me couche parce qu'elle m'aura touché. Elle touchera mes yeux. Elle dira :

« — Tu as les yeux ouverts.

« Je dirai :

« — Oui.

« Elle dira :

« — Dis-moi ce que tu vois.

« Et quoi lui dire?

« Elle pourra toucher mon bras et connaître le tour de mes joues et de mon menton avec le bout de son doigt comme elle a fait pour le petit enfant. Elle pourrait me connaître avec le plat de sa main et faire le tour de moi, et savoir où je m'arrête. Mais elle ne peut pas faire le tour de tout avec sa main. Elle ne peut pas toucher un arbre depuis le bas jusqu'au bout des feuilles. Elle ne peut pas toucher le renard qui saute dans l'éboulis comme une motte de feu. Elle ne sait pas où tout ça s'arrête et ce qu'il y a après ça, autour de ça, des arbres et des bêtes. Elle ne peut pas toucher le fleuve. Elle pourrait toucher le fleuve mais il faudrait qu'elle sache nager. Je peux lui apprendre à nager.

— Qu'est-ce que tu penses qu'il a fait? dit Matelot.

— Qui?

— Mon besson.

— Savoir, dit Antonio.

— Pour qu'il ait tous ces gens contre? Et où on va?

— On marche, dit Antonio.

Une lie d'étoiles reposait sur les contours de la terre, la nuit s'épaississait dans ses hauteurs. L'étoile des bergers était grosse comme un grain de blé. Le vent s'abaissait. Le jour venait.

— Je suis sur un sentier, dit Matelot.

— Suis-le.

— Il monte le coteau.

— Monte.

— Tu sais où nous allons?

— Je sais, dit Antonio, ne parle pas tout le temps.

« Elle peut me toucher moi, se dit Antonio, depuis le bas jusqu'en haut, et me connaître. Elle peut toucher le fleuve, pas seulement avec la main mais avec toute sa peau. Elle entrerait dedans. Elle l'écarterait devant elle avec ses bras, elle le frapperait avec ses pieds, elle le sentirait glisser sous ses bras, sur son ventre, peser sur son dos creux. Elle peut toucher une feuille et une branche. Elle peut toucher un poisson avec sa main quand je prendrai des poissons. Elle les touchera tous quand j'aurai renversé le filet dans l'herbe. Elle les touchera tout vivants quand ils passeront dans l'eau à côté d'elle et qu'ils feront claquer leurs nageoires contre sa peau. Elle touchera le chat des arbres qui reste dans l'île des Geais et qui se laisse toucher quand il a mangé des tripes de poissons. Je tuerai des renards pour qu'elle les touche. Elle sentira l'odeur de l'eau, l'odeur de la forêt, l'odeur de la sève quand Matelot abattra les arbres autour de son campement. Elle entendra craquer les arbres qui tombent et le bruit de la hache, et Matelot qui criera pour prévenir que l'arbre va tomber à droite et puis tout de suite après l'odeur des branches vertes et de sève, et puis cette odeur qui se fait plus légère chaque jour à mesure qu'on laisse ces arbres par terre avant qu'on les écorce, jusqu'à ressembler à la petite odeur d'anis des mousses en fleur. Mais comment faire pour tout le reste? »

Il regarda les étoiles.

« Voilà les étoiles qui grossissent. Elles sont comme des grains de blé maintenant, se dit-il, mais comment faire? Je peux lui faire toucher des graines de blé et lui dire : c'est pareil. Elle ne pourra pas toucher les mouvements de tout. Elle touchera le chat des arbres quand il sera couché au soleil avec son doux ventre plein de tripes de poissons et le mouvement de ses flancs. Elle ne pourra pas toucher le chat des arbres quand il marchera là-haut sur les branches des chênes, quand il sautera dans la clématite, quand il se balancera dans les lianes, suspendu par ses griffes pour sauter dans le saule. Elle ne pourra pas toucher le renard qui vient boire au fleuve. Ni le poisson qui monte des fonds quand tout est tranquille et tout d'un coup il saute hors de l'eau comme une lune. Elle me dira : " Qu'est-ce que c'est ce bruit? " »

— Ça devient chemin, dit Matelot.
— Oui, dit Antonio, il y a des ornières dans l'herbe.
— On n'entend plus les bœufs, dit Matelot.
— Tu les as entendus? dit Antonio.
— Oui, dit Matelot, et toi?

— Non.

— Ils montaient à travers les prés de chaque côté de nous. On n'entend plus rien. On a marché plus vite.

— Oui, on marche vite.

— A quoi tu penses?

— A rien.

— Moi je me demande ce qu'il a pu faire et où il est?

— Il est là-haut devant, dit Antonio, marche, ça va être le jour.

Subitement il fit très froid. Antonio sentit que sa lèvre gelait. Il renifla. Le vent sonna plus profond; sa voix s'abaissait puis montait. Des arbres parlèrent; au-dessus des arbres le vent passa en ronflant sourdement. Il y avait des moments de grand silence, puis les chênes parlaient, puis les saules, puis les aulnes; les peupliers sifflaient de gauche et de droite comme des queues de chevaux, puis tout d'un coup ils se taisaient tous. Alors, la nuit gémissait tout doucement au fond du silence. Il faisait un froid serré. Sur tout le pourtour des montagnes, le ciel se déchira. Le dôme de nuit monta en haut du ciel avec trois étoiles grosses comme des yeux de chat et toutes clignotantes. Une colline de l'est sortit de l'ombre. Son arête noire ondulée par son poids d'arbres se découpait sur une lueur couleur de paille. Au sud, une forêt gronda, puis elle émergea lentement de la nuit avec son dos pelucheux. Un frémissement de lumière grise coula sur la cime des arbres depuis le fond du val jusqu'aux abords du grand pic où la forêt finissait. On l'entendait là-haut battre contre le rocher. Le rocher s'éclaira. Il n'y avait pas de lumière dans le ciel, seulement là-bas vers l'est une blessure violette pleine de nuages. La lumière venait de la colline. Sortie la première de la nuit, noire comme une charbonnière, elle lançait une lumière douce vers le ciel plat; la lumière retombait sur la terre avec un petit gémissement, elle sautait vers le rocher, il la lançait sur des collines rondes qui, tout de suite, sortaient de la nuit avec leurs dos forestiers. L'ombre coulait entre les bosquets et les coteaux, dans les vallons, le long des talus, derrière le grillage des lisières. Un choucas cria. L'ombre portait les montagnes et les collines comme de larges îles d'un vert profond, sans reflets, noircies par la couleur de cet océan qui, d'instant en instant, se desséchait, descendait le long de leurs énormes racines de terre, découvrant des forêts, des pâtures, des labours, des fermes, descendant de plus en plus bas jusqu'à leur vaste assise contre laquelle le fleuve ondulait comme une herbe d'argent. Des vols de rousseroles et de verdiers se mêlèrent au-dessus des aulnes avec leurs deux cris alternés comme les cris d'un chariot qui danse dans les ornières. La nuit bleuissait. Il n'y avait plus qu'une étoile rousse. Le vent s'arrêta. Les oiseaux s'abattirent dans les arbres. Les chênaies émergèrent. Le jour coula d'un seul coup très vite sur le fleuve jusqu'au loin des eaux. Les monts s'allumèrent. Les collines soudain embrasées ouvrirent leur danse ronde autour des champs et le soleil rouge sauta dans le ciel avec un hennissement de cheval.

— Le jour, dit Matelot.

Il se retourna. Il était blanc de givre dans sa barbe, ses cils et ses moustaches.

Antonio ouvrit les bras en croix. Il les laissa retomber le long de lui.

— Pauvre, dit-il.

Il était ébloui!

— Un jour de froid dans la montagne, dit Matelot.

« Elle est là-bas, pensa Antonio. Allongée dans le lit noir avec ce petit crapaud chaud à côté d'elle. »

— Rouge le matin, chemin du froid, la montagne est dure, dit Matelot. Je vois de la glace. Qui sait s'il peut se faire du feu, mon besson?

— Ton besson, dit Antonio, je te le trouve, je te le

ramène à coups de pied dans le cul depuis là-haut jusqu'en bas, si je te le trouve. Voilà ce que je fais, tête de veau. Tu crois que c'est ma vie, moi, de courir comme un chat maigre dans ce pays? Tu crois que j'ai pas le droit d'un peu de calme à mon âge et d'avoir une femme, tranquille comme Baptiste? J'ai le droit oui ou non, dis, enflé de galère, père du cochon.

— Oh! Antonio, dit Matelot en s'arrachant les glaçons de la barbe, où as-tu appris la politesse?

L'aube était sur le visage d'Antonio.

— Marche, dit-il, suis le chemin. Là-bas, c'est la route.

Une route ondulait devant eux par-dessus collines et vallons avec, de loin en loin, un érable allumé.

Le chemin que les deux hommes suivaient traversait la route puis s'en allait au-delà crever un bois. A la croisée une femme était assise. C'était une jeune paysanne montagnarde en socques de bois. Elle portait ses espadrilles de marche pendues à son cou par une ficelle.

— Tu attends? lui dit Antonio.

— J'attends le char de l'Alphonse.

— C'est la route d'où?

— Par là ça va à Villevieille.

— Tu y vas, toi?

— J'y vais, dit-elle, mais j'attends l'Alphonse. Je peux pas le porter si loin.

Elle entrouvrit son devantier replié sur elle. Un petit enfant était couché dans le berceau de ses genoux. Il avait le visage couvert de croûtes rosâtres; il bavait en tordant sa bouche.

— Qu'est-ce qu'il a?

— Ça le prend et ça le quitte, dit-elle. Il n'arrive pas à faire son compte. Je vais faire voir mon lait. Des fois qu'il aurait pu se pourrir quand j'ai eu peur à la chasse au loup. C'est le sang de son père qui lui revient.

— Il a les humeurs, dit Matelot.

— Non, dit la femme, on est de grosse santé d'habitude. C'est mon lait qui est pourri.

Un char arrivait du côté du bois. Il était en gros bois bleu. Un homme debout sur les planches le conduisait.

— C'est loin, Villevieille?

— On met deux jours.

— Ça te dérangerait si on allait avec?

L'homme arrêta son char près de la femme.

— Ceux-là demandent si ça dérange, dit-elle.

— Rien dérange.

Il était en lourd velours gris avec de grosses mains qui ne savaient plus rien faire après avoir lâché les guides. Il les frotta.

— Mets le petit sur les sacs. Nous quatre on marchera.

La femme enleva ses socques et laça ses espadrilles. Elle tapa du talon. Ses jupes ballonnaient sur ses hanches.

Un peu avant le plein soir, l'Alphonse dit :

— On couchera au jas de l'érable.

— On nous voudra? demanda Antonio.

L'homme se mit à rire.

— Tu demandes des permissions, toi?

— Pas guère, dit Antonio. Mais si c'est des gens de ta connaissance...

— C'est sur la route, dit-il, c'est ouvert à tous.

Ils montèrent peu après en haut d'un tertre d'où ils pouvaient voir loin devant.

— C'est là-bas, dit la femme.

Elle montra une longue bergerie dans un bosquet d'érables.

En arrivant, il y avait déjà deux chars dételés devant la porte et, attachés aux arbres, trois chevaux et cinq mulets encore bâtés. Un homme, la joue contre l'herbe

soufflait un feu. Un garçon portait de l'eau aux bêtes.
Une petite fille coupait les liens des bottes de foin et
elle répandait l'herbe sèche dessous le nez des chevaux.
Deux mulets se surveillaient, se tournaient, frottaient
leurs bâts, se ruaient dans les jambes et riaient avec de
grandes dents jaunes. Les chevaux poussaient la petite
fille avec leurs museaux et ils tapaient du sabot dans
la terre.

— Buvez, dit le garçon.

Le cheval descendit le seau avec sa tête.

— Père, cria la fille, le roux veut mordre la jument.

— Laisse-les débrouiller, dit l'homme qui soufflait
le feu.

Un petit vieillard en demi-houppelande avec de
grandes poches regardait le bord du pré. Il était penché
sur l'herbe et il cherchait.

— Je n'en vois pas de tes fleurs bleues, cria-t-il à
quelqu'un qui était dans la grange.

— C'est trop tard, dit une voix de femme et vous n'y
voyez pas plus qu'une marmotte. Rentrez me couvrir.

— C'est vrai, dit l'Alphonse, tu n'as pas essayé les
fleurs bleues.

— J'ai tout essayé, dit la paysanne.

— Beaucoup de monde, dit Matelot.

— C'est la route, dit l'homme. Aide-moi. Mon cheval
est entier. Tiens-le solide par le museau. Prends le
petit, dit-il à la femme. Entre-le. Il faut s'aider, compère.
Si tu vois que l'Adrien bouge, serre-lui le mors par la
clavette.

Le gros cheval luisant reniflait du côté de la jument.

— Entre avec moi, dit la paysanne à Antonio. On
considère mieux quand il y a un homme et je voudrais
bien un coin pour que celui-là ne prenne pas froid, et
puis il faut que je le fasse téter.

— Je te porte la couverture.

— Porte-la et le sac noir aussi.

L'Alphonse débouclait les harnais.

— Attention, dit-il. Il va sauter dès qu'il ne sentira plus les tirants.

Le cheval préparait ses efforts en frémissant. Des risées couraient sur sa peau de la croupe au collier. Il s'était piété dur de ses sabots de derrière et, tendu vers le bosquet d'érables, il fatiguait la main de Matelot en secouant la tête. La jument le regardait. Les mulets se poussaient cul à cul de l'autre côté des arbres.

— Tu le tiens?

— Hari diablon! cria Matelot, et il frappa le cheval à coups de poing sur les yeux.

— Vous le tiendrez, dit l'homme au feu.

— On tiendrait le pape, dit l'Alphonse, et il laissa une courroie sournoise.

La jument dansait dans l'herbe sourde. Elle frappait des appels avec ses sabots. Elle ne hennissait pas, elle ondulait seulement comme si le cheval était déjà sur elle et elle patapait de ses quatre sabots.

— Là, dit l'Alphonse, et il fit lever le bras du char.

Le cheval délivré sauta. Matelot se serra de la tête au pied comme un bloc et il donna un tour à la clavette. La bête était comme une barque amarrée de proue et qui talonne de la poupe dans un grand courant; elle tournait avec sa croupe autour de Matelot. Alphonse prit la courroie de ventre et tira. Le cheval cria d'un cri amer et s'arrêta. Il tremblait comme sous le seul poids du ciel tremblent ces boues travaillées par des eaux de dessous.

— Là, dit l'Alphonse. Tu penses qu'à l'amour.

Le cheval se plaignait d'une voix étrange et noire, au-delà des hommes. La courroie lui meurtrissait le tendre de l'entrecuisse. La jument pleura. Les mulets immobiles tendirent le museau vers le cheval et ils se mirent à gémir doucement. Au fond des bois, un âne se mit à braire. Des chiens aboyèrent. Les bêtes amères se plaignaient.

— Je me résoudrai, dit l'Alphonse, le mieux sera de le faire couper. Il sera tranquille comme ça. Viens, on va l'entraver au sapin là-bas.

— Je l'avais gardé comme ça, dit l'Alphonse pendant que Matelot plantait le piquet à cinq pas du sapin, « d'abord parce que ça me flattait — il cligna de l'œil, et il fit rire tout un côté de son visage — et puis je le sentais plus franc au travail. J'ai fait les foins des pâtures Robertes, là-haut dans la montagne avant tout le monde, même Maudru. Tant qu'il est chez nous seul, ça lui passe en travail, mais dès qu'on entre au pays des femelles... je le ferai couper. Il sera plus tranquille et moi aussi ».

Le cheval était attaché par le bridon à l'arbre et il avait les jambes de derrière entravées et tenues par le piquet. Il ne se plaignait plus. Il regardait droit devant lui sans cligner des yeux comme une bête morte.

Matelot et Alphonse entrèrent dans la grange. Il y avait déjà là-dedans des gens qui s'apprêtaient à passer la nuit. Un peu de crépuscule clair restait encore dans les fenêtres, et, du plein de la porte ouverte, le feu que l'homme avait enfin réussi à faire flamber lançait de longs reflets rouges qui léchaient la paille des litières comme une grosse langue de chien.

— C'est vous qui faisiez tant de bruit? dit une voix.

C'était la femme qui avait parlé de fleurs bleues au petit vieillard. Elle s'était fait comme une petite chambre pour se séparer des autres, avec une longue malle de voiture noire et poilue et deux grosses valises de cuir.

— Bonsoir, demoiselle, dit l'Alphonse, oui, c'est nous. C'est mon cheval qui est entier. Alors, vous voilà descendue des bois défens, vous aussi?

— C'est toi, Alphonse? dit-elle.

— Hé oui, je vous ai reconnue tout de suite, moi.

— Moi, dit-elle, avec mon mal je ne sais plus ce que je regarde.

— Comment ça va?

— Mon pauvre Alphonse, mal et ça dure. Alors, mon père m'a dit : « Allons à Villevieille. » Et toi?

— Nous, nous y allons pour le petit. Je crois que la femme se pourrit. Elle m'a vu quand on m'a rapporté de cette chasse au loup, vous savez, j'avais du sang partout. Enfin on ne sait pas.

— Chacun sa part, dit-elle. J'ai vu entrer ta femme, elle est là-bas au fond, je crois.

— Qui c'est? demanda Matelot un peu plus loin.

— Des riches, dit l'Alphonse.

Il y avait encore sur la paille un jeune homme étendu comme mort. A côté de lui une vieille femme accroupie le regardait. Elle bougeait les lèvres sans faire de bruit et elle ne s'arrêtait pas de parler comme ça dans elle-même. Un homme se plaignait dans l'ombre; quelqu'un claquait des dents. Trois hommes assis au bord du passage mangeaient des oignons crus.

— Salut, Maudru, dit Alphonse.

— Salut, dirent-ils tous les trois.

— Où Maudru? dit Matelot à voix basse.

— Pas lui, dit Alphonse, ses hommes. Ce sont ceux des mulets là dehors. Des fourrières de troupeau.

— Te voilà, femme, dit Alphonse. Il t'a trouvé un bon coin.

Elle était assise dans une paille pas trop foulée dans un coin du fond. Elle avait ouvert en plein son corsage, délacé son corset et sorti ses seins. L'enfant malade tétait en geignant.

Antonio était là devant, debout. Il regardait droit devant lui sans cligner des yeux comme un homme mort.

— Viens, dit Matelot en le tirant par le bras, on s'en va nous autres.

— Oui, dit Antonio, ça vaut mieux.

La nuit était venue. Ils marchèrent sur la route. Il y avait le bruit de leurs deux pas, puis ça se confondait, c'était un seul gros pas qui allait, puis le pas de Matelot prenait le dessus, plus vite, plus âpre à marcher. Loin derrière eux, la jument se mit à hennir à la tremblade, puis le souffle des arbres effaça le gémissement femelle et il n'y eut plus que cette haleine sourde au plein de la nuit.

— Je ne suis pas venu dans ce pays, dit Matelot, pour tenir des chevaux entiers.

Les arbres balançaient leurs lourds rameaux épais; des craquements descendaient le long des troncs et s'en allaient trembler sous l'herbe, dans la terre. Il y avait des forêts de chaque côté de la route.

— Je veux mon besson. Et je veux savoir!

Antonio rattrapait avec son large pas le pas rapide de Matelot.

— Quand on a dit, dit Matelot, il est peut-être vivant — et encore on ne l'a pas dit mais on a fait comme si on le disait et je crois maintenant, moi, qu'il est vivant — je me suis mis à trembler comme un aulne. Qu'est-ce que tu veux, tu peux avoir tes choses à penser, j'ai les miennes.

Les chiens aboyaient dans le val. La route nue luisait un peu dans la nuit. Le vent maintenant venait de face, froid et solide.

— Tu t'en fous, toi, dit Matelot.

— Non.

— Si, de ce que je vais dire tu t'en fous. Tu ne sais pas et, pour comprendre, faut être tout le contraire d'un sauvage. Et encore, un sauvage ça comprend, des fois. Tu sais pourquoi on me dit « Matelot »?

— Je le sais vingt fois.

— Tu sais tout : le voilier, le café, et que je suis resté plus de dix ans en mer?

— Tout : le café, le voilier et les dix ans.

— Qui te l'a dit?

— Junie, en parlant.

Dans la montée, le pas d'Antonio plus solide rejoignait plus vite le pas de Matelot. Une buse criait puis on l'entendit voler dans les arbres.

— Qu'est-ce que tu es venu faire en forêt, dit Antonio, j'ai jamais pu le lui faire dire.

— Elle ne le sait pas. Moi je sais seul. Ça vient de cette habitude de bateau. J'aime pas la plaine, j'aime pas la montagne; j'aime cette forêt loin de tout. Ça sent le bois, ça crie et ça grince. C'est pour ça.

En haut de la montée ils entrèrent dans un large plateau chauve, sans arbres et presque sans herbe. Le vent galopait sans toucher terre, il soufflait à hauteur d'arbre. Il y avait peu d'étoiles. La vieille lune éclairait tout un charnier de nuages blêmes.

— L'enfant, dit Matelot. C'est ça que tu peux pas comprendre. J'ai traîné Junie dans les bois pour ça. J'étais malade, moi. C'est l'époque où j'ai eu mes fièvres d'Afrique. Je me disais : « Têtu, têtu, c'est ça que tu feras, et coupe que tu coupes, taille que tu tailles. » Mes mains saignaient, j'ai fait la maison. « Couche-toi », je me suis dit, fais seulement que la fièvre te passe. Ils viendront là les enfants. Ils sont venus. Deux ensemble. Des bessons. J'en avais tant envie. Tu peux rire.

— Je ne ris pas, dit Antonio.

— Toi, tu rends service, dit Matelot. Moi, c'est comme si je me cherchais moi. Si on me le tue, je mets le feu au pays. Le fleuve, le radeau, compris! S'il était mort c'était la mort. Je ne suis pas pleurard. L'autre qui s'est fait écraser dans l'argile, j'ai dit : « Bon. » Celui-là, j'aurais dit « bon ». Je me connais. Mais, on le chasse, je suis là. Je rends pas service, moi.

Antonio ne répondit pas. Ils marchèrent un moment sans rien dire.

— Je dis pas ça pour toi, dit Matelot doucement.

Antonio ne répondit pas. Il se passa la main sur les joues et sur le menton. Il n'avait pas coupé sa barbe depuis le départ. Son poil grattait.

— Si je le trouve, dit Matelot, il me dira peut-être « mêle-toi de ce qui te regarde ». Qui sait ce qu'il a fait dans ce pays? Mais c'est une chose que tu ne peux pas comprendre. Il n'y a plus de soleil et plus de rien. Plus de Junie, tu vois, plus de Junie, plus rien. Je veux être à côté de lui. Et puis, ils pourront monter, les autres, avec leurs bœufs. Il m'a toujours arrosé de soucis. C'est peut-être pour ça que j'y tiens.

— Des corbeaux, dit Antonio.

Ils venaient d'entrer dans une place où les corbeaux se couchaient. Les oiseaux se levaient sous leurs pas. Ils volaient lourdement autour d'eux et ils leur frappaient les épaules avec leurs ailes.

— Le petit le plus fier du monde, dit Matelot. Je lui ai soufflé dans la gorge quand il avait l'étrangle-chat. Je le portais dans mes bras. Il me frappait les flancs avec ses pieds. Ça râpe encore à cet endroit.

Derrière eux les oiseaux épais s'abattaient en criant. Puis, ce fut encore le silence noir du plateau et le vent.

— Tu as une direction? dit Antonio.

— Je vais à Villevieille, voir le marchand d'almanachs. Je veux savoir ce qu'il a fait contre les bœufs, mon besson.

— Tu crois que maintenant on pourrait pas dormir?

— Oui, maintenant je crois qu'on peut, dit Matelot. Je me suis assez usé pour y être souple.

Antonio s'arrêta. Il déroula son manteau. Il se coucha sur la terre. Il s'était enveloppé la tête pour ne rien voir et rien entendre de ce large plateau avec sa route grise dardée vers le nord.

Là, dans son chaud, il se refaisait ses images et ses bruits. Il attendit que Matelot fût couché. Alors il fit doucement avec sa bouche le bruit d'une caresse. Il n'avait jamais entendu de baisers comme ça, avant cette nuit là-bas dans la maison de la mère de la route. Clara avait embrassé le bras du petit. Il avait entendu ce même baiser tout à l'heure quand la paysanne installée dans son coin avait caressé l'enfant malade.

Il revoyait Clara avec son enfant chaud à côté d'elle. Il pensait :

« Un enfant! L'enfant d'un homme! C'est arrivé comment? »

Il s'était couché face au sud et, par l'ouverture de son manteau, il vit dans la nuit la route grise qui s'en allait mollement vers Clara, le bas pays, l'île des Geais, le fleuve, tout le grand temps qu'il lui faudrait à lui, Antonio, pour lui faire toucher à elle les renards, les chats, les poissons et les aurores.

Il aurait voulu être désigné seul par la vie pour conduire Clara à travers tout ce qui a une forme et une couleur. Il ne pensait qu'à la joie de lui dire, à la joie de la faire entrer, à la joie de dire : ça c'est ça, touche, eh bien, voilà comme c'est, tu comprends? Elle dirait « merci Antonio ».

Il se répéta doucement à voix basse dans son manteau :

« Merci Antonio, merci Antonio. »

Une lointaine forêt gémissait et parlait avec des mots de rêve.

VII

— Debout! cria Matelot.

Le jour était haut. Là-bas devant un cheval attelé à une charrette légère trottait en secouant des grelots. Un petit groupe de piétons venait du sud. Des chars criaient dans la montée avant le plateau. Des trompes de bouviers sonnaient du côté des bois.

— Qu'est-ce que tu as? demanda doucement Matelot.

Antonio roulait son manteau.

— Qu'est-ce que tu as, homme du fleuve? dit Matelot, et il lui mit la main à l'épaule.

Sous les épais sourcils gris, les petits yeux de Matelot, sanguins comme des yeux de furet, luisaient de douce affection, et la grosse main serra l'épaule.

— C'est comme si on m'avait saigné, dit Antonio, de tout ce qui était mon plaisir. Je ne sais pas si c'est d'être loin de mon fleuve ou si c'est... — il s'arrêta de rouler le manteau — d'être entré dans une espèce d'autre fleuve. Qu'est-ce que tu en dis?

— Nous deux, dit Matelot, on a besoin de se saouler. Voilà le besoin. On s'est alourdi de tout. Voilà la chose. Si ça va bien à Villevieille, moi je me saoule.

— Moi aussi, dit Antonio.

Le jour était sombre. Un plâtre gris tout humide murait le ciel d'un bord à l'autre. Une volée de pluie crépita dans les herbes sèches.

— On marche même s'il pleut, dit Matelot sans ralentir le pas.

— Oui, dit Antonio, et qu'on se batte. Tout est trop mou. Tout est trop femme. Et qu'on se casse la gueule un peu les uns aux autres.

Ils marchaient de leurs larges pas bien accordés. Ils rejoignaient peu à peu la charrette légère dont le cheval ne trottait plus. Elle portait un gros homme ballottant couvert d'un manteau de berger. Ça le faisait un peu ours. Ils le dépassèrent. L'homme dormait sur sa charrette. Il avait un large mal rouge comme du vin qui lui tenait toute la joue.

La pluie vint du nord. Elle se mit d'abord à danser sur les chardons larges comme des peaux de tambour. Elle courut sur la droite, puis vers la gauche. Elle rétrécissait la lande autour des hommes. Les fourrés de genévriers fondaient sous elle puis disparaissaient, enfin elle s'avança raide et froide, et, penchée sur le vent, elle frappa droit devant elle.

Matelot baissa la tête et poussa sa marche en avant. Il avait mis sa toque de fourrure.

Antonio allait nu-tête. Peu à peu, ses cheveux qui étaient un peu frisés s'aplatirent et ils se déroulèrent devant ses yeux. Il regardait les pieds de Matelot. Il réglait son effort sur le sien. Il fouilla sa musette et sortit ses quatre cartouches. Il les regarda sous l'abri de sa main. Elles étaient encore sèches. Il les mit au chaud dans la poche de son pantalon.

C'était une large pluie d'automne, sans faiblesse. Au bas du plateau, de l'autre côté, la route était coupée par un torrent qui commençait à rouler des eaux grasses, lourdes d'une écume qui ne s'éteignait pas en grésillant mais pesait sur les eaux comme du blanc d'œuf.

Ils traversèrent de leur pas ordinaire sans parler.

Ils étaient seuls maintenant sur la route. Des vols de feuilles mortes passaient dans la pluie. Les bois se décharnaient. De grands chênes vernis d'eau émergeaient de l'averse avec leurs énormes mains noires crispées dans la pluie. Le souffle feutré des forêts de mélèzes, le chant grave des sapinières dont le moindre vent émouvait les sombres corridors, le hoquet des sources nouvelles qui crevaient au milieu des pâtures, les ruisseaux qui léchaient les herbes à gros lapements de langue, le grincement des arbres malades déjà nus et qui se fendaient lentement, le sourd bourdon du gros fleuve qui s'engraissait en bas dans les ténèbres de la vallée, tout parlait de désert et de solitude. La pluie était solide et pesante.

Un épervier passa. Il baissait son vol comme pour essayer de passer sous la pluie. Il rasait l'herbe et il remontait en criant.

La route s'était enlacée autour d'une colline. Là-haut, elle s'allongea dans des landes. Le brouillard affleurait des deux côtés, mais des deux côtés ça devait se creuser en des à-pics profonds. On entendait qu'en bas le fleuve soufflait, des chiens aboyaient. Des fermes craquaient doucement avec des bruits de poules et de chèvres.

— D'accord? demanda Matelot sans ralentir.

— D'accord, dit Antonio. Et il fit un grand pas pour se mettre à l'alignement.

On ne voyait rien au-delà de la route. On était maintenant trop haut dans la pluie. L'eau ne frappait plus le visage, elle était comme une fumée. Elle ne faisait plus de bruit. Elle essayait ses muscles gris sur des fantômes de rochers, des ombres d'arbres. Elle enveloppa lentement un érable du bord de la route. L'arbre ne bougea pas. Il était immobile jusqu'aux plus petits branchillons mais toutes ses feuilles rouges tombèrent. Dans une crevasse des nuées, une muraille de rochers surgit à gauche de la route. Le pied se perdait en bas dans des abois de chiens, le sommet montait à travers l'épais nuage. La roche était noire et ruisselait d'eau. Puis tout fut caché.

Le halètement de la pluie découvrit là-bas devant un énorme coteau hérissé, couché en travers de la route comme un sanglier. Des trous de lumière blême se creusaient dans le nuage. Des fois à l'est, et cela faisait durer un faux matin, des fois à l'ouest comme si le noir était déjà là. Des fois, tout étant noir, une étrange lueur s'ouvrait au nord et on ne pouvait plus savoir le moment du jour, c'était comme une illumination de la fin du monde quand tout sera changé, les aubes et les couchants, et que les morts sortiront de la terre.

La route se plia pour descendre vers les vallées. Au détour, une charrette bâchée de toile était renversée dans le fossé. Au bruit des pas, un homme sortit de l'abri.

— Vous allez loin? demanda-t-il.

— Oui.

— Vous voulez me rendre service? Vous allez arriver à la Vacherie. Dites au charron que je suis là, je suis Martel du Revest. Dites-lui qu'il vienne m'aider. C'est pour un malade.

— Comptes-y, dit Matelot.

— Bonne route.

Et l'homme se cacha sous la bâche.

La descente les fit rentrer dans l'épais de la pluie. De temps en temps, un arbre aux feuilles mortes surgissait, grésillait, puis il s'éteignait derrière eux comme une braise mouillée.

Au bas de la pente, un misérable hameau de quatre maisons sonnait de l'enclume et pissait du purin de vache dans la boue.

— Charron! appela Matelot.

Ils entrèrent. La forge les lécha d'un grand coup de feu par-devant. Ils sentirent tout d'un coup qu'ils étaient mouillés jusqu'à l'os. Un grand rameau de glace ouvrit ses branches gelées dans leurs dos.

— Un nommé Martel du Revest, dit Matelot. Il est

là-haut avec sa charrette renversée. Il dit que c'est pour un malade.

— Bien sûr, dit le charron, j'y vais.

C'était un petit homme râblé avec d'énormes mains en racines d'arbre. Il coucha son marteau sur l'enclume.

— Profitez du feu, dit-il.

Matelot étendit ses mains vers la flamme.

Antonio lui toucha le bras.

— En avant! Et il montra la porte avec sa tête.

Matelot le suivit.

En sortant, Antonio le regarda du coin de l'œil.

— D'accord? demanda-t-il doucement.

— D'accord, dit Matelot.

La dernière maison du hameau sentait l'oignon frit et la fressure de porc.

Antonio se mit à siffler une chanson qui poussait les pas.

Ils entrèrent dans la solitude de la pluie.

Ils portaient maintenant le froid avec eux. Sauf dans les plis de leur chair et dans les jointures travailleuses où la marche mettait un peu de chaleur ils sentaient de grandes plaques de gel sur leur peau. De temps en temps, en bougeant l'épaule, ils se faisaient couler un peu de mouvement tiède dans les reins. Les ruisseaux où passait leur sang étaient tout fleuris de fleurs de givre, aiguës, tranchantes, avec de belles et longues épines de glace. Des frissons s'attachaient à leurs poignets avec l'enroulement rapide des couleuvres. De mauvaises douleurs mordaient leurs genoux. Ils avaient enfoncé leur menton dans le col mouillé de la veste. Ils gardaient un peu de chaud sous le menton, contre la gorge, un petit nid où battait à peine leur pomme d'Adam en avalant une salive froide qui descendait dure comme une pierre dans leur gosier. L'eau coulait dans leurs dos et sur leurs poitrines. Les plis les plus cachés de leur chair gardaient une petite rainure d'eau qui s'échauffait dans la marche puis coulait plus bas, froide comme de l'acier. Ils n'avaient plus ni peau ni chair, tout était glacé et raboté par l'eau froide. Ils n'avaient plus dans leur linge ruisselant et le drap de leur veste que le chaud embrasé de leur foie et de leur cœur.

Antonio s'arrêtait de siffler. Il se léchait les lèvres. Il recommençait à siffler. La peau des lèvres se gelait. Elle s'était écartée au plus gras. Ça commençait à saigner.

— D'ac...

Il se cura la gorge.

— D'accord? dit Matelot.

— D'accord, dit Antonio.

Sans se presser, un cerf passa devant eux, à la lisière de la pluie. Il portait son branchage bas. Il soufflait deux jets de vapeur. Il s'en alla lentement vers les bois, à travers les prés, en cherchant des sabots dans l'herbe spongieuse.

La pluie. Il n'y avait plus qu'une faible lueur de jour et qui baissait. Il n'y avait plus d'odeur, sauf l'odeur de l'eau, plus de forme.

Le cerf sembla s'allonger et grandir. Il tourna la tête. Il regarda les hommes. Devant ses yeux la pluie fondait. Il avait d'énormes sourcils roux chargés d'eau.

Antonio avait tordu ses cheveux. Ses poils de joues s'étaient collés en petites touffettes et, dessous, sa peau était dorée et luisante comme du miel chaud. La barbe de Matelot s'allongeait et il avait maintenant une longue figure étroite avec de fortes mâchoires maigres dont on voyait tous les os.

La route se tordait comme un serpent qui cherche à sortir d'une impasse d'herbe. Elle ne trouvait pas d'issue dans la pluie.

— Écoute!

Une rumeur de danses et de cris creva le bourdonnement de la pluie. Ça venait de la gauche d'un bosquet de mélèzes. C'était une grange qui suait du feu par tous ses trous. Matelot tourna carrément vers le gîte.

Il poussa la porte.

On ne voyait que de grandes flammes nerveuses, un étincelant feuillage d'or claquait en écrasant un brasier rouge, les tourbillons d'une épaisse fumée se tordaient en soufflant. Des cris d'hommes — hola, ho, frappe! — des trépignements de pieds nus et les hennissements d'une femme. Des mulets éternuaient et tapaient du sabot.

— Hari! cria Matelot en s'avançant vers la chaleur.

De l'autre côté du feu, quatre hommes et une femme tout nus se frappaient avec des rameaux de cyprès. Sur les ridelles des charrettes leurs vêtements séchaient :

— A nous, à nous! cria Matelot.

Il arracha sa veste et son tricot qui jutaient à pleines mains.

— Attends, dit la femme qui sortait de la danse, mets-les là-dessus, ma jupe est presque sèche.

Elle était jeune, toute dorée, avec une belle ombre au long de l'échine, des seins durs à peine fleuris. Un homme noir sauta à travers un reflet du feu et se mit à la frapper sur les flancs avec sa branche. Elle haleta sous les coups comme si elle venait d'entrer dans de l'eau froide.

— Vite, vite, dit Antonio.

Il avait jeté sa veste et son pantalon près du feu.

— Viens que je te frotte.

— Prends l'eau-de-vie, dit Matelot.

Antonio prit la bouteille, creusa sa main droite :
— Tourne-toi.

Il se mit à frotter le dos de Matelot. Il se faisait cuire la peau de la main.

— Bonhomme! dit Matelot.

Il avait les épaules couvertes de poils et le dos musculeux des bêtes. Ses flancs sonnaient creux, durs comme de la corne.

— Devant.

Il se tourna.

— Jamais ça n'entrera dans ces poils.

— Hari! dit Matelot, frotte que je sois rouge. Ça entre... Ça entre.

— Quel âge as-tu? dit Antonio.

— Septante-cinq.

— Pas gâté, dit Antonio.

— Pousse-toi, dit Matelot en claquant les fesses d'Antonio du plat de la main et vire que je t'écorche, moi. Tu vas voir si j'ai le poignet solide.

Il se mit à le frotter de toutes ses forces.

— Ça fait du bien aux deux, dit-il.

La chaleur entrait dans Antonio en longues vagues blondes qui lui coupaient le souffle.

— Tu fuis les doigts, dit Matelot, tu es souple comme un poisson.

La fumée brassait les ombres et les lumières avec d'énormes bras velus.

Antonio regardait la jeune femme. Elle avait de belles cuisses. Elle se défendait contre les hommes avec les grands revers d'un rameau de thuya. Elle se pliait sur ses jarrets, elle sautait et ses pieds quittaient le sol. Elle frappait.

— La vache de ta mère!

Puis tout de suite elle criait :

— Maman, maman, ah! les salauds!

Flagellée par les sifflantes branches vertes des hommes, elle laissa tomber sa branche, elle cacha son visage dans ses bras, elle se mit à rire d'un rire gémissant qui fit danser les mulets. Elle griffait ses cheveux.

— Ah! la garce!

Les hommes la frappaient sur ses reins tordus et sur ses fesses.

— Qui veut boire? cria Antonio et il dressa à bout de bras la bouteille d'eau-de-vie.

La femme prit la bouteille et lampa un bon coup, la tête renversée.

— C'est pour tous? dit l'homme.

— Oui, dit Antonio, mais les uns après les autres.

Il but, il passa la bouteille à Matelot. Les hommes attendaient, debout, les jambes écartées. Un était un bel homme, au plein de l'âge, le ventre creux, les cuisses longues, les poignets fins. Il s'essuyait le front avec un foulard écarlate et doré. L'autre avait la charpente d'un dresseur de bêtes, tors et musclé rond, avec un buste lourd comme un rouleau de marbre. Il avait une grosse étoile bleue tatouée sur le haut du bras. Les deux autres devaient être des frères; ils chuchotaient en haletant dans le patois des forestiers.

— Mama, gémit une petite voix au ras de la paille.

— Je suis là, dit la femme.

Elle alla se pencher sur un petit garçon couché. Elle avait de belles fesses pleines et solides comme du fer. L'enfant se rendormait en gargouillant de la gorge et du nez.

Elle revint s'asseoir près du feu. Du poil blond tout frisé lui remontait d'entre les cuisses. L'homme au foulard était allé vers d'autres gémissements de l'ombre. Le tatoué écoutait. Les frères forestiers appelèrent :

— Clarissa!

— Mo mal s'endorme, dit une voix de femme.

— Tiens to tranquille donques.

Et ils tirèrent de la paille pour s'asseoir.

— Du pain, dit Matelot.

Il partagea un quignon gluant qui collait aux doigts. Antonio s'en mit un gros bouffin dans la bouche. Il commença à mâcher longuement. Une délicieuse salive à goût de blé coula dans sa gorge.

La jeune femme soupira.

— Malade? dit Antonio en montrant d'un signe de tête l'enfant couché.

— Le sort de la terre, dit-elle.

La lumière du feu lui enlaçait les flancs.

— Tout le long de la route, dit Antonio. Le jas de l'érable.

Il fit signe vers le sud avec son doigt.

— ... et tout le long des malades. Qu'est-ce qui arrive?

— Le sort, dit la femme. Ça va tout à Villevieille.

— C'est pas un temps, dit Antonio, quand la pluie chante fort.

— Quand on est malade, dit-elle, rien chante plus fort que l'envie de guérir.

— Villevieille, dirent les deux frères forestiers.

Ils avaient l'air de comprendre.

— Faut de l'envie, oui, dit Antonio, en mâchant son pain. Mais c'est de la raison qu'il faut.

— Ah! ta raison, dit le tatoué en regardant son étoile.

L'homme au foulard revenait.

— Je la laisse attachée, dit-il, c'est pas par dureté, les amis, je suis pas dur, mais si je la détache elle va se casser la tête contre le mur.

Les frères forestiers regardaient du côté de leur Clarissa et ils écoutaient en se retenant de respirer.

— Des jours et des jours, dit la femme, seule dans les terres rousses du côté de Bédolières avec un homme qui flotte du bois, toujours parti. Du vent, de la nuit, des jours pareils, et le petit couché en travers de mes genoux avec sa bave à la bouche. Tu veux de l'espoir, toi? Alors, on attend, on attend, et puis on pense à celui de Villevieille, et pleuve que pleuve...

— Qui à Villevieille?

— Celui qui guérit.

Les frères forestiers tendirent le cou.

— Scouto, Clarissa, dit l'un d'eux tourné vers l'ombre, qué si va parler de cet homme.

— C'est, dit la femme — elle pétrissait avec ses mains blanches, là au-dessus de ses cuisses et de ses poils, contre ses seins durement fleuris, une image d'homme dans la fumée et la flamme —, un petit bossu.

— Non, dit le tatoué.

— Tout tordu.

— Droit comme un I, dit l'homme au foulard.

— Il est derrière sa table, dit la femme. Il a ses mains posées devant lui. Il ne bouge pas.

— Il marche tout le temps, dit le tatoué, tout le temps, avec ses grands pas, pou, pou, pou, dans sa chambre au parquet de bois.

— Il dit : « Avance, viens ici. » Tu t'avances. Il te regarde avec ses grands yeux bleus.

— Il a des petits yeux noirs, dit le tatoué, comme les lapins-cochons et des paupières rouges.

— Ah! Clarissa! dirent les forestiers.

— Semblo qu'ès là tout dret devant moi, souffla Clarissa dans l'ombre.

— Tu le connais? demanda la femme.

— Je l'ai vu cent fois, dit le tatoué. Je suis de Maudru. Je vais cent fois à Villevieille, je l'ai vu pour un coup de corne, là.

Il dressa le bras. Il avait l'aisselle toute mâchée par une grande cicatrice.

— Cent fois!

— C'est un petit bossu, dit la femme, grand comme ça.

Elle le tenait contre elle, fait d'ombres et de flammes, entre ses cuisses, ses seins et ses bras arrondis.

Les mulets se couchaient dans leurs crottins chauds. Une souche de genévriers éclata au bord du brasier. Une vapeur sauvage sortait des vêtements en train de sécher.

— Il est grand, dit l'homme au foulard, large de poitrine, un peu de barbe, jeune. Il se touche, il dit : « C'est là. » Il te touche, ça part. Il te regarde, il te dit : « Va-t'en. » Tu t'en vas, voilà!

— Tu l'as déjà vu? demanda la femme.

— Non, je le crois comme ça.

— Dret devant moi, cria Clarissa. Guarissa mé, guérissa mé, mon bon moussu!

Les frères forestiers sautèrent vers elle dans la paille.

— Qu'est-ce que tu veux qu'on sache, dit la femme à Antonio avec un long regard fatigué, quand on souffre!

Elle ouvrit ses bras. L'image du guérisseur s'élargit en emplissant la grange de flammes et d'ombres.

VIII

Le matin arriva aigre mais débarrassé de pluie. Les
nuages s'étaient relevés, ils passaient plus haut dans le
ciel. Ils laissaient sous eux toute la place à cette cavalcade de vent froid qui agitait les beaux sapins propres
et les herbes lavées.

L'homme au foulard s'était habillé. On ne le reconnaissait plus sauf au foulard. Son vêtement de velours
le faisait rond et lourd comme un tuyau de plomb. Il
attelait ses mulets. Il fallait maintenant charger sur la
charrette les quatre malades qui émergeaient peu à peu
de l'ombre.

Antonio était allé voir le temps.

— Aide-moi à porter l'enfant, dit la jeune femme.
Sous sa jupe à fleurs, ses belles hanches ballonnaient
encore mais le fichu serrait ses seins.

— Attendez, dit l'homme au foulard. Nous devrions
charger ma femme au fond et l'attacher solide. D'abord.

Il se pencha sur sa malade. C'était une folle aux yeux
violets et farouches. Elle avait les poignets et les chevilles attachés avec des mouchoirs. Elle sautait comme
un poisson dans la paille.

— Viens, Marie.

Elle essaya de mordre. Il la releva dans ses bras. Il
la secoua un peu pour l'étourdir puis il l'assit sur un
tas de sacs au fond du char et, tout autour d'elle, il
encroisa dans les ridelles une cage de corde.

— Apportez votre Clarisse, dit-il aux frères forestiers.

Ils soulevèrent une grosse femme hydropique et baveuse. On l'allongea dans le char, la tête au fond, les pieds vers les mulets.

— A toi, dit-il au tatoué.

— Attends, dit Matelot.

Il fallait soulever un gros homme raide comme du bois. Son ventre était entouré d'un énorme pansement armuré de sang sec.

— Prends-le sous le bras, va doucement, c'est le neveu de Maudru.

— Corne? demanda Matelot en montrant la blessure.

— Fusil, dit le tatoué.

— Quand?

— Hier.

— Chasse?

— Bataille.

Il fit « chut » avec son doigt sur la lèvre, l'homme ouvrait les yeux.

Dehors, des rafales de vent faisaient sonner les vallons.

« La vie est une drôle de roue », se dit Antonio.

Il venait de se souvenir de l'eau souple et il se sentait tout verrouillé dans ces montagnes.

Il revoyait Clara.

Il se disait :

« Elle était habillée comment avant d'être nue et sanglante? »

Il regardait la paysanne qui marchait derrière la charrette de malades. Elle avait bel air, saine, le long pas, flottante...

« C'est drôle », se disait-il...

Celle-là, tout habillée, il la revoyait nue comme elle était, le soir passé, autour du feu.

Il imaginait Clara à l'île des Geais. Il essayait de la voir en robe de lin.

Ils étaient descendus peu à peu vers des quartiers plus habités. Entre les boqueteaux, des petits hommes noirs, des chevaux, des charrues scintillantes ouvraient les champs fumants. D'énormes nuages de corbeaux passaient dans le ciel, sans bruit. La lumière du ciel palpitait sur le halètement de leurs ailes et ils passaient sans autre bruit que ce halètement étouffé qui battait doucement les échos avec sa main de feutre. Ils tombaient dans le sillage des araires, ils égalisaient les bosses des charruages sous leur onde noire, puis, dès que les laboureurs retournaient, ils se relevaient en lambeaux par gros paquets et ils s'en allaient tourner et tourner dans les remous du vent. La folle les regardait avec ses yeux farouches. Chaque fois qu'elle voyait descendre cette énorme masse d'oiseaux ténébreux, elle jutait entre ses lèvres une grosse salive de plaisir.

Matelot appela Antonio.

— Tu ne sais pas, dit-il en frappant sur l'épaule du tatoué, voilà un collègue qui sait des histoires comme un livre.

— C'est des choses arrivées, dit le tatoué.

Matelot cligna de l'œil.

— Celui-là, là-bas dans la charrette, dit-il, c'est le neveu de Maudru. Hari, tatoué, raconte encore un peu la bataille, ça nous bouge le sang.

— C'est le fils de sa sœur, dit le tatoué.

— Quelle sœur?

— Fumiers d'ours, dit le tatoué, voilà qu'ils ne savent rien ces deux-là. La sœur de Maudru. Donne une chique.

« On lui disait Gina, elle avait pris pour sa part le domaine de la Maladrerie, là-haut sous les châtaigniers. Celui-là là-bas n'entend pas, mais restons un peu en arrière que je dise bien qui c'était Gina, sa mère.

« Les Maudru, c'est partagé comme avec une règle de fer. Les hommes, tous pareils; les femmes, toutes pareilles. Quand une mère Maudru fait une fille on dirait que celle-là en sortant lui a curé le ventre de toute sa provision de beauté. Recta. Et alors, toujours une fille en premier. Recta. Les garçons viennent après et ils sont faits avec des restes. Halte. Je dis pas ni pour le nerf, ni pour l'entendement, ni pour la force. J'ai jamais dit ça. J'ai dit pour le fini, le lisse et le mignotage. Voilà ma parole. Un point c'est tout. Donc Gina! Du temps du grand Maudru (le père d'elle et du Maudru d'aujourd'hui) quand elle entrait au courtil des taureaux (je suis de son âge, moi je l'ai connue égal égale parce que, dans cette race, la règle c'est : moi Maudru je suis le maître et, fils et fille, taureaux et valets c'est tout pareil sous mon obéissance). Donc, quand Gina entrait à cette époque dans la courtille des taureaux, on avait beau être à l'attaque devant le noir le plus féroce on prenait toujours le temps de la regarder un clin d'œil. Ça valait le coup de corne.

« Une douceur de ventre qui se voyait malgré la robe et tout autour, la chose ordinaire des femmes : des jambes, des bras, le reste quoi, mais surtout une douceur de ventre. Un soleil, ça vous faisait fourmiller le sang, et puis encore deux grosses lumières sur son corps, sa gorge et, là-haut, ce visage où elle portait sa bouche épaisse toujours fermée — oh! prudence — et ses yeux qui chantaient tout le temps comme de beaux verdiers. Voilà pour elle.

« Moi, j'étais goujat à cette époque, mais ça, on peut dire qu'elle avait autant de prestance avec les goujats qu'avec les meneurs et elle venait aussi bien mettre ses pieds dans notre purin que regarder les voltes sur le cheval. Ça, on peut dire. En plus, imagine qu'on était là tous des hommes, rien que des hommes, avec depuis le plus petit jusqu'au plus vieux des sangs nerveux, l'odeur des taureaux, loin de toutes les femmes de la terre, enfin tu vois!

« A la mort du grand Maudru, Gina dit : " Je me marie. " Le Maudru d'aujourd'hui dit : " Non. " Elle dit : " Si. " Il dit : " Non, c'est non. " Et, faut le connaître. Je le connais, c'est quelque chose. Elle dit : " Mon cul te regarde? "

« Alors là!...

« Bref, la nuit arrive. Je me souviens comme d'hier. La grande salle de Puberclaire. La cheminée pleine de feu. Un temps comme aujourd'hui. Je recousais la tré-pointe d'une selle. On entend des patatrots dans la boue. On s'arrête de parler. Je me dis : les bœufs sont fous (ça leur arrive). Un dit : " Non, des chevaux. " On restait là à écouter sans rien dire et, dehors, sur les pierres sèches de la cour un grand cheval entre en faisant tout éclater sous ses sabots. " A cheval! " gueule Maudru. On sort. Il était là à danser sur sa grosse bête comme un ours. En rien de temps on est là. " Halte " il dit et, je me souviens, plus un seul bruit; tout d'un coup comme changés en pierre, dressés sur les étriers. Maudru avait sa main en l'air. Alors, là-haut dans les bois on a entendu la cavalcade qui montait et on l'a vue : elle éclairait toute la forêt avec ses torches. Maudru a baissé sa main et encore une fois il a dit : " Halte ", et on s'est aperçu qu'on n'était pas tous là mais qu'une bonne moitié de nous autres était là-haut à galoper à côté d'elle avec des torches vers son but à elle, Gina.

« Il dit : " Comptez-vous. "

« On se compte. On restait trente-quatre. Elle avait enlevé vingt-trois hommes. C'était la nuit. On ne savait pas qui était parti, qui était resté.

« — Derrière moi, dit Maudru, et au pas.

« Et, derrière lui, au pas, on est parti dans les courtilles faire le compte des taureaux.

« Je portais la torche. Il entrait le premier. Il regardait. Il disait : " C'est le compte ", puis : " Qui mène ici? "

« — Moi, Jérôme d'Entrayes.

« — Bon.

« On entre dans l'autre courtille.

« — C'est le compte. Qui mène ici?

« On reste coi. L'homme était parti.

« Il appelle :

« — Benoît, de Mélan!

« Rien. Il est parti.

« — Carle, de Rustrel!

« Rien. Il est parti.

« — Vernet, de Roumoules!

« Rien.

« — Flaubert!

« C'est un goujat.

« — Présent!

« Tu mèneras ici.

« On va à l'autre.

« — C'est le compte. Qui mène ici?

« Burle de Méolans, Simon des Rivières, Cathan des Échelles, Robert de l'Infernet, Antoine des Coursies, Jean du Plan-Richaud, à toutes les courtilles sans meneurs il nomme des goujats d'étables.

« — Tu mèneras ici.

« Elle n'avait pas enlevé une seule bête. Rien que les hommes. De temps en temps on regardait là-haut dans la montagne la lueur des torches.

« On rentra, au pas, sans rien dire. On m'avait donné une courtille à mener à moi aussi. C'est depuis le temps que je suis meneur. Une fois rentré à Puberclaire, Maudru resta dehors, et, derrière nous, il mit le grand verrou à la porte. Il en avait peut-être besoin pour les hommes restés et qui se passaient la main dans la barbe, sans rien dire, en regardant leurs pieds. Mais nous, les goujaillons, toutes les Gina du monde pouvaient venir souffler à l'huis : on était meneurs.

« Ça, c'est l'histoire de Gina.

— Une grosse garce, dit Antonio.

— Attends, dit le tatoué, on va d'abord s'arrêter à la fontaine de Puyloubier.

Depuis un moment le blessé geignait à boire. On s'était peu à peu rapproché du fleuve en descendant. Malgré les nuages chargés d'ombres qui traversaient le ciel, le jour dans le grand vent était clair. Entre les collines on voyait luire les larges eaux. En revoyant le vrai fleuve, Antonio sentit que tout son sang se mettait à brûler. Il redressa les reins. Il toucha sa vieille barbe.

« Je ferai tout ce que je voudrai, moi aussi », se dit-il (il pensait surtout à la robe de lin).

— Ho! Matelot!

— Tu te réveilles? dit Matelot.

— Regarde-moi ça.

Le fleuve en bas était noué autour des collines. Un cortège de saules aux écorces de feu suivait les eaux. Une lourde barcasse plate sortit du détour. Elle était chargée de blocs de granit. Le courant l'emportait comme une feuille et elle piochait profondément de la proue dans les vagues.

— Il est en croissance, dit Antonio.

Le carrier s'était installé à la poupe et il jouait du cor dans les bondissements du fleuve.

— Toine, appela le blessé.

— Je viens, dit le tatoué.

Il prenait de l'eau à la fontaine.

Antonio regarda l'homme. Il avait l'œil fixe. On pouvait encore voir dans son visage, sous sa graisse, ses muscles et les tremblements de la douleur, les traces de la beauté de sa mère.

— Bois, dit le tatoué.

Il essaya de se dresser. Sa main sans force lâcha la ridelle.

— Je suis plein de chicots de fer, dit-il. Regarde, là aussi.

Il toucha le creux de sa gorge.

Les frères forestiers essuyaient le front de l'hydropique. La jeune femme avait mis sa main comme un coussin chaud sous la tête du petit garçon. La folle cherchait les vols de corbeaux.

— Un peu de courage, dit l'homme au foulard. Villevieille, c'est là-bas derrière.

— Où? dit l'hydropique.

— Là-bas.

Il montra là-bas au fond une colline toute dorée d'herbes.

— En avant, dit-il, délivrons-nous de la route.

— Il a reçu le coup de fusil en plein ventre, dit le tatoué, à dix mètres, avec des lingots pour les ours gros comme ça.

Il montra l'ongle de son pouce.

— Et la garce, elle s'est mariée? dit Antonio.

— Non, elle a eu cinq fils. Elle a fait mentir le chant de la race. Ils n'étaient pas laids. Elle s'était mise avec les hommes dans ce domaine de la Maladrerie. Elle a fait le commerce des bois. Il n'y a pas eu de bataille. Elle a mené l'ordre du commerce et l'ordre du lit avec un fouet de plomb. Cinq fils. Il en est mort quatre. Un jour elle est descendue. Raide, dure. Elle faisait siffler le vent. A Puberclaire, elle a dit :

« — Maudru? Allez le chercher.

« Ils sont restés à deux pas l'un de l'autre.

« Elle a dit : " Et alors? "

« Il a dit : " Alors, quoi? "

« Deux jours après, elle revenait pour toujours à Puberclaire. Elle avait son dernier garçon sur le devant de la selle. Elle amenait sept des hommes. Un peu plus vieux, derrière elle, muets sur leurs chevaux.

« Elle a dit : " Ceux-là tu les reprends. "

« Il les regarda sans rien dire avec son gros œil plein de sang.

« Elle a dit : " Je paie. "

« C'est environ ce temps-là que Maudru eut sa fille. Un peu plus tard, peut-être un an. Parce que, tout s'était de nouveau habitué. Maudru marié avec la fille du maître tanneur. Tout de suite celle-là avait été saoule d'hommes, de taureaux, de fumier et de cette continuelle bataille de cavalcade autour d'elle. Elle n'avait jamais dessaoulé. Elle regardait tout avec ses yeux peureux. Elle eut juste le temps de faire sa fille et de mourir. C'était le mieux.

« Un soir, Gina dit :

« — Cette fille s'appellera Gina. Quand on est fille ici dedans, il faut s'appeler Gina pour se défendre.

« Maudru n'est pas parleur.

« La fille s'appelle Gina. Bougre de Dieu, elle est bien nommée.

— Pourquoi ? dit Matelot.

— Regarde-le, l'autre, avec son ventre mâché.

— C'est elle ?

— Non, mais c'est pour elle. Il lui a tiré dessus à dix mètres d'ici là-bas. Depuis trois jours nous savions qu'il était dans ce bois. Il était seul. Ça ne pouvait être que pour reconnaître le chemin. Il ne serait pas parti sans elle vers le sud. Le neveu nous a fait serrer les arbres au plus près. Moi, je crois qu'il avait ses vues sur la Gina seconde. C'est dans la forêt du Rivolard sourde comme une cave. Et l'homme, nous le connaissons, c'est le diable. On avait fait le nœud qui se serre et on marchait. Il nous a crié :

« — Cent contre un !

« On est allé au cri. Personne.

« — Cent contre un ! d'un autre bout.

« Encore rien.

« — Cent contre un ! Cent contre un ! Il chantait ça

comme un oiseau autour de nous. Pas moyen de le prendre. On en suait :

« Le neveu a crié :

« — Fais-toi voir, fils de galère!

« — Regarde, il a dit.

« On a vu blanc entre les arbres. Le neveu a tiré. Ça devait être une chemise vide. L'homme est sorti du buisson. On n'a vu que ses cheveux rouges. Il a tiré en plein dans le neveu.

« — Porte ça à ta putain de mère.

— Là, il a eu tort, dit Matelot, on ne doit jamais salir les mères.

— Villevieille, Villevieille! cria l'homme au foulard.

Il avait arrêté la charrette à un détour de la route.

Au-delà, sur le tranchant de la colline, était une grande ville très vieille, blanche comme un mort. Des lauriers sortaient des décombres; ils voletaient lourdement sur place dans les maisons écroulées en frappant les murs de leurs ailes de fer. En bas, le fleuve bouillonnait sous un pont sombre et la ville entrait dans les eaux par un quai vertigineux tout ruisselant d'une sorte de sanie gluante et mordorée. Sur ce mur qui surplombait le fleuve séchaient de larges peaux de bœufs écarquillées comme des étoiles.

Des tanneries aux tuiles grises se gonflaient dans l'entassement blond des écorces de chênes moulues. Le battement sourd des foulons ébranlait les profondeurs sombres de la terre avec le bruit d'un gros cœur chargé de sang. La ville aux murs bas constellés de peaux de bêtes échelait à la colline dans la laine de ses fumées. Le souffle épais, tout pailleté de braises, d'un four de boulanger sautait avec ses molles pattes d'ours de terrasse en terrasse. Plus haut, de très vieilles maisons osseuses, fleuries de génoises et de pigeonniers, émergeaient. A de larges fenêtres partagées par des croix de pierre apparaissait la tête sévère des arbousiers qui avaient poussé à travers les planchers. Quand le poids des nuages étouffait le bruit des foulons à tanner, on entendait chanter la ville haute. C'était comme un bruit de forêt, mais avec des ronflements plus longs. Le vent se tordait dans les salles désertes, les corridors, les escaliers, les caves profondes. Le vent mourait; le chant n'était plus que le frémissement d'un tambour; alors les longs canaux de bois dans lesquels on faisait couler l'eau sonnaient comme des flûtes. Puis, le nuage se relevait et le battement des foulons recommençait à lancer dans les cavités de la ville le tremblement des taureaux abattus. Une odeur d'écharnage, de tan, et de vieux plâtre giclait sous la main plate du vent.

Sur tout son corps, la ville portait les longues balafres noirâtres de la pluie. Derrière elle, d'énormes montagnes violettes gonflées d'eau dormaient sous le ciel sombre.

— Guarissa mé, guarissa mé, cria l'hydropique.

— Guérison, dit le blessé.

Et il cracha un caillot de sang dans la boue.

IX

Avant la porte de la ville, la charrette s'arrêta à une auberge.

— Je ne te suis plus d'utilité, dit Antonio à la jeune femme.

— Merci, dit-elle, tu l'as été de marcher derrière moi avec tes yeux clairs...

Elle sourit.

— ... le portier m'aidera à coucher l'enfant. Bon courage.

— Toi de même.

Le tatoué s'avança vers les étables. Il cria vers la cour :

— Maudru! A moi!

Trois hommes sortirent en courant. Ils s'arrêtèrent en voyant la charrette.

— A moi! cria le blessé.

— Le neveu, dit le tatoué.

Antonio poussa Matelot.

— Marchons, marchons.

La porte de la ville s'ouvrait un peu plus loin.

— Je voulais savoir, dit Matelot.

— Tu as su.

— Je voulais savoir plus.

Il regardait les gens de Maudru qui couchaient le blessé par terre sur de grosses bâches à foin.

— Halte, les deux, approchez-vous un peu.

C'était un gendarme. Il était assis devant sa caserne

à l'enjambée, les bras sur le dossier de la chaise, la barbe sur les mains, la pipe à la bouche.

— Où allez-vous?

— A la ville.

Sous sa tunique déboutonnée il avait une chemise de soldat avec un matricule à l'encre grasse.

— Quoi faire?

— Chez un ami.

— Qui?

— Un qui vend des almanachs.

La pipe était bouchée. Le gendarme tétait à vide. On voyait ses joues qui se creusaient sous sa barbe.

— Vous avez des papiers?

— Oui.

— Voir.

Il essaya de rallumer son tabac. Il tassa la braise avec son pouce.

— C'est ton nom, ça?

— Oui, dit Matelot.

— T'en as pas d'autres?

— Non.

— Forêt de Nibles, où tu restes, c'est de l'autre côté des gorges?

— Oui.

— Bûcheron?

— Oui.

— Jamais acheté des bois par ici?

— Jamais.

— Commerce?

— Jamais.

— Envoyé quelqu'un?

— Jamais. C'est trop loin. Pas commode. Petite affaire. Je coupe sur place. Et je suis seul.

— Et toi, pêcheur?

— Pêcheur, dit Antonio.

— Qu'est-ce que c'est, cette association-là, tous les deux?

— Pas d'association, dit Antonio, on est voisins. Comme ça.

— Voir les fusils. Chargés?

— Non.

— Montre les canons.

Il cligna de l'œil et il regarda dans les canons des deux fusils.

— Allez, dit-il.

Ses grosses cuisses faisaient crier l'osier de la chaise.

— Et maintenant tu sais, dit Antonio en entrant dans la ville.

Matelot était pâle sous sa barbe.

— Qu'est-ce qu'il a bien pu faire ce petit?

— Il a tué le neveu, pardi.

— Maintenant oui, mais avant?

La rue était droite et sombre. On avait déjà allumé les lampes dans les arrière-boutiques. Les tanneries s'allongeaient sur tout le côté droit de la rue. De loin en loin des ruelles couvertes toutes en tunnels et en escaliers descendaient à travers les fabriques et les remparts, jusqu'au fleuve dont on voyait luire en bas les écailles jaunes. Ici le bruit des foulons était énorme et sournois. Il sonnait au fond de la terre, il faisait trembler les carreaux des boutiques et sauter la montre entre les doigts de l'horloger. Au bout d'un moment on s'y habituait. Devant des éventaires à légumes des revendeurs espagnols criaient des noms de plantes. On ne les comprenait pas. Ils riaient, avec leurs grosses lèvres ils composaient doucement le nom.

— Poi-reaux!

Et ils brandissaient le poireau.

— Non.

La petite cliente maigre serrée dans son fichu soupesait des patates comme des fruits. On marchait dans une boue noire qui fliquait sous les pas. De chaque côté de la rue les ruisseaux coulaient rouges en roulant de grosses îles de graisse de bêtes. Le drapier avait ouvert sa porte. Il époussetait des bures qui sentaient le champ. Le boucher pendait aux crochets de sa devanture des torses de chevreaux ouverts comme des pastèques. Une petite vieille courbée lui tira la blouse.

— Des tripes?

— Entrez.

Il ouvrit sa porte. Il fit passer la vieille sous son bras; il la suivit, essuyant ses grosses mains à son tablier. Un piano mécanique dansait avec ses gros pieds de cuivre pleins de grelots. Des tanneurs revenaient de l'écharnage avec des brouettes chargées de peaux.

— Antonio, fais-moi asseoir, dit Matelot d'une voix amère.

— Allons, papa, un peu de courage.

Mais il sentit que Matelot se cramponnait à son bras. Il le regardait. Le vieux bûcheron n'avait plus de sang sous la peau et sa main était pâle comme de l'herbe.

— Cherche-moi un coin, fais-moi asseoir. Je crois que j'ai la mort sur moi.

— Appuie-toi. Là. Deux pas à gauche. Monte le trottoir.

Antonio poussa la porte d'un débit.

— Entre.

C'était comme une caverne noire. Toutes les tables étaient vides. On entendait un gros poêle de fonte qui ronflait, chargé de bois.

— Salut, cria Antonio.

Matelot tomba comme un sac sur la banquette.

— Bonjour, dit une grosse femme au fond de l'ombre.

— Fais-moi bouillir du vin, dit Antonio.

— Défais-toi tout ça, dit-il, Matelot.

Il lui enleva son fusil, sa musette, son manteau roulé.

— Ouvre ta veste. Alors, vieux. Appelle-toi que tu t'en vas.

Il lui frappa les joues.

— Oh! Collègue.

Il lui tira les cheveux. Il lui déboutonna le col de la chemise.

— Là! Couche-toi un peu et respire.

— J'en ai mis un litre, dit la femme.

Le vin chantait déjà sur le feu.

— D'abord oui, dit Antonio. Tu as du poivre?

— Oui.

— De la noix et puis du safran. Donne-moi tes petites boîtes et la râpe.

— Voilà la cuiller, dit la femme. Remue ton affaire. Tu es assez grand pour faire tout seul? J'ai du chevreau sur mon feu moi là-bas.

— Fais, ne t'inquiète.

— Vous êtes de la montagne?

— Oui, va à ton chevreau.

Antonio versa une cuillerée de poivre dans le vin bouillant, il râpa de la noix de muscade, il ajouta un peu de safran et il se mit à touiller pendant que le gros feu ronflait sous la casserole.

— Prends les gobelets d'étain, dit la femme.

— Bois, vieux père.

Il lui présenta un beau mesuron de vin violent. Tout fumait : le gobelet, le poing d'Antonio et l'épaisse rondelle de mousse rose qui tournait sur le vin.

— Mets-toi ça dans le coco.

— Ah! déjà, dans le coco, dit Matelot raide de corps et de langue. Déjà beaucoup. Trop. Trop de choses.

— Ça en plus, ouvre ta barbe. Ne fais pas l'enfant.

A la première goulée Matelot se cura la gorge.

— Bois-en toi, dit-il.

— Surtout envie de manger, dit Antonio en reniflant vers la cuisine. Il but quand même un bon gobelet de vin chaud puis il appela la patronne.

— Ça va mieux? dit-elle.

— Oui. On commence à sentir ton chevreau. Pas moyen de manger ici?

— Toujours moyen. Je peux même vous en donner deux assiettes.

— Oui, manger du chaud, voilà ce qu'il nous faut.

Matelot reprenait pied.

La nuit était maintenant tout à fait venue. La patronne arriva avec ses deux assiettes de fricot.

— Vous n'y voyez pas, dit-elle. Si vous voulez, je vous allume un chandellon.

— On n'a pas tant besoin d'y voir, dit Matelot. On sait où sont les deux endroits principaux : l'assiette et la bouche. Ça va tout seul.

La nuit hésitait encore à sortir de la ville pour aller dans les champs. Au-dessus des toits le ciel gardait le vert mouvant des forêts et des eaux. Dans le couloir de la rue la nuit était aussi épaisse que la boue dans laquelle on entendait, sans les voir, courir des hommes en sabots, grincer des roues et patauger des mulets montagnards aux grosses ferrures débordantes.

— Je pense à cet enfant, dit Matelot. Qui aurait dit?...

— Moi j'aurais dit, dit Antonio. Souviens-toi de cette affaire du loup. Et quel âge avait-il? Il n'y a pas si long-temps de ça : trois, quatre ans... il en avait seize. Matelot, à des matins quand je pêchais, je regardais vers les bords. Pas de bruit, mais l'impression qu'on me regardait. Rien. Les osiers. Et puis à travers les osiers je voyais ses cheveux rouges; veux-tu que je te le dise? Ton besson, il m'a toujours fait l'effet d'une bête loin-taine.

— Il est tombé dans ce pays comme un lion, dit Matelot.

— On ne fait pas des enfants rien qu'avec du lait caillé, vieux père. Et on ne les fait pas comme on veut. On les fait comme on est et ce qu'on est on ne sait pas. On a tant de choses dans son sang.

— Oui, mais Junie? On peut guère faire plus paisible.

— Qu'est-ce que tu en sais, c'est dans les reins, je te dis. Souviens-toi du frère de Junie. Qu'est-ce qu'il est devenu celui-là?

— Sais pas.

— Ça te fait voir. Ne te fie pas aux yeux ni aux paroles. Soupe. J'ai fait la soupe. Mange ta soupe. On parle beaucoup de soupe. On parle jamais de ces petits éclairs qui nous traversent comme des guêpes et, quand on a des enfants, on voit que c'est avec ça qu'on les a faits. Pas avec la soupe.

— Oui, dit Matelot, le frère, sûr que si le besson a de son sang et puis du mien ça doit faire un drôle de sang. Tout à l'heure j'ai eu les jambes coupées. Tout d'un coup j'ai vu : le neveu descendu, le gendarme au pied de la ville, ce pays tout charrué de Maudru et de taureaux. Je me suis dit : « Tout ça à cause de ton fils. » Pour tout te dire, Antonio, je suis parti de notre forêt pour chercher le babouin, le petit, l'enfant, du temps que je passais ma main dans ses cheveux rouges. Et voilà que je me trouve le père d'une espèce de lion fou.

— Le tout, dit Antonio, maintenant qu'on est ici, c'est de voir celui qui vend des almanachs. Qu'est-ce qu'elle t'a dit Junie?

— Rien de juste.

— Tu sais où il reste?

— Non.

— Patronne!

La femme arriva avec sa casserole.

— Vous en voulez encore?

— Non, on a mangé comme des serpents. C'est ça qu'il avait le vieux père, tout à l'heure.

— La faim est mauvaise.

Antonio se tourna sur sa chaise.

— Dis un peu. Mais, va poser ta casserole, viens un

peu qu'on te demande. Tu connais toi ici un homme qui vend des almanachs.

Elle se mit à fourgonner dans son poêle avec un gros tisonnier de fer. Le charbon souffla une épaisse flamme bleue qui éclaira tout le débit, depuis le bocal à prunes sur le comptoir jusqu'à l'affiche du vespetro là-bas au fond où un cheval de papier riait à plein mors entre des bouteilles.

— Oui, je le connais, c'est Toussaint, M. Toussaint, dit-elle en revenant sur ses espadrilles de corde.

— Où il reste?

— En haut de la ville. La dernière maison.

— On te doit combien?

— Mettons cent sous. Suivez la rue, dit-elle, à la place de l'église, l'escalier derrière le clocher, et puis tout en haut vous ne pouvez pas vous tromper, c'est la dernière maison et il n'y a plus que celle-là de vivante, sous le palais des évêques.

Ils remontèrent la rue. Matelot avait repris sa force patiente et il marchait dans le pas d'Antonio. Le clocher sonna six heures. Le bruit des foulons s'arrêta. Il y eut comme un grand silence puis on entendit ce grignotement que faisaient dans les maisons de la ville les mille et mille pas des ménagères qui préparaient le repas du soir, les pas des jeunes filles qui descendaient les escaliers pour aller chercher de l'eau aux fontaines et rencontrer les amoureux, les galopades des petits enfants dans les couloirs. Les tanneries ouvrirent leurs portes. Les tanneurs sortirent leurs lanternes à la main. Une odeur sauvage de viande pourrie et de sel fumait autour d'eux. La place de l'église était déjà sur une haute estrade de la ville, hors des boutiques et des ateliers. Dans un coin il y avait la maison du notaire avec ses grosses médailles au-dessus de la porte. Dans l'autre coin une vieille maison bourgeoise sifflotait un air de violon aigre par le joint doré de ses volets. Entre les maisons une balustrade de pierre dominait la ville basse avec ses rues charriant les lanternes des tanneurs.

— L'escalier est là.

Antonio toucha du pied la première marche. Elle était faite de pierres toutes descellées.

— C'est plein d'herbe.

Le vent écarta les nuages devant la lune. L'escalier décharné montait droit dans l'ombre du clocher, puis il tournait et au tournant là-haut, dans le frissonnement de fer d'un bosquet de laurier, une vieille maison crevée, échinée et rompue luisait comme un crâne de bœuf. Le vent siffla dans l'escalier, écrasa les lauriers, frappa la maison, sauta en silence dans le ciel et retomba là-bas loin dans la campagne sur une grosse forêt qui s'éveilla avec un grondement de chien.

— C'est là-haut, dit Antonio.

Dans l'ombre des lauriers là-haut une longue maison avec du feu aux fenêtres. Une petite eau de lune coulait dans les frisures de son toit.

L'escalier montait entre des jardins fous, pleins de foins sauvages, d'orties et de figuiers sans feuilles. Les herbes débordaient des murs crevés. Les derniers crapauds de l'automne chantaient dans les décombres avec leur voix de verre. Contre la maison éclairée l'escalier jetait encore deux grosses marches, comme des vagues, puis il mourait là, au seuil coupé par une grosse porte ronde, presque charretière.

— C'est là, dit Antonio.

— Oui, c'est là.

Matelot soufflait. Il regarda autour de lui.

— Leur palais des évêques!

Au-dessus de la maison, on distinguait dans l'ombre du ciel une ruine toute mâchée de pluie et de vent, une terrasse bordée de balustres de marbre, des voûtes et de larges fenêtres à croix de pierre.

— On est arrivé.

La ville en bas se taisait avec ses rues noires. Le fleuve ronflait sur ses quais. C'était un bruit très léger, soyeux et étrangement sonore.

— Écoute, dit Antonio.

Dans la maison, on entendait chanter. C'étaient des notes basses, graves et furieuses. Ça redisait tout le temps pareil, tout le temps, tout le temps.

> Oh! mon cheval!
> ô mon cheval!
> Est-ce que tu peux nager dans le sang?
> Fendre le sang comme une barque?
> Sauter dans le sang comme un thon?
> Écraser des hommes comme des fagots dans la boue?

> — Attache sur ta tête un mouchoir d'or,
> et je fendrai le sang comme une barque,
> et je sauterai comme un thon,
> et j'écraserai les hommes comme des fagots,
> Pourvu que je te reconnaisse si toi tu tombes.

Antonio serra le bras de Matelot.

— Doucement! dit Matelot.

— Je frappe? dit Antonio.

— Frappe!

Il saisit le heurtoir de fer et il sonna un bon coup solide à plein poing.

Le silence. Des pas souples qui couraient. Une porte se ferma en bas dans le fond de la maison. On poussa doucement un verrou qui grinçait un peu. Un gros pas de souliers ferrés s'avança en faisant claquer les échos des murs.

— Qu'est-ce que vous voulez? demanda la voix à travers la porte.

— Celui qui vend des almanachs c'est bien ici?

— Oui. Qu'est-ce que vous avez pour vouloir le voir à cette heure?

— Qu'est-ce qu'il faut avoir à cette heure pour le voir?

Antonio s'aperçut qu'on lui parlait à travers un judas grillé et qu'on le regardait.

— Vous êtes malades?

— Non.

— Alors, qu'est-ce que vous lui voulez?

— C'est, dit Matelot, qu'on vient de la part de Junie. On nous a dit de bien dire qu'on vient de la part de Junie. Dites-lui ça, il paraît.

— Attendez.

Le judas se ferma sans bruit. Les gros pas s'en allèrent dans la maison, puis le silence. Le vent, ici dehors. Des herbes sèches qui frottaient contre le mur.

— Ça ne chante plus, dit Antonio à voix basse.

— C'était là tu crois? dit Matelot.

— Oui, en bas au fond, dans le fin fond.

La porte s'ouvrit sans bruit. Antonio la sentit seulement qui s'amollissait contre son épaule en s'ouvrant.

— Entrez tous les deux, dit une petite voix.

Ce n'était pas une voix d'enfant. Elle avait mué, elle était restée claire et naïve, c'était une voix de bel homme mais il parlait dans l'ombre à hauteur d'enfant.

Dedans, c'était la nuit épaisse, sans un trait. Le moindre geste faisait sonner le vaste sensible du corridor.

— Je ferme, dit la voix. Cherchez le mur, marchez contre. Il ne faut pas allumer ici. Excuses.

Antonio et Matelot frottaient leurs pieds sur les dalles.

— Marchez franc, dit la voix, c'est tout déblayé. Vous avez le mur?

— Oui.

— Suivez-le avec la main jusqu'à la porte, là-bas au fond.

« L'ombre ne compte pas. Moins que l'eau.

— Justement, dit Antonio, si c'était de l'eau j'irais plus franc.

— Je sais, dit la voix. Là, c'est pareil, c'est une question d'assurance.

Il arriva à la porte avant eux. Il la poussa. Elle ouvrait sur une grande salle toute ceinturée d'ombre avec au milieu une petite île de lumière portant une large table lourde de livres, de papiers, de pierres, d'herbes et une lampe. La main qui poussa la porte était longue, avec de minces doigts blêmes et liants comme des longes de fouet. Elle disparut.

— Entrez, messieurs.

La voix enfantine et polie les poussa vers la lumière.

— Assieds-toi, Matelot, l'autre monsieur aussi.

En entendant le nom ils s'étaient retournés. Matelot! Qui savait ce surnom né là-bas de l'autre côté des gorges en pleine forêt de Nibles?

C'était un petit bossu à grosse tête. Il sortait de l'ombre.

— Jérôme! cria Matelot.

— Oui, dit le bossu. C'est moi. Ne crie pas, la maison est sensible. Je suis M. Toussaint; assieds-toi.

Il tourna lentement les hommes pour aller à sa table. Il marchait à la lisière de la lumière. La moitié de son petit corps tordu se collait à l'ombre et semblait tenir toute la chambre de sa viande palpitante et noire.

— Tu as le fauteuil derrière toi, vous aussi monsieur (il balançait ses longs bras souples et ses mains d'eau en petites salutations cérémonieuses), je dis toujours « monsieur », toujours, à tout le monde. C'est une habitude. Je tiens à cette habitude. Asseyez-vous, monsieur. Vous êtes celui que ma sœur Junie appelle « Bouche d'or ». Je sais. Ça se voit. Vous savez nager, l'eau, le vent, la forêt, et le fleuve. Je ne sais pas nager. Je ne sors jamais. Merci. Je dis « merci » parce que vous savez nager. Merci de savoir nager. Asseyez-vous. Junie m'a tout raconté. Bouche d'or.

Il s'arrêta un moment là-bas de l'autre côté de la table.

L'ombre lui mangeait toute la tête. Il ne restait que le gonflement de son épaule droite et, appuyée sur l'épaule, une énorme oreille maigre, griffue comme une aile de chauve-souris. La main en lanière montra la table. « Un peu de médecine, messieurs. Voilà tout. La douleur. Ma montagne au fond de laquelle je suis assis, les ailes repliées. » Il croisa ses longs bras. « Ma faiblesse! » Il tirait lentement sa chaise pour s'asseoir. « Je suis content de te voir, Matelot. Comment va Junie? Je ne suis plus allé dans la forêt depuis longtemps. Je ne te demande pas comment va la forêt. Vous me laissez parler, messieurs, j'aime parler. » Sa voix glissait contre les échos de la maison sans les réveiller. « Vois-tu, Matelot, tout ça est très bien comme ça. La douleur! Je me suis creusé ma grotte là-dedans. Les philosophes. Non, je sais que ça t'ennuie. Je crois même que tu m'as donné des coups de pied au cul autrefois parce que je parlais de philosophie, j'ai tort. Je suis sûr que je t'ai manqué, Matelot. On a besoin de haïr fortement quelqu'un dans la vie. Mais, asseyez-vous, messieurs. Allons, je vais m'asseoir moi-même, sinon vous resterez plantés sur vos jambes. »

Il passa contre son fauteuil avec un froussement de chat. Il s'assit. On le voyait tout entier comme un insecte : le menton en osselet, sec et dur, un immense front mou, lourd, penché sur la droite. Il avait d'énormes yeux en globes hors des orbites comme si on lui avait mis le pied sur le ventre. Son regard avait l'effleurement chaud et vert d'une branche au soleil. « Encore un mot, Matelot, dit-il, appelle-moi Toussaint. C'est aussi facile à dire que Jérôme et c'est une habitude ici. J'y tiens. »

Il s'arrêta de parler et se lécha les lèvres. La maison se mit à craquer doucement comme une pomme sur la paille.

Antonio et Matelot se sentaient hors du monde. Ils étaient touchés par cette voix d'enfant savant, par ce

regard plein de sève; les longues mains en lanière bougeaient doucement entre les livres et les plantes. De
grandes images leur battaient le visage en les étouffant
comme de l'eau, le temps passé : l'arrivée dans la forêt,
Matelot, Junie, le beau-frère bossu (on l'appelait « le
clerc de notaire »), le hurlement d'Antonio en bas sur
le fleuve, ces écrasements d'arbres de droite et de gauche,
Junie jeune.

Matelot s'essuya les yeux. Il avait cru apercevoir
là-bas au fond de l'ombre le nuage de mai : sa glorieuse
Junie jeune.

— J'avais un but, dit Matelot tristement.

— Je ne te fis pas de reproches, dit le bossu.

Le fusil d'Antonio tomba.

— Alors qu'est-ce que vous êtes venus faire en haut
Rebeillard?

— Chercher mon besson.

— Le cheveu rouge?

— Je l'ai envoyé faire un radeau. Il n'est pas revenu.
Depuis quatre jours que nous marchons nous entendons
un grand bruit dans les collines et les forêts comme si
mon besson dansait sa colère sur le pays avec de gros
sabots de bois. Qu'est-ce qu'il a fait? Où est-il? voilà.

Le bossu se lécha les lèvres.

— Il est ici, dit-il.

Il appela :

— Gina!

C'était bien une femme vivante là-bas au fond, un
nuage de mai. Elle n'avait rien dit jusqu'à ce moment
où elle s'avança.

— Voilà le père de Danis, dit le bossu.

Elle passa son bras libre autour du cou de Matelot.

— Je dois donc vous appeler mon père aussi, dit-
elle, je suis la femme de votre fils.

Elle se pencha, elle l'embrassa sur la barbe.

— Et c'est la fille de Maudru, dit le bossu.

« Comprenez-vous un peu l'histoire maintenant, messieurs?

— Moi, dit Antonio, maintenant je peux tout comprendre.

Il entendait encore le halètement féroce de la chanson. Gina avait les yeux plats et longs avec de grosses prunelles noires, une chair laiteuse tout éclairée de blancheur, des poignets pas plus gros que des bagues d'hommes.

— Moi non, dit Matelot; moi pas encore. Comment je dois te dire, Toussaint, tu ou vous? Dis-moi sa femme, quoi? La fille de Maudru, quoi? Et après? On m'a mis ce nom dans l'oreille comme un pou de mouton. Maudru et après, quoi? Et après, quoi, qu'est-ce que c'est celui-là?

— C'est mon père, dit Gina, et c'est un homme.

Matelot la regarda.

— Le besson c'est mon fils, dit-il, et c'est un homme aussi.

— Moins gros, dit Gina, un voleur de filles.

— Depuis quand ça se vole, dit Matelot, ça a des pieds, ça suit.

— Comme les voleurs de chiens, dit Gina. Ça dit : « Viens » et ça promet.

— Ça promet quoi? dit Matelot.

— Tout, dit Gina.

— C'est beaucoup, dit Matelot.

— Ça paie à peine, dit Gina.

Et elle mit sa main sur son front comme pour se rafraîchir. Elle ferma les yeux. Elle se parlait.

— Et je lui ferai grâce, dit-elle de sa voix fatiguée, je lui ferai grâce des grands chemins, de la maison, de notre liberté dont il parlait, moi la prisonnière. Mais je ne peux pas lui faire grâce de ce qu'il est moins qu'il paraît, moins que ce qu'il dit, moins que ce qu'on dit, moins que ce que je croyais. Presque rien. Non, ça je ne peux pas. C'est trop tromper.

— Ma fille, dit doucement Matelot, l'époque de l'amour c'est l'époque du mensonge. Qu'est-ce que tu veux?

Elle ouvrit les yeux.

— Je veux qu'il soit ce qu'il s'est imaginé d'être et qu'il m'a fait croire.

— Qu'est-ce qu'il t'a fait croire? dit Matelot.

— Qu'il était fort! dit-elle.

— Il l'est, dit Matelot.

— Qu'il était plus fort que mon père!

— Il est plus fort que ton père!

— Tu me fais rire, dit-elle, de toi et de moi. Tu te figures que je vais croire? Ma croyance est fatiguée. Pour dire : moi, moi, moi, il est plus fort, oui; pour faire, non.

— Qu'est-ce que tu veux qu'il fasse?

— Je vaux ce que je vaux, dit-elle, et il a eu tout pour rien. Je veux qu'il fasse ma liberté et mon nid et ne pas être le coucou dans le lit des autres.

Matelot se gratta la barbe.

— Il le fera, dit-il, attends.

— J'ai attendu, dit-elle, on ne peut pas me le reprocher et j'attends encore, sans confiance, alors tu vois... Un soir, mon père m'a dit : « Sans moi, rien. » Ton fils m'a dit : « Viens, ne t'inquiète pas. Avec moi tu verras. Moi je ferai, moi ci, moi ça. » Oh! il a dit. Oh! pour dire! Je suis venue, je suis avec lui. Je vois. Qu'est-ce que j'ai? Rien. Si je veux qu'on m'arrache d'ici je n'ai qu'à mettre le pied dehors, ça sera vite fait. Qui me défendra? Lui? Il n'est pas capable de me trouver un chemin jusqu'à son pays. Lui? Il n'ose même plus sortir pendant le jour. Maudru? Il a dit ces trois mots; il a dit : « Sans moi, rien. » Et il est tout autour là dehors et je n'ai rien. Voilà la vérité.

« Ton fils, tu veux que je te dise où il est maintenant? Il est allé essayer parce qu'à force de lui dire et de lui dire... mais il est là, tout près dans les lauriers en bas à ne pas pouvoir faire un pas. Cropetonné avec son dos rond, son fusil sur les cuisses...

— A propos de fusil, dit Matelot, écoute...

Toussaint leva sa longue main.

— Attendez. Vous voilà tous enflammés par cette ardente. Bouche d'or vient de frapper du poing sur son bras de chaise. Attendez que je vous dise avant de faire de ma maison un four de boulanger tout embrasé. Prends ton tabouret, ma fille.

Gina alla au fond de l'ombre chercher son escabeau.

— Assis-toi près de moi, ma fille, là.

Il lui caressa les cheveux. Elle baisa la main blême du bossu puis elle la serra contre sa joue et, la tête penchée, elle se mit à pleurer sans bruit.

— Voilà, mes hommes, que je vous dise avant que vous soyez des torches. Pendant que vous comprenez encore quand on parle.

« Tu as envoyé ton fils couper des arbres. Il les a coupés. Il a fait le radeau. Il l'a amarré dans l'anse de Villevieille. C'était au commencement de la lune d'août. Depuis le radeau est là, prêt à partir. Voilà pour le travail. Le besson est venu me voir. Sa mère lui avait dit : "Puisque tu es si près de lui, va voir l'oncle." Elle sait que je suis ici et ce que j'y suis. Je suis toujours resté en correspondance avec elle. Des fois je me dis : "Junie !" et je pense à ma sœur. Je la vois, là-bas, engloutie dans cette forêt, et je me dis qu'elle a besoin des réflexions avec lesquelles elle et moi nous jouions avant que toi, Matelot, tu sortes de la mer pour venir la prendre, dans la maison de notre père, dans la chambre des livres. Toi, Matelot et tes graines d'enfants rouges, tu étais encore sur la mer dans ton grand bateau chargé de voiles. Junie et moi nous parlions. Si tu n'avais jamais sauté dans le port, toi Matelot, ma sœur serait une dame de Marseille. Son mari vendrait de l'huile ou du savon.

Elle aurait son salon avec de grands portraits de vieux hommes et de vieilles femmes, des souliers craquants, sa place marquée dans l'église et dans le théâtre. A son âge, maintenant, elle frotterait ses grosses hanches de soie dans des fauteuils. Tu en as fait mieux, toi. Merci pour elle. Je te dis tout ça pour mettre tout en place. Je la vois maintenant, non pas morte comme elle serait mais comme elle est, plongée dans la pleine ombre des forêts avec sa robuste vieillesse. Merci pour elle. C'est de ça que je te sais gré. Mais, c'est pour le reste que des fois je me mets à cette table et que je lui écris de longues lettres où elle et moi nous redevenons les enfants de mon père dans la chambre des livres. Depuis long-temps quelqu'un que je connais lui porte ça deux ou trois fois par an. Voilà pour que tu saches tout. Donc, elle m'envoie ton fils. Son fils. Il me dit. Il me raconte. Je le regarde. Dans une famille, Matelot, les bessons sont la marque des dieux! Tu ris? Tu riais toujours quand je parlais, puis le temps s'avançait qui prouvait tout. Tu verras, Matelot, je dis plus : quand, dans un couple de bessons un meurt d'accident, la force qu'ils avaient à deux, le mal qu'ils avaient à deux, ce qu'ils étaient à deux dans le monde, tout se reporte sur le vivant, il devient tout à lui tout seul. »

— Des « on dit », dit Matelot.

— A ton aise, continua le bossu. Le moins qu'on puisse te reprocher, Matelot, c'est ta vue courte. Moi je pensais à ça pendant qu'il était là, ton fils, là exacte-ment à cette place où Gina est maintenant assise. Je lui tenais les mains, je le regardais, je lui touchais les bras depuis le poignet jusqu'aux épaules. Je le tâtais de l'œil et des doigts et je lui disais : « Alors, mon homme » et « comment ça va la santé? » et « quelle belle plante tu es, fils de dieu » enfin, tout ce qu'un petit avorton comme moi peut dire à un grand besson qui porte la part de deux. Et voilà que, d'un seul coup, il m'a fait voir tout ce milieu de lui enflammé et qu'il m'a donné, là, sur mes genoux, pour que je le berce et pour que je le guérisse, tout son tendre souci. Il est fait dix fois de toi pour la carrure et pour le dur du cœur.

« Mais par cette sorte de grand pays (le bossu toucha son creux de poitrine) qu'il porte là, ses forêts à lui, ses fleuves à lui, ses montagnes à lui, il est fait de cent fois et cent fois Junie ma sœur. Je me laisse aller à te parler de ton fils car rien ne m'a plus touché dans toute ma vie que le moment où il a fait un immense effort sur lui-même, un grand effort de besson double et qu'il m'a dit : "Écoute, mon oncle, voilà ce qui m'arrive..." »

— Je comprends, dit Antonio.

Le bossu le regarda. Il se lécha les lèvres. Il éteignit ses yeux d'un lent abaissement de paupières.

— Oui, toi, Bouche d'or, tu dois comprendre, voilà. A la lisière de la prairie où il construisait son radeau il avait vu une femme.

— Ce jour-là, dit Gina, j'allais chercher des emplacements de lavoirs.

— Il se mit à bégayer en me parlant, dit le bossu, et je le voyais trembler là devant moi. Il me disait comment elle était. Il essayait de me dire sa beauté, sa bouche en était toute luisante.

— Ce jour-là, dit Gina, c'était l'été, j'avais noué sur ma chemise une petite jupe de soie juste serrée à la taille, pas plus. Il faisait chaud, j'étais plus libre.

— Comment ça s'est fait, dit le bossu, va chercher?

Il resta un moment sans rien dire. Gina s'essuya les yeux.

— Il marquait ses arbres, dit-elle. Il avait fait un feu et il y avait mis à rougir son épaisse marque de fer. Je le regardais d'entre les saules. Il saisit la marque avec sa grande main nue et il l'enfonça, blanche de feu, dans le tronc tout vivant. Au milieu de la fumée je le voyais pousser de toutes ses forces. La sève criait. Il se releva.

« L'arbre était marqué de son nom. Et je vis que cet homme avait les cheveux tout rouges comme la grande marque de fer. »

Toussaint caressa doucement l'épaule de Gina.

— Oui, dit-il, il avait l'air, là, tout tremblant, de revoir la fille à la lisière des saules. Il avait perdu son souffle. « Perdu pour toujours, disait-il, je ne respirerai jamais plus comme avant. »

— Moi, dit Gina, j'étais marquée de cet homme aux cheveux rouges comme par une marque d'arbre.

— Il m'a dit qu'il avait tout essayé avant de se décider...

— J'ai tout fait moi aussi, dit Gina, tout, vous pouvez me croire. Depuis longtemps je savais que mon père voulait me donner au fils de sa sœur. Je suis entrée là où le neveu était en train de manger avec les bouviers et je lui ai dit : « Si tu me veux prends-moi vite. » Devant tous les hommes il m'a serrée contre lui, et il m'a embrassée, et il m'a tâté tout le corps comme si j'étais déjà sa femme. Je pensais : « Si ça pouvait effacer ! » Ah ! oui, dieu vole, allez l'attraper à pied, vous autres !

— Si bien, dit le bossu, que tu n'as rien dit quand il est venu te chercher, lui.

— J'ai dit : « Ah ! » et « Merci, merci », longtemps, pendant qu'il me tenait, pour le remercier d'être là, d'être lui, d'être à moi. Voilà tout, qu'est-ce que tu veux dire ? Qu'est-ce que vous pouvez comprendre, vous, les hommes ?

— Je comprends, dit Antonio, que pour nous ça n'est pas pareil, même si on aime autant.

D'instinct il regarda du côté du sud.

— Oui, dit Matelot, mais mon fils dans tout ça ?

— Je l'avais prévenu, dit Gina. Ne croyez pas que j'aie rien caché, j'en ai peut-être dit plus que le probable.

« Rien, me disait-il, rien, tout ça » et il égalisait tout avec sa main plate. Et moi j'étais de plus en plus fière de lui. Il avait de si grandes épaules, tout paraissait si petit à côté de lui. Moi, fille de Maudru, j'avais tant rêvé cet homme-là sans espérer qu'il puisse vivre, j'en étais perdue de l'avoir dans mes bras et de le trouver encore plus beau, encore plus grand que celui du rêve. Je me disais : « Est-ce possible ? » Je le touchais et je me disais : « C'est possible, le sort est comme un marchand de veaux : pour mieux te tromper il te saoule. » Attends, dit-elle à Antonio et à Matelot qui voulaient parler tous les deux. (Sous sa peau blanche un feu étincelant comme une forge de fer s'allumait.) Attends, j'ai à te dire. C'est trop important pour moi de ne pas regretter mon amour. C'est mon sang d'être généreuse et s'il sait seulement une chose pour laquelle j'ai été avare, qu'il le dise. J'ai tout donné, j'ai tout prévu, je me suis attaché les pieds et les mains et je lui ai dit : « Emporte-moi », puisque c'était son goût de m'emporter. J'ai tout donné. Au fond, mes hommes, c'est toujours un échange. Je comptais et je recomptais ses promesses toutes les nuits. Le large chemin jusqu'à votre forêt là-bas. La vie — je ne demande que ça — la vie paisible où il voudra, comme il voudra, mais avec lui, mais la vie, tu m'entends, père de ton besson, la vie, une maison, à moi et à lui, et qu'il me fasse faire des enfants plein toute l'herbe. Voilà ce que je comptais toutes les nuits entre mes doigts secs. Tu comprends ? Il savait que mon père allait se dresser. Il savait que mon père allait serrer autour de nous et se battre pour m'arracher à lui, et moi je lui avais dit : « Me voilà entravée comme un chevreau, charge-moi sur tes épaules et emporte-moi. » Il m'a promis le large chemin. C'est donc seulement un abatteur d'arbres, ton fils ? Il a promis. Il n'est donc pas capable de se tailler notre chemin à travers les hommes, pauvre de moi !

Elle avait peu à peu élevé la voix jusqu'à crier et l'ombre de la maison gémissait avec elle.

Matelot respirait fort dans sa barbe; le bossu jouait avec une herbe sèche et il regardait ses doigts.

— Le voilà, dit-elle.

Elle se dressa.

La grande porte, en bas, sonna dans ses gonds.

— A propos de fusil, dit Matelot, je peux te dire maintenant! Hier, il s'est battu avec les hommes de ton père et il a tué le neveu.

— Gina! cria le besson.

Il courait dans le couloir plein d'échos; la crosse de son fusil tapait contre le mur.

DEUXIÈME PARTIE

I

L'hiver au pays Rebeillard était toujours une saison étincelante. Chaque nuit la neige descendait serrée et lourde. Dans le halo des réverbères, Antonio l'avait vue tomber parfois droite comme une pluie d'orage. Les villes, les villages, les fermes du Rebeillard dormaient ensevelis dans ces épaisses nuits silencieuses. De temps en temps toutes les poutres d'un village craquaient, on s'éveillait, les épais nuages battaient des ailes au ras de terre en froissant les forêts. Mais tous les matins arrivaient dans un grand ciel sans nuages, lavé par une petite bise tranchante. A peine sorti de l'horizon, le soleil écrasé par un azur terrible ruisselait de tous côtés sur la neige gelée; le plus maigre buisson éclatait en cœur de flamme. Dans les forêts métalliques et solides le vent ne pouvait pas remuer un seul rameau; il faisait seulement jaillir sur l'embrasement blanc des embruns d'étincelles. Des poussières pleines de lumières couraient sur le pays. Parfois, au large des chemins plats, elles enveloppaient un homme qui marchait sur des raquettes, ou bien, surprenant les renards malades à la lisière des bois, elles les forçaient à se lever et à courir vers d'autres abris. Les bêtes s'arrêtaient en plein soleil avec leurs poils tout salés de neige gelée, dure comme une poussière de granit; elles se léchaient dans les endroits sensibles pour se redonner du chaud et elles repartaient en boitant vers l'ondulation lointaine d'un talus. Le jour ne venait plus du soleil seul, d'un coin du ciel, avec chaque chose portant son ombre, mais la lumière bondissait de tous les éclats de la neige et de la glace dans toutes les directions et les ombres étaient maigres et malades, toutes piquetées de points d'or. On aurait dit que la terre avait englouti le soleil et que c'était elle, maintenant, la faiseuse de lumière. On ne pouvait pas la regarder. Elle frappait les yeux : on les fermait, on la regardait de coin pour chercher son chemin et c'est à peine si on pouvait la regarder assez pour trouver la direction : tout de suite le bord des paupières se mettait à brûler et, si on s'essuyait l'œil, on se trouvait des cils morts dans les doigts. Ce qu'il fallait faire c'est chercher dans les armoires des morceaux de soie bleue ou noire. Ça se trouvait parfois dans les corbeilles où les petites filles mettent les robes des poupées. On se faisait un bandeau, on se le mettait sur les yeux, on pouvait alors partir et marcher dans une sorte d'étrange crépuscule qui ne blessait plus. Vers les midi c'est le moment qu'on choisissait pour les petits voyages, les déplacements de ferme à ferme, ou pour se dégourdir un peu quand on s'était rôti devant derrière l'âtre — le pays était parcouru par des hommes, des femmes ou des chevaux marqués. Tout ça marchait lentement avec comme un peu de fatigue ainsi qu'il est d'usage de marcher dans les crépuscules. Ceux qui avaient des masques noirs avaient des gestes encore plus fatigués, ceux des masques bleus un peu moins, mais quand on se rencontrait on se mettait à se parler lentement sans grand entrain et on redressait péniblement ses reins comme si on était après un gros travail à la fin d'un jour. Pourtant, c'était midi, avec un soleil exaspéré par les cent mille soleils de la neige et on venait à peine de se lever des escabeaux autour du feu. Mais c'était à cause de ces masques de soie qu'on était obligé de porter contre l'éblouissement et parce que dans la tête on avait la couleur du soir.

Enfin, le soir véritable venait. Tous les piétons rentraient aux fermes et aux villages. Deux ou trois traîneaux passaient encore à toute vitesse à la lisière des bois dans un gros bruit de galopades et de grelots. On entendait dans le vent des gens qui tapaient leurs raquettes sur le seuil des portes, puis les portes se fermaient et les fermes et les villages se mettaient à suer de la vapeur et de la fumée comme des chevaux qui ont couru de toutes leurs forces dans le froid. La carapace des forêts, les épines des buissons devenaient bleues comme de l'acier, tout l'étincellement de la terre s'éteignait d'un seul coup, deux ou trois grosses étoiles déchiraient le soir, puis, du haut des montagnes, s'écroulait lentement l'entassement des nuages, la neige recommençait à tomber et, la nuit s'étant fermée, il n'y avait plus rien à voir, il ne restait plus qu'à écouter les grands nuages qui battaient des ailes à travers les forêts.

Après la fermeture de l'hiver, Toussaint avait fait partir son homme de commission. Il lui avait dit :

« Va voir Junie, tu lui diras : " Ton fils est vivant, ton homme aussi. Ils sont à Villevieille chez Toussaint. Fais ton train et ne t'inquiète pas. Ils reviendront dès qu'ils pourront. " »

Pour le moment, ils ne pouvaient pas.

Il y avait eu d'abord deux choses : une bonne dans un sens et une mauvaise. Maudru était allé chez les gendarmes. On l'avait su dans les premiers temps. Antonio pouvait sortir dans la ville, on ne le connaissait guère. Il descendait de la haute maison et il s'en allait renifler le vent de l'affaire chez les tanneurs et même chez les hommes de Maudru. Ils se réunissaient dans un débit de la ville basse appelé : « A la détorbe. » Mais, malgré ça ils ne se laissaient pas « détorber » ni par le nom du débit ni par la boisson. Ils riaient tous dans leurs grandes forces de bouviers en regardant les lettres de l'enseigne peintes à l'envers sur les vitres.

— Qui nous détournera de notre but? criaient-ils en frappant les tables de bois. Qui peut nous détorber nous autres?

— Bien sûr, bien sûr, disait Antonio, buvons le vin chaud, laissez faire.

Et, par-dessous, il apprenait toutes les choses cachées. Il avait retrouvé le tatoué, il lui avait dit :

— Ici, c'est mieux que la route, viens boire.

Ça avait été vite fait. Le tatoué avait deux allures : une pour son milieu de bouviers et alors il se carrait sur sa chaise, le torse en arrière, les jambes écartées, un bras sur le dossier et il disait : voilà l'affaire. Il expliquait une longue histoire, il ouvrait et il fermait les doigts de sa main, il se lissait sa grosse moustache rousse et on avait beau dire : « Qu'est-ce que tu racontes? » il racontait jusqu'au moment où les grands bouviers silencieux le faisaient taire en tapant du poing sur la table. Alors, il devenait triste et rêveur. Il se tirait vers le coin d'Antonio et il prenait sa bonne allure naturelle. Il s'asseyait avec une grande politesse paysanne.

— Hé, comment va ta mère?

— Je t'ai déjà dit vingt fois que je l'ai perdue.

Il essuyait soigneusement son coin de table avec sa grosse main râpeuse. Il restait là les yeux baissés en soupirant, cherchant en lui-même ce qu'il pouvait dire de poli et de bien intentionné. Puis :

— Ah! quel malheur! soupirait-il.

— Quel malheur? dit Antonio.

— Le mien.

Il regarda de droite et de gauche pour voir si on ne l'écoutait pas. Il toucha le bras d'Antonio.

— Voilà l'affaire, dit-il. Moi, quand j'ai vu quelque chose je suis obligé de le dire. Qu'est-ce que tu veux, c'est plus fort que moi. Si je vois bouger un rat il faut que je crie tout de suite : « Le rat bouge » ou bien je suis malade.

— Où est le mal?

— Le mal c'est eux. Il faut toujours qu'ils fassent et jamais dire. Des secrets. Moi j'aime dire. Quel mal quand c'est à des amis, toi et moi, là, tranquilles, qu'est-ce que ça peut faire, hé?

Il cligna de l'œil. C'était toujours une opération très extraordinaire. Il avait la tête molle et graisseuse. Sa peau ne faisait pas de poils. Il n'avait pas besoin de s'approprier de temps en temps au rasoir; il n'avait jamais eu sur le menton, la lèvre et les joues que le duvet des cadets. Et pourtant il était d'âge. Il clignait de l'œil lentement et avec une grande force dans ses moments où il ruminait quelque chose à dire en tête à tête. C'était encore sa politesse, comme pour faire comprendre d'un seul coup toute la malice de ce qui allait venir. Mais, dans sa tête molle, le clignement d'œil creusait un gros trou, faisait des rides, tirait les joues et il n'avait plus figure d'homme mais comme un visage en souche de vigne.

— Ho, on lui disait, ne fais jamais ça devant la femme enceinte.

— Voilà l'affaire, dit-il. Je suis allé chez les gendarmes aujourd'hui. Pas tout seul, avec Maudru. Il leur a dit : « Hé, qu'est-ce que vous faites? — Tu vois, ils ont répondu, on se prépare. — A quoi? » Ils ont dit : « Nous savons que celui qui a tiré sur le neveu est dans la ville. » Il les a regardés en soufflant. Il faisait craquer ses dents comme s'il cassait des noisettes. Ils en ont lâché les mousquetons.

« — Doucement, Maudru, a dit le brigadier. — Doucement toi, a fait Maudru. D'où tu as pris qu'on avait tiré sur le neveu? Qui t'a dit ça? C'est toujours pareil, il a dit, l'État vous engraisse, vous n'avez qu'à mangerdormir, alors votre sang fait des contes. Le neveu s'est blessé tout seul, voilà l'affaire.

« — Dans le ventre, a dit le patron-gendarme, c'est difficile. — Bien sûr, a fait Maudru, ta sœur est moins difficile mais, moi je te dis, un buisson qui accroche, un fusil chargé et un ventre d'andouille, ça peut faire une ligne de mire. Et je le dis. — Bon, a fait le gendarme, alors repos si c'est ça que tu veux. — C'est ça, je suis assez grand », a dit Maudru, et le fait est : il touchait leur petit plafond avec sa tête.

— Et le neveu, dit Antonio, qu'est-ce qu'il devient?

— Il passe, dit le tatoué, mais pas sans gueuler. Il verra dix jours, vingt si tu veux mais c'est marqué. Il est déjà à moitié en caisse.

— Et Gina?

— La vieille? dit le tatoué. De la diablerie. Depuis elle est tout en nerfs de loup.

— Au fond, dit Matelot, ça c'est bon. Avec les gendarmes on était faits. Une d'abord qu'il a d'un seul coup déchargé mon besson de tout ce qui pourrait venir derrière si l'autre meurt, puisque c'est déclaré accident. Deux, qu'il a l'intention de régler ça d'homme à homme et là on s'entendra toujours, soit...

— Soit quoi? dit Antonio. Il n'y a pas de soit. On ne peut guère envisager d'autre chose qu'une étrillade moitié-moitié.

— C'est ce que je veux dire, dit Matelot, mais soit la nuit, soit la chance, soit le hasard. Avec les gendarmes il n'y avait ni chance ni hasard et la nuit ne se couche pas sur le pays gendarme. Voilà mon compte.

— Tu dormais cette nuit?

La maison de Toussaint était toute creusée de petites cellules voûtées, taillées en pleins murs. Elles donnaient par d'étroites fenêtres sur une haute galerie dominant la ville, les champs et les forêts glacées. Deux étaient les chambres de Matelot et d'Antonio.

— J'ai dormi.

— Moi j'ai entendu, dit Antonio. Ils couchent là-dessous. Elle l'a encore déchiré de la belle manière. Son compte à lui, va savoir ce que ça sera. Un homme qui a la femme qu'elle est, avec tous les mots qu'elle dit, peut faire un jour ou l'autre un grand compte bien extraordinaire.

Ils écoutèrent un moment le silence de l'hiver dehors.

— D'autant qu'elle a raison, dit Antonio.

Et puis, il y avait eu l'aventure du besson.

Le bouvier qui gardait l'avancée de Puberclaire sortait tous les matins quand la ferme était encore engourdie. Il chaussait ses raquettes et il s'en allait tout doucement par la lisière du Bois-Doré. Le soleil venait à peine de sortir des montagnes et il montait en traînant des brumes rouges. Après le bois le chemin passait par le large des champs. A cette heure les enclos à taureaux étaient déserts. La neige montait jusqu'aux deux tiers des piquets de clôture. Le bouvier avait une toque en poils d'ours, ses deux gros foulards noués l'un sur l'autre, sa veste de cuir, des moufles en peau de mouton et des cuissards de loutre ficelés le long de ses jambes depuis la cheville jusqu'à la hanche. Il était lourd. Il marchait lentement. Il faisait juste les gestes qu'il faut. Il n'avait pas encore mis son masque de soie noire car la neige de si bon matin n'éblouissait pas. Il s'en alla tout droit dans le large des champs, il tourna à gauche, il monta la colline du Biéchard, il descendit de l'autre côté. Il ne voyait plus la ferme, il commençait à voir le fleuve qui roulait des eaux de goudron dans ses rives de glace. Au lieudit « le clos du poirier » il longea la grande falaise qu'on appelait l'arche. C'était le refuge des houldres et de tous les oiseaux, un ou deux de chaque race, qui portaient le printemps dans leurs gorges. Comme d'habitude, le soleil donnait déjà en plein sur la muraille de rocher trop droite pour garder de la neige et les trous de la pierre grésillaient d'une petite chanson d'oiseau chantée de la pointe du bec. Une gelinotte se roulait dans la neige puis sautait en secouant ses plumes.

« Beau matin, pensait le bouvier. On est en train de répéter le printemps dans l'arche. C'est encore loin, les amis, dit-il aux oiseaux. Heureusement! Qu'est-ce que ça va faire comme eau quand ça va fondre tout ça! Vous vous en foutez, vous, avec vos ailes mais moi, avec mes pieds!... »

Comme il arrivait sur les hauts de Journas il vit un homme en bas. Il faisait son chemin en venant de la ville. Il allait très vite. Il n'avait pas de raquettes mais de longues planches sous les pieds, de ce que dans la haute montagne, « le Rebeillard du dessus », on appelait : « les plaques ».

— Quelle idée! dit le bouvier.

Ça n'était pas l'usage ici-bas où l'hiver était une saison lente.

En bas l'homme filait plus vite qu'un cheval. Il se poussait avec deux bâtons. Névé était tout en longues vagues avec des creux, des montées, des descentes. L'homme s'en allait là-dessus comme un oiseau. Il était vêtu de façon légère et dégagée. Il ouvrait ses grandes jambes. Il les refermait. Il balançait ses bâtons. Il penchait son torse à gauche, puis à droite, à gauche, à droite, en se balançant pendant qu'il glissait à toute vitesse sur ses plaques, au fort des pentes, au revers des talus, sur les crêtes, puis il plongeait comme s'il s'enfonçait dans la neige; il disparaissait puis il surgissait plus loin, les bras relevés, lancé tout droit à pleine poitrine; il se penchait en avant, il s'accroupissait, il sautait, il reprenait sa glissade. Il volait à ras de terre comme une hirondelle aplatie par l'orage. Il fit front vers une barrière de saules. Il s'élança contre elle et, la tête en avant, les bras repliés, il la traversa dans un jaillissement de poussière de neige que le soleil, maintenant haut, alluma comme un éclair.

« En voilà un de décidé, se dit le bouvier. Celui-là oui! »

Il se mit à descendre pluf-plaf le long de la colline en direction des saules au milieu desquels l'homme avait plongé. Ça l'intéressait cette course.

« Je vais voir », se dit-il.

De l'autre côté du rideau de saules, le besson, ébloui de poussière de neige, tourna ses plaques, s'accroupit et s'arrêta. Depuis Villevieille il menait ce train d'enfer. Personne. Il était seul. Il regarda vers le fleuve. Il reconnaissait l'endroit, l'anse ronde où il avait marqué les bois. Son grand radeau était là sous la neige en train de dormir.

Le besson était fort en reins et en cuisses. Il avait un petit buste terrible et nerveux et toute la force de son sang de poivre était là sur ses hanches accumulée en deux énormes muscles au milieu de lui comme la force de l'arc est au milieu de l'arc. C'est de là que tout partait. Toute la route de Villevieille jusqu'ici à la plage du radeau avait été faite sur le jeu souple de ses cuisses et de ses reins depuis l'éveil quand il avait enjambé le corps encore endormi de Gina jusqu'à maintenant où il délaçait ses plaques. Il planta ses bâtons dans la neige. Il n'avait pas de gants. Son sang était assez chaud. Il ne sentait le froid que longtemps après les autres. Il regarda. Il était seul. Il ne mettait pas de masque de soie. Il pouvait regarder en plein soleil.

Il sonda la neige. La hauteur d'une moitié d'homme,

puis, là-dessous, le bois du radeau sonnait. Avec sa hache il cassa la croûte de glace puis il se mit à creuser. Il ne pouvait pas encore délivrer le radeau. Il voulait voir si les ferrures tenaient toujours.

« Drôle d'homme, se dit le bouvier. Qu'est-ce qu'il croit faire? »

Il était arrivé aux saules. Il s'était caché sous les branches et il regardait le travail.

Le besson tranchait dans la glace avec sa grande hache. Il essaya de remuer les troncs d'arbres, là-bas au fond.

« Qu'est-ce qu'il fait? se dit le bouvier. Peut-être qu'il cherche de l'or? »

Il se l'était dit un peu en riant : ces plaques, cet attirail de montagnes lui avaient fait penser à ces chercheurs d'or qui maigrissent là-haut dans le Rebeillard du dessus, mais voilà qu'en fait d'or le besson enleva sa toque pour se gratter la tête.

« Le cheveu rouge! »

Alors, le bouvier se retira doucement. Il en avait les yeux ronds; plus de surprise que de peur mais quand même très embêté d'être si près du cheveu rouge; l'autre avait une hache, lui n'en avait pas; l'autre était leste, lui non.

Le rideau de saules le cachait. Il ne remonta pas à Journas, il obliqua vers les mélèzes, il suivit la lisière; là il était caché cinq fois sur dix. Il profita d'un recoin d'arbre pour regarder en bas : l'autre ne se souciait pas. Il creusait toujours à coups de hache dans la glace. Le bouvier pensait : « Si on était seulement cinq ou six! »

Mais il fallait aller jusqu'à la ferme et faire vite car l'équipe allait bientôt partir à Villevieille à en juger par l'heure du soleil.

Il faisait aussi vite que tout et il était au Biéchard quand il vit là-bas les gars presque près de la ferme déjà partis pour la ville.

Il n'y put pas tenir. Il ne pouvait pas courir. Il se dit :
« Je sonnerai doucement, l'autre n'entendra pas. » Il
souffla un petit appel de trompe.

Dans l'anse du radeau le besson arrêta sa hache. Il
avait l'oreille fine. Il chaussa ses plaques. Il glissa
jusqu'à la barrière de saules. Il regarda. Là un bouvier
était venu en raquettes. Là il s'était couché, là il était
reparti vers les mélèzes.

Il examina l'alentour. Les hauts de Journas faisaient
le dos de vache; entre le bas de la colline et le fleuve il
voyait encore le sillage de ses plaques à lui, mais, passer
par là maintenant, il n'y fallait guère compter car il
ne fallait guère compter partir avant que les bouviers
arrivent. Il était le cheveu rouge, somme toute, et Gina
avait beau dire. Il retourna tout doucement jusqu'à son
trou. Il alla regarder le fleuve. Il avait baissé, il était
aplati bien au-dessous de ses berges. Depuis le bord
jusqu'à dix mètres vers le milieu il était gelé. A la couleur de la glace le besson comprit qu'elle portait et
qu'elle devait porter partout le long de la rive. Elle
était unie, propre, elle s'en allait vers Villevieille comme
un chemin.

Il déplaça ses plaques, il entra dans son trou. Il se
tailla à travers la neige un couloir jusqu'à la berge du
fleuve. Il dressa la tête. Sur les hauts de Journas, la
forêt de mélèzes crépitait comme si un troupeau marchait à travers ses branches gelées. Le besson entrouvrit
sa veste. Il avait là-dessous deux patins de fer pendus à
son cou par une lanière. Il les cramponna à ses pieds et il
attendit. Tout était désert. La cloche du matin sonnait à
Villevieille. Le premier bouvier émergea de Journas.
Il avait des raquettes, pas de fusil, habillé lourd. Bon.
Deux, trois, quatre, puis dix, tout noirs comme des
loups, sortant des mélèzes de Journas puis restant là
une minute sur la crête à se regarder, à regarder tout
autour. Ils avaient tous des raquettes, trois portaient

des fusils, un à chaque bord, un au milieu. Un désigna avec son bâton cette place ronde en bas entre les saules et le fleuve avec, à son centre, le trou où le besson était caché. Ils commencèrent à descendre lentement. Le besson toucha ses patins. Ils étaient bien amarrés. Bon. Il sortit du trou. Il fit le surpris et il sauta dans son trou comme pour se cacher. Il avait fait voir ses cheveux rouges. A ce moment la nasse des bouviers était faite comme ils voulaient; ils tenaient tous les chemins. Le fusil de gauche touchait le fleuve, celui de droite aussi, les autres râtelaient devant eux la névé nue et plate où on n'aurait pas pu perdre une épingle à tête noire. Cette fois on l'avait l'homme-renard. Ils crièrent tous ensemble. Ils essayaient de courir avec leurs jambes de fourrure et les gros pieds-raquettes. Le besson rampa dans son couloir de neige. Il descendit dans le fleuve. La berge le cachait. Il tapa du pied. La glace portait comme de la roche. Il s'élança d'une longue glissade jusqu'à un trou de la berge. Il se cacha. Là-haut dessus il entendit passer le bouvier au fusil.

Il le laissa passer.

Il s'élança droit devant lui pendant qu'ils tiraient là-bas derrière des coups de fusil sur un trou vide. Il dépassa les deux grands détours du fleuve puis il remonta sur la berge et il remit ses plaques. Il se poussa dans la pente. A la remontée il arrêta son élan en pliant un de ses genoux. Il regarda. Là-bas loin des hommes noirs, petits comme des fourmis. Ils pataugeaient lourdement avec leurs raquettes. Ils devaient crier, on ne les entendait pas. Ils agitaient les bras. Un tira un coup de fusil. Le besson vit la fumée. Au bout d'un moment le bruit arriva, il roula dans les échos du pays vide, de la colline au fleuve, du fleuve à la sapinière, de la sapinière à la montagne où il fit sonner les gorges étroites des chemins montagnards.

L'heure sonna à Villevieille.

Le besson fit quelques pas vers la pente du vallon. Il se pencha en avant. Il glissa d'abord doucement, puis son poids, la pente et le balancement de ses bras l'emportèrent.

De l'autre côté du vallon la ville venait vers lui en grandissant à toute vitesse.

II

— Tu n'as rien pour débourrer ma pipe? demanda
Antonio.

— Si, dit Toussaint, attends, je vais te chercher un
poinçon.

Il marcha jusqu'à la porte du fond. Ses jambes maigres
balançaient lentement son buste chargé de trop grosses
épaules. Ses longs bras ramaient autour de lui. (Il marche
comme un bateau, avait dit Matelot, je pense beaucoup
aux bateaux depuis quelque temps. Qu'est-ce que ça
veut dire?)

— Apporte la lampe, dit Toussaint.

C'était la première fois qu'il ouvrait la porte du fond.

— L'homme que tu as envoyé à Nibles, dit Antonio,
il va bientôt revenir?

— D'habitude il reste six jours. Aujourd'hui ça fait
déjà dix mais c'est le plein de l'hiver.

Il régla la mèche de la lampe.

— Mauvais temps, dit-il.

Autour de la maison le vent claquait comme une
charretée de planches. Sur le seuil de la porte, Toussaint
regarda Antonio.

— Où est Matelot? dit-il.

— Il dort.

— A-t-il toujours beaucoup parlé de la mer?

— Oui.

— Mauvais signe, dit-il.

Chaque fois qu'on portait une lampe dans une pièce de cette énorme maison, la lumière avait peur. Elle ouvrait brusquement deux grandes ailes d'or puis elle se couchait dans la lampe prête à s'éteindre.

Toussaint la rassura avec sa main blanche en haut du verre.

— Oui, dit-il, l'homme de Nibles peut rester dix jours ou bien deux mois, ça arrive.

— Je lui ai donné une commission, dit Antonio.

— Loin de Nibles?

— Non, chez une femme qui s'appelle « la mère de la route ».

— Je ne te demande rien, dit Toussaint.

— Et pourtant je voudrais te dire, dit Antonio.

Le bossu le regarda par-dessus sa mauvaise épaule.

— Parle, dit-il.

Il assura le pied de la lampe sur la table, entre deux grosses pierres de la montagne.

— Ce sont des choses difficiles, dit Antonio.

Les yeux de Toussaint étaient sans bord : une immense lumière claire, presque fixe.

— Oh! c'est seulement une femme, dit Antonio. Ne t'inquiète pas.

— Jusqu'à présent tu as vécu seul? dit le bossu.

— Oui.

— Je ne sais pas si je peux te parler comme parfois je me parle à moi-même, dit Toussaint, mais je le crois. Tu es un grand campagnard toi, comment te dire?

Il ouvrait et il fermait ses doigts comme si, de temps en temps, des fleurs naissaient dans la paume de sa main.

— Je vais te parler comme je parle à moi, veux-tu?

— Oui, dit Antonio, parle mais n'oublie pas que j'ai surtout fréquenté l'école des poissons, je ne sais rien.

— Oui, mais tu as beaucoup senti. Tu es un de ces hommes qui sont comme des moyeux. Tu fais ta route sur la ligne plate mais tu sens que la route tourne autour de toi. Quel âge as-tu? Comment as-tu fait pour les femmes jusqu'à présent? Pourquoi dis-tu : « Seulement une femme? » Pourquoi dis-tu de ne pas s'inquiéter? Ce n'est pas « seulement » et c'est toujours de l'inquiétude quand quelque chose change.

Antonio se mit à sourire.

— Tu dis : « Je vais parler », dit-il, puis tu demandes : « Pourquoi, pourquoi? » Je ne peux rien t'expliquer. Comment je faisais pour les femmes? Quand j'en avais besoin je descendais jusqu'au pays bas et j'en avais toujours une. J'ai quarante ans. Maintenant, c'est autre chose. Bien simple. En venant ici avec Matelot nous avons trouvé une femme dans les bois. Pour moi ça n'est pas une belle fille, le printemps et le besson, non. Cette femme faisait son petit dans les broussailles comme une laie. Je l'ai portée sur mon épaule, je lui ai donné un lit, du chaud, je l'ai lavée. Elle est aveugle. En partant je lui ai dit : « Attends-moi. » Je ne pouvais pas lui dire autre chose.

— Tu veux la garder avec toi?

— Oui.

— Aveugle?

— Pourquoi pas? Je lui ferai connaître tous les bords de mon île. Le fleuve s'étend tout autour, elle ne risquera rien, elle n'aura qu'à se méfier de cette voix avant d'avancer son pied.

— Voilà le poinçon, débourre ta pipe.

Antonio renifla autour de lui.

— Il y a une odeur ici.

— Ça sent un peu l'éther, dit Toussaint.

Cette chambre était très sensible au vent. De longs remous d'air venaient reconnaître la lampe, se frotter contre son verre et la flamme effarouchée battait éperdument des ailes. On distinguait dans l'ombre une large commode et deux ou trois tables appuyées contre le mur sur lesquelles les éclats de la lumière allumaient des reflets dans des bols de verre, de petites vitrines, des tubes et un gros bocal.

— J'ai des bêtes mortes ici, dit Toussaint. Viens.

Ils s'approchèrent de la table. Elle portait aussi un poids de pierres et de plantes, comme la table de la salle où Toussaint faisait entrer ses malades.

— Prends cette loupe. Regarde cette pierre.

Antonio tourna la pierre dans ses mains.

— Elle est belle, dit-il. Elle est un peu savonneuse.

— Regarde, dit Toussaint. On dirait un grand pays. Tu vois ces taches vertes avec leur encerclage noir, là ces plaines rousses avec la petite ligne brune qui sépare les champs. Des mers, des fleuves, des océans avec leur couleur et leur forme. Et c'est une pierre que tu as dans ta main. Toutes ces taches de couleur, sais-tu ce que c'est? C'est un petit lichen vieux comme le monde, vivant depuis que le monde est monde, toujours vivant et qui n'est pas encore arrivé à son temps de floraison. Un de nos arbres, en quatre coups de saison, ça fait sa fleur et ça la perd. Compte. Depuis deux mille ans. Quelle confiance! Et c'est gros comme un poil de mouche, et ça se dit : j'ai le temps. Peut-être que, si on regardait le monde de haut, ça serait pareil et on se dirait aussi : quelle confiance! Voilà mon jeu.

Il promenait son doigt mou sur le petit monde des lichens.

— A un moment donné moi aussi, dit-il, j'ai pensé aux femmes, ça a été ma plus grande dispute avec Matelot. Tant ça peut donner de force, que cette fois-là j'ai tenu tête. Pourtant c'était la première fois qu'il avait raison contre moi. Attends, je vais te faire voir des bêtes. Tu n'as pas froid?

— J'ai froid, dit Antonio, mais fais voir.

Il alluma sa pipe.

Toussaint alla chercher un bol de verre sur une table de l'ombre.

— C'était une fille d'en bas, dit-il. La force du dedans de soi n'a rien à faire avec ça (il ouvrit ses bras pour se montrer avec son petit corps de bois tordu et ses membres de fil), c'est surtout question d'œil et d'oreille, dit-il, et encore, quand je dis question je veux dire qualité véritable et non pas cette beauté qu'on voit. Tu me suis? Regarde ce scarabée, je l'appelle « Madame des Lunes », regarde, il a des lunes sur son dos. J'aime mieux mettre des noms à moi. C'est une question d'œil et d'oreille justement. Tu peux toucher, ça n'est pas un aiguillon. Ça a l'air terrible mais ça n'est rien, c'est son plantoir pour les œufs. Avec ça il plante profondément ses œufs dans la terre. Une arme d'amour. Oui, une fois moi aussi je me suis mis en tête... Comprends-moi, j'étais plus jeune. Et ça n'est pas allé bien loin, mais j'étais bien décidé. A ces moments-là on fait égal avec les plus grandes choses : avec des pays tout entiers qui portent trois fleuves et deux mers.

« Tu vois celle-là avec son plantoir, elle perce les mottes sèches, et en bas dedans au chaud et à l'ombre elle fait couler ses œufs. »

Il resta un moment sans rien dire.

— Tu connais bien le pays en bas, toi? dit-il.

— Oui, dit Antonio.

— Tu connais Grand-Combe?

— Oui, dit Antonio.

— La côte sur Chauplane, et puis la route fait trois S et là il y a une maison.

— Oui, dit Antonio, et puis Marguerite.

— Tu la connais? dit Toussaint.

— Je la connais.

— Beaucoup? dit Toussaint au bout d'un moment.

— Non, dit Antonio, connaître pour l'avoir vue.

— Tu sais son nom?

— Un homme l'appelait de la route. Elle est sortie, je l'ai vue, je descendais à Chauplane.

Toussaint regardait le scarabée mort.

— Tu ne peux rien m'en dire alors?

— Si, dit Antonio.

Il tira deux ou trois bouffées sur sa pipe. Toussaint avait mis le scarabée dans la paume de sa main et il le soupesait.

— Difficile à oublier, dit Antonio.

Toussaint regarda Antonio droit dans les yeux.

— Je dis difficile à oublier quand on l'a vue, dit Antonio. Je descendais à Chauplane. Je me suis arrêté à l'auberge, j'ai dit : « La brune, là-haut, c'est qui? Pas besoin de dire plus. — Marguerite, on m'a dit. — Mariée? — Oui. — Longtemps? — Trois enfants sans perdre sa jeunesse, on m'a dit. — On voit bien, j'ai dit. »

Il y eut encore un moment de silence.

— Heureuse? demanda Toussaint comme se parlant à lui-même. Tu sais pas?

— Ça paraissait, dit Antonio.

Une grosse étoile d'hiver toute peluchée de froid illuminait la fenêtre.

— Tu croyais peut-être que la terre est une boule de joie, dit Toussaint.

Il avait repris sa voix d'enfant avec de petits gazouillements d'oiseaux qui s'embarrassaient dans les syllabes.

— Je ne crois rien, dit Antonio.

— Celui qui sait nager, dit Toussaint, qui sait marcher, qui a de la force dans les bras et dans les cuisses, qui respire bien, qui travaille juste, il a le monde pour lui. Il ne croit rien, tu as raison. Allons près du feu, il fait froid ici.

Ils rentrèrent dans l'autre chambre où le feu vivait paisiblement entre les grosses bûches de chêne.

— Non, dit Toussaint, le monde n'est pas une boule de joie. Donne-moi la pique que je touille un peu ces braises.

— Il fait assez chaud, dit Antonio en tendant les mains à la flamme.

— J'ai le sang plus faible, dit Toussaint. Il me faut beaucoup plus de feu à moi.

Il poussa la pique dans les braises, il releva les bûches, la flamme sauta hors de l'âtre en découvrant son ventre blanc.

— Un gros feu, dit-il. Terre de nécessité et non de joie. Quelle confiance, je disais tout à l'heure. Tant de confiance qu'on ne peut plus croire à seulement de la confiance, c'est de la soumission et de l'obéissance, voilà tout. Tu comprends?

— Je t'écoute, dit Antonio.

— Moi aussi, j'ai obéi, dit-il.

Il suivait dans l'ombre la vie des personnages invisibles.

— J'allais l'attendre sur le chemin, dit-il. Elle s'arrêtait. Tu me regardes?

— Oui, dit Antonio.

— Tu l'as vue elle et tu me vois moi? Tu as raison, c'est la grande chose.

— On n'est pas gaillard que de bras, dit Antonio.

— Politesse, dit Toussaint.

— Non, dit Antonio, c'est ce que je pense. Regarde : quand Gina s'assoit près de toi et que tu lui caresses les cheveux!

— La bonté, dit Toussaint les yeux loin... peut-être mais tout ça revient au fond à la même chose : soigner. Là c'était plus du tout la même affaire.

— Quand on désire, dit-il, on n'est pas bon.

« Ça s'est fait comme à peu près ça aurait pu se faire avec toi, à peu près. Du moins je me le dis. Ça me rassure. Quoique ça soit bien perdu tout ça.

« Peut-être elle me voyait. Et alors quoi penser?

« Peut-être elle ne me voyait pas. C'est plus juste.

« On ne voit pas toujours les gens qui sont devant vous, tu le sais, ça?

— Non, dit Antonio, je l'apprends.

— Oui, elle voyait sans doute celui qui parlait. A celui-là on pouvait donner la main. J'ai toujours eu une grande force de vouloir. Et j'avais tant d'envie! Elle m'a donné la main, dit-il avec sa voix d'oiseau, oui, oui, oui, elle est à moi malgré la maison de Chauplane, et les enfants, et son bonheur. Elle est à moi.

Il se dressa.

Il resta un moment à méditer, tête basse, tout frémissant. Il releva la tête, il avait ses yeux de chèvre.

— Tiens, dit-il doucement, tu es aussi grand assis que moi debout, je n'avais jamais vu ça. Fais voir.

— Tu es plus grand, dit Antonio.

— Si tu t'abaisses, mais reste au naturel. Regarde : plus grand assis que moi debout.

« L'homme de la route, dit-il en posant sa main sur l'épaule d'Antonio, c'était peut-être son homme.

— Possible, dit Antonio.

— Il était grand comment? dit Toussaint.

— Comme moi, dit Antonio.

— Voilà.

Il soupira.

— Je suis égoïste, dit-il.

— Tu te déparles, dit Antonio. Égoïste? C'est la dernière chose qu'on penserait. Tu n'es méchant que pour toi. Tu guéris. Si tu pensais un peu à te guérir, toi?

— Égoïste par force, dit Toussaint. Seul. Seul dans le temps, seul sur la terre. Mourir demain sans laisser de vide en personne.

— Les malades, dit Antonio.

— Qu'est-ce que ça peut me foutre, dit Toussaint, je le fais pour moi, pas pour eux. Qui marche à côté de moi dans la vie? Qui est assez faible pour avoir besoin de coucher avec moi? Qui m'aime? Tu entends. L'amour féroce?

« Écoute! »

Il posa sa main sur le genou d'Antonio. Il avait levé vers lui son pauvre visage, ses yeux lourds.

— Il y a des vérités que tu sens, dit-il, et il y a des vérités que je sais. Et ce que je sais est plus grand. L'été je vais dans les sablières chercher la Madame-des-Lunes. Le sable est immobile mais au-dessus l'air est tout impatient. Puis le sable bouge et les femelles sortent. Ainsi, pendant que tu ne voyais rien, le sable était tout pertuisé par le dedans sous l'effort des femelles qui montaient du fond de la terre vers les mâles. Tu vois, cette terre noire dont le dessus ne bouge pas mais qui se tord dans son ombre comme la pâte de fer dans le feu. Voilà pour celles-là; et c'est pareil pour d'autres vertes comme des bourgeons de châtaigniers, pour d'autres qui sont bleues comme des lames de couteau avec un point noir sur la tête, pour des rousses comme la brique, pour des toutes rouges, pour des noires à points verts, pour des vertes à points noirs, pour des rondes et dorées comme de petits oignons secs, pour des longues comme des tuyaux de pipe, des dures, des molles, de celles sans regard qui aiment en dormant comme des sacs qu'on remplit, et de ces toutes frémissantes plus énervées que du vent et qui peuvent regarder tout autour d'elles avec leurs gros yeux de cristal. Ça va pour l'amour.

Il frappa de sa main le genou d'Antonio.

— A voir tout ce remue-ménage, tu te dis bien que ce n'est pas sans importance; un air de joie, une bénédiction de la terre et du soleil qui fait jouir. C'est une maille, Antonio, c'est le premier maillon. De là le reste commence. Et encore je ne te fais pas toucher le centre amer de ces joies.

« Tu les regardes : ils font l'amour. La terre leur a déjà bourré la tête avec des odeurs et maintenant elle frappe avec de gros marteaux de joie sur la cuirasse

de leur crâne. Tu les regardes : ils font un travail haletant, grave, pas très loin de la douleur. Tu sens très
bien qu'ils ne savent pas. L'obéissance est l'obéissance.

« Et ça a commencé. Et tout doit suivre. Les ventres
sont en fermentation. Une vapeur pareille à l'haleine
des cuves fume sur le monde au ras des buissons et des
arbres. Alors, maintenant, que veux-tu, je ne peux pas
tout te dire et tu sens déjà que les fléaux de tes bras,
s'ils frappent pour des choses comme ça, c'est qu'un
autre que toi en tient le manche. Les combats à l'aiguillon, les œufs pondus sur la poitrine des paralysés,
les charrois de viandes, les crânes de scarabées qui
blanchissent au fond d'un trou à côté d'une larve repue,
les corps de papillons sucés comme des fruits et que le
vent emporte avec des balles de graines.

« Voilà tout.

« Tu as dit : " Seulement une femme ! "

« Bon. Tes os ne sont pas encore bourrés de poudre
comme des canons de fusils. Profite encore du feu et
de la nuit. »

La grande pendule sonnait au fond du couloir.

— Quand je commence, dit Toussaint, le temps se
trompe. J'ai soif. Je vais descendre à la citerne. Bonne
nuit.

Au fond du couloir, Antonio alluma le briquet et
regarda l'heure. C'était minuit.

Il se déchaussa pour monter les escaliers sans bruit.
En haut la fenêtre ronde du palier était pleine de lune.
Le vent de la nuit avait chassé les nuages. On voyait
tout le pays : le fleuve noir, la ville éteinte couverte de
neige, les collines avec leurs ombres de poix et leurs
crêtes étincelantes. Du côté des hautes montagnes le
ciel était encore tout bourbeux et, maintenant que le
vent était tombé, les longs tentacules bleus des nuages

recommençaient à chercher la lune à travers les étoiles.

Il y avait encore de la lumière chez le besson. On la voyait tout autour de la porte.

Antonio écouta.

— Parle, toi, dit Gina.

— Oui, dit le besson.

Puis il y eut un long moment de silence.

— C'est ça que tu voulais, fils des bois, dit-elle (elle se frappait le corps avec ses mains), ça : les seins, mon ventre, et ça, là, voilà tout. C'est ça que tu regardais seulement à travers ma robe, avec ton désir. Tu n'as jamais eu l'œil assez aigu pour entrer dans moi au-delà de ma peau.

— Si, dit le besson.

— Je voudrais bien que ce soit vrai, dit-elle, mais il n'y a qu'à te regarder les yeux pour savoir que ça n'est pas vrai. Qu'est-ce que tu peux voir avec ces yeux-là? Rien. De la chair chaude où tu as envie de mettre ta main. C'est tout. Qu'est-ce qui entre en toi quand tu me touches? Ce chaud, ma peau douce, c'est tout. Tu crois qu'un jour tu pourras entendre un peu le bruit de mon sang? Jamais de la vie! Sourd, et sourd, et sourd!

Elle resta un moment sans parler.

— Et égoïste, dit-elle.

Le lit craqua sous le besson qui se retournait.

— Égoïste, moi?

— Oui, toi. Tu as les oreilles, les yeux et les mains égoïstes. Tu vois pour toi, tu entends pour toi, tu touches et tu prends pour toi. Tu regardes. Tu me regardes. Qu'est-ce que tu vois? Tu ne vois rien. Tu vois pour toi. Tu vois tout ce que ça peut te rapporter comme plaisir. Pas plus.

« Ah! Dieu vivant! Comment avez-vous fait le partage! Vous étiez fou, pas possible! Qu'est-ce que vous lui avez donné à celui-là en plus de ses reins et de ses bras? Rien.

« Si j'ai un peu de chaleur dans moi c'est de Toussaint que ça me vient. Tu n'as pas honte?

« Celui-là, oui, il en a une grosse part de cœur!

« — Quand tu marches, il m'a dit, on dirait que tu barattes du lait de femme. Quels enfants tu vas faire, ma fille!

— Attends, dit le besson, tu en feras.

— Je n'en veux pas, cria Gina.

« Non, dit-elle plus bas, je n'en veux pas de tes enfants. Je ne suis pas une taupe pour les faire au fond de l'ombre loin du soleil, cachée, tout entourée de couloirs, de murs, de portes et de serrures. Je ne veux pas faire des petits et puis être obligée après de courir en les portant dans ma gueule comme les chattes. Tu entends? Tes enfants! Au début quand je disais ça, quand je me le disais à moi toute seule en faisant un canal dans ma main depuis ma bouche jusqu'à mon oreille, j'en avais le dedans du ventre tout meuble. Maintenant, c'est non. »

Il y eut un moment de silence.

— Ou bien fais-moi libre, dit-elle.

Puis au bout d'un moment :

— Embrasse-moi.

Antonio se mit à monter vers le haut étage où il dormait près de Matelot. Au milieu de l'escalier, il entendit qu'elle recommençait à parler en bas. Il s'arrêta.

— Tu m'avais promis, disait-elle, la ferme dans la forêt. Nous couchons dans le lit des autres comme les coucous et quand je te touche, la nuit, j'entends dans ma main ton cœur qui dit : « Je dors, je dors, je dors... »

A l'étage du dessus, la fenêtre du palier donnait en plein ciel. On ne voyait plus la ville ni la vallée mais seulement des fantômes de montagnes.

Antonio passa devant la porte de Matelot.

— C'est toi?

— C'est moi, dit-il, tu ne dors pas?

— Entre.

Il poussa la porte. Elle n'était pas fermée mais entre-bâillée juste à fil. « Il devait m'attendre », pensa Antonio.

— Tu m'attendais?

— J'ai d'abord dormi, dit Matelot, puis après je me suis levé et j'ai entrouvert la porte pour te voir passer. Quelle heure?

— Plus de minuit.

— Avance-toi, dit Matelot à Antonio qui restait sur le seuil. Entre en plein, ferme et reste un moment avec moi, après je dormirai peut-être.

— Tu veux que j'allume? dit Antonio.

Il avait fermé la porte et la chambre était toute noire de nuit, car la fenêtre donnait au nord, de l'autre côté de la lune.

— Non, laisse éteint, cherche la chaise, assieds-toi.

— Alors, vieux? dit Antonio au bout d'un moment.

On entendait, en bas dessous, le ronronnement de Gina qui continuait à parler. Le petit pas léger de Toussaint fit craquer la neige gelée dans le jardin. Un cri d'homme qui imitait le chat-huant sonna dans les ruelles en escaliers. Un autre lui répondit, puis un autre.

Un dernier effort du vent lava la lune de l'autre côté de la maison. Un petit reflet blanc éclaira la chambre.

— Voilà, dit Matelot en montrant la fenêtre.

Au fond de la nuit, les hautes montagnes couvertes de glace venaient de s'illuminer.

— Je pense toujours à la mer. Écoute!

— Non, c'est Gina qui parle en bas.

— Regarde, dit Matelot, depuis trois nuits le grand bateau est amarré là devant.

La lune éclairait le sommet des montagnes. Sur le sombre océan des vallées pleines de nuit, la haute charge des rochers, des névés et des glaces montait dans le ciel comme un grand voilier couvert de toiles.

— Quel bateau? dit Antonio.

Matelot montra la fenêtre.

— Celui-là, là dehors.

— C'est la montagne, avec de la neige et de la lune.

— Non, dit Matelot, c'est le bateau.

Dehors, la montagne craquait doucement dans le gel comme un voilier qui dort sur ses câbles.

— Je ne veux pas partir, dit Matelot, je fais encore besoin sur la terre. Et je lui dis : « Va-t'en, démarre, flotte plus loin. »

— Qu'est-ce que tu crois donc?

— La mer ne vous lâche jamais, dit Matelot. Si elle revient, c'est que mon temps est fini ici-bas.

— Un mauvais rêve, dit Antonio.

Les glaciers gonflaient leurs hautes voiles dans la nuit. Les forêts grondaient.

— Pour les rivages de la mort, dit Matelot.

— Tu es resté trop longtemps sans rien faire, dit Antonio. L'hiver d'abord et puis parce qu'il faut bien calculer notre coup pour enlever d'ici le besson et sa femme malgré les fausses chouettes qui montent la garde. Autre chose : on avait dit qu'on se saoulerait. On ne l'a pas fait. Voilà la vérité.

— On le fera, dit Matelot.

— Et maintenant, dit Antonio, ferme ta boîte à malices, pense à rien, dors.

— Bonsoir, dit Matelot.

Antonio entra dans sa chambre.

Il faisait froid. Il alluma la chandelle. La graisse de porc fumait avec des odeurs de cuisine. Antonio voyait un âtre plein d'un feu de sarments, la barre noire de la broche, le rôti de porc doré qui tourne. Il pleure dans la lèchefrite. La graisse et le petit bouquet de sauge noire. Le manche violet de la grosse côtelette de viande.

Il enroula soigneusement tout le bas de son lit dans le manteau en peau de mouton.

Il souffla la chandelle. Les draps étaient glacés. Puis le lit s'arrêta de crier. Antonio immobile, les bras serrés contre lui, les mains entre ses cuisses, attendit le chaud.

Ça sentait toujours la bonne cuisine d'homme, la viande rôtie, l'âtre, les cendres, la flamme, la graisse, la maison.

— La vie est courte, dit-il sans savoir pourquoi.

La chaleur maintenant lui baignait les aisselles et il avait un peu desserré ses bras. Il se caressait la cuisse avec ses mains. Il entendait plus doucement les bruits de la nuit sur un rythme régulier, toujours pareil. Il ferma les yeux. Il entendit battre son sang dans sa nuque. Il se dit :

« Clara ! »

Un petit souvenir de la chambre qui sentait l'éther entra dans lui. Entre ses paupières mal jointes il voyait au-delà de la fenêtre des ailes blanches, une carapace noire, des antennes, mais il ne pouvait plus savoir si c'était le scarabée lunaire de tout à l'heure, tout armé d'amour, frémissant d'amour, plantant l'amour dans la terre avec son long plantoir à œufs, ou bien la carène, les voiles, les cordages du navire immobile de la mort.

Alors il vit venir vers lui le visage de Clara aux yeux de menthe et il s'endormit.

III

Le dimanche matin, les trois hommes se levèrent au noir de l'aube. Le besson descendit au jardin.

— Je vais t'aider? demanda Antonio.

— Non, je vais seul.

— Va sous le figuier, dit Antonio, et monte les trois grosses bûches.

Le besson était au bout du couloir juste sur le premier escalier. Il tourna la tête.

— J'aimerais que tu ailles à la citerne, toi, dit-il; au lieu de mon père.

— Oui, coupa Antonio à grosse voix, oui, descends. C'est moi qui vais à la citerne.

— Qu'est-ce qu'il dit? appela Matelot dans sa chambre.

— Il me dit d'aller à la citerne, dit Antonio, et toi on voudrait bien te voir aussi. On a besoin de toi pour le petit bois. Amène!

L'aube d'hiver, charbonneuse et blême, entrait par les fenêtres, les joints de la grande porte et les trois carreaux barrés de l'imposte. La maison était encore pleine de nuit sonore. Le besson rentra du jardin, ferma la porte. Matelot descendait de l'étage sur ses gros chaussons de toile. Antonio tira les seaux d'eau. Il commença à remplir un très gros chaudron pendu à la crémaillère de la salle commune. Le besson entra avec de grosses bûches de chêne; Matelot s'agenouilla près de l'âtre, balaya les cendres, fit un foyer de bois sec.

Il avait apporté des fagots de résineux. Le chaudron était pendu très haut. Il y avait de la place dessous pour construire un feu en règle. Tout de suite il y eut des flammes énormes et un bruit d'écrasement et de massacre quand le feu se mit à fouetter toutes ces ramures ruisselantes d'huile. Puis le ronflement sourd du feu long souffla dans la cheminée.

Matelot ferma la porte. Il toucha le mur du plat de sa main.

— Ça chauffe déjà, dit-il.

Les flammes épaisses claquaient de tous les côtés hors de l'âtre. Le jour blanc montait dans la fenêtre. Le besson débarrassa le milieu de la salle. Il poussa la lourde table contre le mur. Il entassa les tabourets sur la table. Il balaya les dalles avec le balai de sagne.

Matelot commença à se déshabiller. Nu, il eut l'air d'être touché à la fois par le froid tranchant de la fenêtre et par un coup de flamme.

— Bon, dit-il.

En bas dans la ville, la cloche de l'église se mit à sonner l'angélus de l'aube.

— Déjà chaud? demanda Antonio.

— Oui. Besoin. C'est bon. Pas trop chaud. Bonne affaire, dit Matelot dans de petits claquements de dents.

Il frottait à pleins poignets la toison blanche de sa poitrine. Il semblait prendre une vie nouvelle dans les éclatements roux de la flamme. Ses larges pieds nus s'épanouissaient sur les dalles. Les remous de l'air chaud battaient à grands coups d'aile tous les poils de son corps. Il redressait les reins. Les muscles de ses cuisses se gonflaient sous sa vieille peau attachés autour de son ventre comme des racines d'arbres.

Le besson et Antonio se déshabillèrent.

Ils s'approchèrent tous les trois de l'âtre.

— L'eau ne chauffe pas, dit Matelot, je languis.

— Le chaudron est trop haut, dit le besson, je vais le descendre un peu.

Il monta sur la pierre d'âtre. Il enjamba le feu. Il saisit l'anse noire à deux mains, les bras en dedans. Il enleva le crochet.

— Tu vas te brûler.

Il ne répondit pas. Il soufflait entre ses lèvres serrées. Il avait tout le poids de l'eau et du chaudron au bout de ses poignets. Il pendit tout ça au plus bas de la crémaillère, lentement, comme s'il n'avait souci ni du feu qui léchait ses bras ni du poids.

Il s'étira pour faire passer l'effort. A côté d'Antonio doré par sa vie de nageur et Matelot couvert de poils, le besson était blanc comme du lait. Il ne donnait pas une impression de force noble comme Antonio dont les moindres gestes semblaient s'appuyer sur l'épaisseur de l'air, il était large, un peu carré. Son corps n'avait pas non plus ce courage éperdu, cette témérité du corps de Matelot qu'on sentait fait par la tête, emporté par la tête, par force, dans des travaux et des batailles et dont tous les tendons, tous les muscles, tous les os étaient comme modelés par des souffrances obstinées. Non, il avait une carrure inconsciente. Sa respiration faisait à peine trembler la pointe de son ventre. Ses épaules fortement ondulées s'élargissaient comme un joug de montagne. Il avait une tête d'enfant, ronde, très petite, enflammée de cheveux et de sourcils rouges. Au joint sensible de ses cuisses une autre touffe de poils rouges, pour le reste, bras et jambes scellés dans son bloc comme dans un rocher.

L'eau chantait.

— Tourne-toi, dit-il à son père.

Il avait pris un bouchon de branches de buis. Il le trempa dans l'eau fumante. Il se mit à frotter le dos du vieillard.

— Fort, vite. Hou! Plus bas. Là, Frotte. Bon. Plus haut : l'épaule, les reins.

Matelot trépignait en faisant claquer ses pieds nus.

— Ne chante pas comme une pie, dit le besson. Frotte-moi, toi, de ce temps-là, dit-il à Antonio, et après je t'étrille. Va bon cœur.

Lui il ne bougea pas pendant qu'Antonio le faisait fumer d'eau bouillante.

— A moi, cria Antonio, je gèle.

Matelot se délivra d'un bond. Le besson laissa retomber ses bras.

Matelot frappa Antonio avec des branches sèches.

— Frotte avec l'eau, pourri de Dieu.

— C'est pour t'ouvrir.

— Je suis ouvert.

— L'épaule, l'épaule, criait le besson. J'ai l'épaule de glace, écorche, écorche, viande de fleuve!

Les trois hommes fumaient comme des boudins qu'on vient de sortir de chaudière.

Toussaint entra. Il avait son grand manteau de bure, ses bottes, et tout saupoudré de givre. Il enleva sa toque de fourrure. Il avait le visage fatigué, une barbe qui noircissait dans les rides autour de la bouche, les yeux sanglants d'un long effort contre la nuit.

— Qui a peur du cheval blanc? dit-il.

— Quel cheval blanc? dit le besson. Il fumait encore d'eau bouillante et de coups.

— Celui de la montagne, dit Toussaint.

— Je n'ai jamais eu peur d'un cheval.

— On ne sait pas, dit Toussaint, celui-là fait peur à d'autres. D'ailleurs, au bout du compte il est de ta famille. Seulement, je voudrais bien vous voir habillés. C'est sérieux ce que je vais dire. Cette manie de se mettre nus toujours.

— Tu n'aurais pas dû sortir seul, dit Matelot.

— Je ne risque rien, dit Toussaint, où je vais je ne

risque rien. Je suis accompagné, chauffé, traîné, porté. Je n'ai pas à bouger le plus petit doigt. Vite, habillez-vous. Comment pouvez-vous être nus de si grand matin? Quel plaisir! Ça vous fait plaisir d'être nus? Qu'est-ce que vous faites, vous vous regardez, vous vous touchez. Quel plaisir! Dépêchez-vous.

— On se bouge le sang, dit Antonio.

— Je vous porte de quoi vous le mieux bouger, dit Toussaint, et il enleva son manteau.

Dessous il était plié sous des fourrures. Par-dessus sa moutonnière il portait une longue veste de cuir de taureau plus grande que sa taille dont il avait dû retrousser les manches et serrer le col en peau de chat.

Il regarda Antonio.

— Je crois que c'est toi qui vas servir, dit Toussaint. Tant pis. Bataille? Bataille!

Muet, Antonio bougea la main pour dire : faites. Le feu tomba. L'eau chantait doucement.

— Le neveu est mort, dit Toussaint.

Le jour, maintenant, éclairait toute la fenêtre.

— Médéric, fils de Gina Maudru et de, je crois, Carle de Rustrel. Il est mort. Cette nuit. Et déjà on est venu dire que le mauvais cheval galope sur les sommets de Maladrerie. Mettez du bois au feu.

« Oui, Médéric, fils de Gina, dit-il encore.

— D'où viens-tu? demanda Matelot.

Les trois hommes s'étaient habillés.

— De là-bas, dit Toussaint. De la ferme des taureaux. Je crois que vous n'avez pas vu, dit-il avec tristesse. J'y suis allé toutes les nuits. La douleur m'attache. C'est peut-être ça. Et je l'ai vu souffrir, mais c'était un homme. Il a peut-être eu des mains rapides avec Gina la jeune. La tienne. Mais il avait une forte attirance pour elle. Il a parlé. Le dernier jour, la dernière nuit. Quelques heures et puis après plus le temps de parler, alors on parle. Il voulait en faire mieux que ces coucheries. Il s'est trouvé devant ton fusil.

Il regarda le besson.

— ... Tu as la tête bien petite, toi, garçon. Elle est sur tes épaules comme un poing d'homme, pas plus grosse. « L'ordre est parfois bien difficile à comprendre », dit-il, en se parlant à lui-même.

« Enfin, c'est fait !

« Il est mort ! »

— On dirait que tu le regrettes, dit Antonio.

— Oui, dit Toussaint sèchement, puis il s'aperçut que c'était Antonio qui avait parlé. Oui, je le regrette, poursuivit-il. Il s'est mis à aimer cette fille, lui, bien avant le besson. Il avait vingt-cinq ans de plus qu'elle. Il en a fait, je crois... (Il s'arrêta de parler pour regarder le besson et Matelot assis à l'écouter sur la pierre d'âtre...) Il en a fait en lui-même ce que moi j'ai fait une fois dans un cas pareil. Lui, vingt-cinq ans de plus, moi ma bosse. J'ai suivi tout ça à travers lui. Ça le blessait plus que ton coup de fusil, besson. C'est pourtant de ton coup de fusil qu'il est mort.

— Ah ! dit-il en se dressant, vous ne pouvez pas comprendre !

Il était tout agité d'une colère sourde qui énervait ses bras, ses jambes et faisait éclater dans sa voix des sonorités d'homme.

— Maintenant que je le connais, j'aurais voulu qu'il l'ait, lui, cette fille, au lieu de toi. Ça me ressemble trop.

En bougeant, les manches de la veste en cuir de taureau s'étaient déroulées.

— Antonio, aide-moi à enlever ça.

— J'avais froid, dit-il, ils me l'ont donnée, c'est la sienne. Il avait les bras plus longs que moi, il était plus large. Non, ça ne me va pas. Jette-la là-bas.

— Donne, dit le besson.

Il se mit à toucher la souplesse du cuir, à renifler l'odeur du cuir, à renifler l'odeur de l'homme qui était restée dans la fourrure du col.

— Tu dis qu'il voulait Gina? demanda-t-il.

— Oui, dit Toussaint. Il voulait partir pour le Champsaur avec elle, la tirer plus haut, là-haut dans les montagnes pour être seul avec elle. Dessous eux, d'est à l'ouest, trois cents kilomètres de pays visible, avec les vallées, les fleuves, les fermes, les pâtures, les villages. Ce sont des idées qui vous tiennent comme ça quand on a la bonne envie d'une femme et qu'on se sent un peu faiblard, soit du côté... — il fit le tour de son visage avec sa main molle — du côté figure, ou de l'âge. Je sais ça. Le désir d'être au large.

— Qu'est-ce que tu as à fourrer ton nez dans ce poil de chat?

— Ça sent le neveu, dit le besson. Ça a son odeur, là, tout autour. Ça pue — il touchait le col de la veste.
— Il est mort. Bon.

Il laissa tomber la veste à ses pieds.

— Vous étiez sur la même piste, dit Toussaint.

— Et il s'est trouvé devant mon fusil, dit le besson.

— Si c'était à refaire...

— Si c'était à refaire, dit le besson calmement, je le referais, je l'ajusterais du même œil et je tirerais mes deux coups à la fois dans son ventre. Comme j'ai fait.

— Oui, mais je dis, moi, dit Toussaint (il tordait ses mains maigres et tout son petit corps de grillon noir tremblait, il avait toujours ses beaux yeux de chèvre qui regardaient loin), je dis, moi : si c'était à refaire, tout ce que j'ai fait depuis que tu es là, je le referais d'autre sorte. Qu'est-ce que tu as à me regarder, toi, Matelot? Oui, je le dis. Ton fils est arrivé et il m'a parlé d'amour. Ah! il m'a parlé d'amour. Que faire quand on me parle d'amour à moi, à moi, que faire? (Il se calmait.) J'ai mes raisons pour toujours croire aux grandes choses.

J'ai cru. Je ne m'en veux pas d'avoir cru. Je donne toujours une chance. L'amour! Et ce bel homme. J'ai dû
croire qu'un peu de moi, un peu de mon ancien désir,
je le voyais devant moi dans le corps de ton besson.
Et que ça allait se faire. Et qu'est-ce qu'il a fait? L'autre
aussi m'a parlé d'amour. C'est l'autre qui était comme
moi, c'est l'autre que j'aurais dû aider. C'est l'autre qui
aurait fait.

— Qu'est-ce qu'il aurait fait? dit le besson.

— Le désir d'être au large, dit Toussaint.

Matelot se dressa.

— Tu es toujours l'ancien Jérôme, dit-il. Tu as eu
beau changer de nom, ça m'étonnait. Tu vas d'un coin
à l'autre comme une hirondelle.

— Le large, dit Toussaint. La vie. La règle. L'amour
c'est toujours emporter quelqu'un sur un cheval.

— On est là pour ça, dit Antonio. Un peu de calme.

Il dressa la main en l'air. On entendait venir Gina
dans le couloir. Elle chantait...

... avec les charretiers de tout le diocèse
en long et en travers pour ma prospérité.

Antonio ouvrit la porte.

— Qu'est-ce que tu chantes?

— Ce qui me plaît.

— Ce n'est pas beau.

— C'est beau pour moi.

— Va faire le café.

Il ferma la porte.

— Maintenant j'ai quelque chose à dire, dit-il à
voix haute.

Toussaint tourna vers lui ses yeux éperdus. Il montra
la porte.

— Elle écoute, dit-il du bout des lèvres.

— Voilà, dit Antonio : le Champsaur, trois cents

kilomètres de pays visible. Bon. Tu oublies : la femme
couche. Si c'est avec celui qu'elle a choisi et qu'ils s'ac-
cordent, son corps est heureux. De quoi se plaint-elle?
Ça compte. Peut-être plus que tout le reste. Même si elle
n'a que ça. Toi, tu dis maintenant que tu choisirais
l'autre s'il était temps. Mais elle, elle a choisi celui-là.
Tu n'as rien à choisir, toi. C'est elle qui choisit. C'est
celui-là qu'il faut aider.

« Tu peux aller faire le café, cria-t-il, Gina, marche! »

On entendit qu'elle s'en allait dans le couloir. Elle
ouvrit la porte de la cuisine. Elle la ferma sur elle.

— C'est celui-là qu'il faut aider, dit doucement Antonio.

Il se pencha sur Toussaint. Il lui mit la main à l'épaule.
Toussaint toucha la main d'Antonio et la caressa avec
ses doigts mous.

— Mon oncle, dit Antonio, tu as raison et tu as tort.
Gina a raison et elle a tort. Il faut toujours lui dire
qu'elle a tort. Toute la suite de l'histoire est dans
celui-là.

Il montra le besson.

Le besson avait déployé la veste du mort. Il la regardait. Il tâtait le cuir souple.

— Elle doit m'aller, dit-il.

Il passa ses bras dans les manches. Il remonta les
épaules. Elle allait. Elle était même un peu petite.

— Je la garde, dit-il, tout compte fait.

Le jour était maintenant plein levé. Un nuage passait
devant la fenêtre. C'était un triste dimanche. Le bruit
des foulons à tanner, les chansons qui suintaient parfois
des ateliers, le grondement des grandes portes de fer
qu'on ouvrait pour décharger le vieux tan dans le fleuve,
tout s'était tu. Une petite bise aigre sifflait dans les
génoises des toits. Un volet tapait sur la fenêtre d'une
chambre vide. Au fond du silence, le craquement des
montagnes glacées.

— Le cheval, dit Antonio, qu'est-ce que tu voulais dire?

L'énorme feu repu élargissait silencieusement ses braises épanouies.

— Quand un Maudru meurt, dit Toussaint, le dicton c'est qu'un grand cheval galope là-haut sur le sommet des montagnes.

— Et alors?

— Chaque fois il emporte quelqu'un.

— Où?

— Savoir! Où veux-tu? Le fait est qu'on les trouve des fois morts en bas des pics. On bien envolés, plus de marques.

— Des contes, dit Antonio.

— Oui, dit Toussaint, mais en deux mots voilà la chose : la vieille Gina veut profiter. On lui a tué son fils, elle veut sa part de cérémonies et de batailles.

— Je l'attends, dit le besson.

— Même seule, dit Toussaint, je parierais peut-être pour elle. Cérémonie? Elle s'y connaît. On enterrera le neveu à Maladrerie avec tous les maris de Gina. C'est là-haut dans la montagne. Cérémonies? Elle va faire marcher toute la vieille coutume taureau. On verra ce qu'on verra. Cérémonies? Elle a déjà donné des tours de garde aux bouviers dans la ferme et autour de la ferme. Des feux, et tous les hommes réveillés. Le neveu seul a le droit de dormir maintenant là-bas. Des seaux de vin. Elle, elle va d'un groupe à l'autre avec ses histoires. Tout le camp est sur pied.

— Et alors moi, puisque tu as dit que moi?... dit Antonio.

— Attends. Là-haut à Maladrerie, on fera le repas de mort. Dans cette ville ici, Maudru donne du travail aux tanneurs, aux cordiers, aux marchands de fer. Il a des partisans. Là-haut on pourra les compter et savoir qui ils sont.

« C'est le tatoué qui montera là-haut pour creuser la fosse. Va avec lui et puis reste, écoute, regarde, tâche de savoir ce qu'ils vont faire. Je ne sais pas, dit-il encore. Il me semble que je trahis tout. Je n'ai plus guère confiance en toi besson et l'autre est mort. J'ai encore ses cris dans les oreilles. On ment à tout dans la vie. Il n'y a qu'à la souffrance qu'on ne ment pas et tu ne sauras jamais souffrir, toi. »

Vers les dix heures du matin le ciel eut comme un sursaut, un peu de bleu déchira les nuages et la bise secoua deux ou trois fois les arbres en faisant fumer le givre. Il y eut après un beau silence. On ne voyait pas le fleuve. Il était sous la brume. Puis il commença à remuer ses grosses cuisses sous la glace et on entendit craquer et bouger et un bruit comme le frottement de grosses écailles contre les graviers des rives. On n'en pouvait pas douter : malgré l'hiver le fleuve s'échauffait dans de grands gestes et, quand la brume monta boucher tout le ciel, qu'à la place du gel étincelant s'étendit cette blême lumière grise, louche et presque tiède, on s'aperçut que toute la glace du fleuve descendait lentement vers le sud.

— Holà! dit Antonio.

Il fit signe au tatoué qui marchait avec lui. Ils se penchèrent par-dessus le quai.

— Un, deux, trois, quatre; un, deux, trois, quatre, dit le tatoué en comptant sur ses doigts; lune de novembre, lune de Noël, lune de janvier, non. Pas possible.

Ils regardaient le fleuve, là, sous eux. Tout doucement la glace descendait sans se fendre.

— C'est un jour mou, dit Antonio, ça arrive. Ça ne veut rien dire.

— Non, dit le tatoué, rien du tout. Le fleuve bouge, mais la montagne ne bouge pas.

— Tant mieux aujourd'hui.

— Passons le pont, dit le tatoué. Il faut d'abord commencer par monter derrière la Tannerie du Merle. On va par là, excuse-moi, je t'explique. Tu as ta pioche ?

— Oui, marche.

— D'abord, on ne prend pas la route de Gina. On va à pied et puis c'est que, de là-bas, par jour mou, on risque les écroulements de neige. D'ici, c'est forêts, forêts et forêts, juste un peu du clair en dessus et tout de suite Maladrerie. Le fait est, dit-il, en regardant le fleuve, qu'il s'en va bien. Lune de janvier c'est guère possible.

Ils entrèrent dans la forêt.

En bas, la ville appela deux ou trois fois avec des claquements de volets et la longue plainte d'un char qui traversait le mont, puis elle s'arrêta de parler. Le fleuve préparait sournoisement quelque chose mais d'ici en haut, vu à travers les branches blanches des premiers sapins, il était mort. Sur chaque pas des hommes se refermait le silence de la forêt.

— Tu feras le trou à ma place, dit le tatoué. C'est bien entendu ?

— C'est entendu, dit Antonio.

— J'ai trop de peine, dit le tatoué.

— Non, dit Antonio, mais tu as peur du cheval.

— Oui, dit le tatoué.

Les arbres et les montagnes étaient pétrifiés sous la poussière blanche du froid. Ni le frémissement de la branche ni le souffle de la haute prairie : un silence minéral. Dans le vaste ciel boueux des forces dorment. Le temps lentement les approche du réveil. Déjà elles sont tièdes. Un paquet de neige tombe du sapin. La branche a à peine bougé. Déjà elle est immobile comme avant. Rien n'est prêt. Pas d'oiseaux. La neige est neuve. Pas de traces sauf les empreintes du vent de la nuit passée.

A la clairière du Fangas Antonio s'arrêta.

— Fatigué?

— Non.

Devant eux la forêt et la montagne s'ouvraient sur la plaine. On voyait en bas un tronçon du fleuve dans les neiges.

— Il bouge, dit Antonio.

Il y avait enfin un mouvement dans le monde, au fond de ce golfe que le fleuve tordu creusait dans les champs blancs; une tache d'eau libre, luisante comme du goudron, s'élargissait.

— Personne sur les chemins, dit le tatoué. On sera seuls.

Il montra, là-bas, de l'autre côté du fleuve, le chemin muletier qui montait sur le flanc sud de la montagne.

Les raquettes entraient dans la neige de deux travers de doigt. Ça commençait à être dur de les tirer.

— Poussière, dit le tatoué.

Ils longeaient un petit escalier de montagne avec de la forêt dessus et dessous.

— Avant.

La montagne était maintenant en pente dure devant eux.

Il fallait monter en faisant son escalier du champ de la raquette. Ils s'élevaient ainsi peu à peu le long des arbres, au-dessus des arbres; le vide terrible s'ouvrait sous eux jusqu'au fond de la vallée où des fumées et des brumes traînaient sur les champs de neige. Les houseaux de fourrure et les vestes en peau de bœuf pesaient à tous les plis des jambes et des bras.

Le tatoué assura largement son pied, s'arrêta et regarda Antonio sous lui.

— On est dans les parages du cheval, dit-il. C'est toi qui fais le trou du neveu, entendu?

— Entendu, dit Antonio.

Il recommença à taper de la pointe de la raquette pour tailler la marche.

Maintenant le poil gris des arbres était en tas dessous très loin, tout petit.

— Poussière, dit le tatoué.

Un peu de poussière de neige coula sur le névé. La montagne haleta comme un coffre de poitrine puis s'arrêta.

Le tatoué mit sa grosse moufle devant sa bouche.

— Doucement, dit-il à voix basse.

Toute la pente de neige était devenue vivante.

— Gauche, dit-il, là.

Antonio enfonça sa raquette gauche à l'endroit qu'il désignait.

— Ton poids, dit le tatoué. Et il se pencha.

Antonio se pencha.

— La main.

Antonio posa sa main sur la neige.

Il était maintenant incliné sur la pente. Il touchait la montagne de tout son corps. Le gouffre blanc de la vallée sifflait doucement un petit sifflement lugubre, si doux qu'il amollissait les nerfs, les muscles et desserrait l'étreinte des mains et des pieds. La tête d'Antonio était plus lourde que toute la montagne. En bas, les champs de neige se soulevaient comme une tempête du monde; des fois ils montaient à toute vitesse avec leur charge de fleuve et d'arbres et ils venaient toucher Antonio; il n'avait plus qu'à faire un pas hors de la pente et il était à l'abri. Puis, ils s'effondraient à toute vitesse, ils étaient encore à des kilomètres en bas dessous et il ne fallait pas bouger le pied.

— Droit, dit le tatoué.

Antonio enfonça sa raquette droite.

— Gauche.

Antonio enfonça sa raquette gauche.

— Main.

« Monte.

« Attends.

« Droit.

« C'est solide.

« La main. »

Ils étaient de plus en plus haut sur cette grande pente prête à descendre vers le fleuve et toute travaillée d'ardeur.

— Écoute, souffla le tatoué au bout d'un moment. Ne regarde pas en l'air. Monte doucement. Prends la racine. Relève-toi sur tes bras.

Antonio regardait sa poitrine.

Il monta sans bouger la tête. Devant son regard il vit une grosse racine noire avec une crête de neige. Il la serra à pleine main. Il tira de toutes ses forces. Il émergea à mi-corps, au milieu d'un bois de pins clairsemés. Le sommet! Il se bourra en avant. Il tomba sur la neige. Il ferma les yeux. Il entendit que le tatoué tombait près de lui.

— Voilà, dit-il.

— Viens voir où on est monté.

Ils s'avancèrent en rampant jusqu'au bord. Tout le long du névé galopait une énorme poussière de neige cabrée en plein vide, tout enveloppée dans les ruissellements de sa crinière de marbre.

— Le cheval! dit Antonio.

— Oui, dit le tatoué.

Ils se dressèrent. C'était le sommet d'une première assise de la montagne. De l'autre côté du bois, à travers les troncs d'arbres, on voyait que la terre se courbait dans une haute combe où la neige était si épaisse que malgré le jour boueux elle avait des reflets comme une eau dormante. Au-delà, les à-pics de rochers crus s'élançaient pour disparaître dans les nuages.

— Maladrerie, dit le tatoué.

— Où?

— Ici.

— Tu cherches la ferme (le tatoué s'enleva la moufle droite et se moucha dans ses doigts). Et d'abord, dit-il, on est parti vite. On n'a pas eu le temps. Comment va ta mère?

Il se mit à rire en secouant la glace de ses moustaches.

— La ferme est là, dans le creux. Tu ne peux pas la voir. Le dos est tourné par ici, c'est une maison basse : la neige et le toit ça fait un. Là-bas. Regarde. Cette grande tache. C'est ça. En été, tout ce creux c'est de l'herbe plus haute qu'un homme et de si grande qualité qu'on en sent l'odeur de l'autre côté des montagnes. Avant Gina, les apâtureurs du delà arrivaient ici avec leurs bêtes sur le coup du 1er juin. On leur disait :

« — Qui vous a dit que l'herbe est mûre? — On a senti le vent, disaient-ils.

« Elle a vécu là, dit-il après un petit silence. Tu verras la maison, ce soir. Tu viens au repas? Hé! viens au repas. Je peux pas dire que je t'invite mais je te dis " viens au repas ". Tu verras. Le cimetière est là-bas. Viens. »

Il n'y avait pas beaucoup de neige sur ce sommet, une petite épaisseur que des touffes d'herbe trouaient car ç'avait été en plein sur le fil du vent passé.

— Voilà le cimetière.

C'était un bouquet d'arbres aigus, trop fuselés pour garder la neige. Ils étaient luisants d'un beau vert gras, épais et serrés de feuillages comme des colonnes. Antonio reconnut des cyprès d'Italie. Tout autour, un mur de pierres énormes les séparait de la montagne vivante.

— Elle les a enterrés là, dit le tatoué. Les uns après les autres. Fais le tour. Tu trouveras une petite porte. Cherche une place pour le neveu.

Il regarda le ciel lourd et tiède où la brume était peu à peu caillée en gros nuages.

— Le vent vient presque toujours de là, dit-il en pointant son doigt vers le nord. Cherche-lui un abri. Ou près du mur ou dans les arbres.

Il fit deux pas pour s'en aller. Il tourna la tête.

— Dans les arbres, oui. Fais ça comme si tu te soignais toi-même. On ne sait pas. Des fois. Qui dit que rien reste?

Il tourna tout entier. Il revint vers Antonio.

— Voilà, dit-il en lui mettant la main sur l'épaule; j'ai quelque chose à te dire. Si ç'avait été pour moi je n'aurais pas fait ce mur tout autour. Ça coupe la vue. Écoute : je voudrais que le neveu ait une belle vue. Veux-tu me donner un coup de main après?

— Pourquoi pas, dit Antonio, je te comprends.

— On viendra, dit le tatoué en montant le mur, on ouvrira ces pierres. Faut être deux. Alors, haut comme il sera il pourra voir toute la vallée et le temps changeant sur la terre. La neige, l'herbe, la neige, l'herbe, dit-il en balançant la main pour imiter la fuite et le flux des saisons. La neige, l'herbe — il dressa le doigt en l'air — on ne sait pas.

Il s'en alla vers la ferme.

De temps en temps, en marchant, il balançait encore sa main de l'été à l'hiver.

Antonio regarda autour de lui. Il pouvait être dans les trois heures de l'après-midi.

Il entra dans le cimetière. On avait posé à la tête des morts des rochers entiers, sans nom, sans marque. Il chercha une place près de la cyprière. De là, en écartant les pierres du mur d'enceinte, le mort aurait une belle vue. Il détacha la poche de sa ceinture. Il enleva ses moufles. Il ne faisait pas trop froid.

Il y avait ici un plus grand silence que dans le bois d'autour. Cela venait des cyprès. Ils buvaient tous les bruits épars comme les grosses éponges et ils ne laissaient couler de leurs feuillages qu'un grondement uniforme et monotone qui était comme le cœur profond du silence.

Antonio commença à déblayer la neige. La terre noire apparut. Il en déblaya un bon rectangle qu'il mesura à la mesure de l'homme, deux pas pour la longueur, un beau pas pour la largeur d'épaule et il se mit à creuser.

C'était du schiste que la gelée avait déjà pourri.

Le jour tombait peu à peu. Le crépuscule déjà troublait les lointains. Une flaque de nuit grandissait en bas sur les champs de neige comme si le fleuve soudain réveillé de toute son eau noire engloutissait la vallée.

— Ça va le travail? dit une voix.

Antonio releva la tête. Il ne vit personne.

— Ici, dit encore la voix.

C'était une voix d'arbre et de pierre comme le grondement de la forêt dans les échos.

L'homme était assis sur le bord du mur.

— Ça va, dit Antonio.

L'homme sauta dans la neige. Il marchait avec les jambes écartées comme les cavaliers. Sa jambe droite était plus lente que la gauche et moins pliable. Il la tirait à chaque pas avec un gros effort de sa hanche.

— Quelle longueur? dit-il.

— Deux pas.

— Largeur?

— Un pas.

— Profond?

Antonio était déjà enfoncé jusqu'aux genoux.

— Bon, on t'avait dit de creuser là?

— Non, dit Antonio, à mon idée.

— C'est un peu près des arbres.

Il y avait au fond de la voix une tendresse...

— Ça les engraissera, dit Antonio.

— C'est vrai, dit l'homme.

Sa tête était plantée directement dans ses grandes épaules. Son menton touchait sa poitrine. Il ne pouvait regarder autour de lui qu'en se bougeant tout entier.

Il devait se raser quelquefois car sa barbe était raide comme du mil.

— Je crois que c'est assez profond, dit-il.

— Encore un peu, dit Antonio.

L'homme attendit qu'il eût fini de gratter le fond de la fosse puis il lui tendit la main et il l'aida à remonter.

— D'où es-tu? demanda-t-il.

— Trop long à dire, dit Antonio, et il désigna d'un rond de main le monde entier sous eux.

— Tu n'es pas venu par le chemin?

— Non, dit Antonio, par l'à-pic.

Ils marchèrent tous les deux dans cette direction parce que, de là, un peu de jour venait encore à travers les arbres. L'homme traçait un sillon dans la neige, avec sa jambe traînante.

— Là, dit Antonio.

Le névé descendait lisse comme une lame d'acier; le gel de la nuit serrait la neige.

— C'est raide, dit l'homme. Puis : « Tu es pressé? »

— Non, j'attends le corps.

— Moi aussi, dit l'homme. Asseyons-nous. Il n'y a qu'à serrer les vestes. Tu fumes?

— Oui.

— On va fumer.

Ils bourrèrent les pipes.

— Ici, dit l'homme, c'est la région des bouleaux. On ne peut pas savoir ce que c'est le printemps ici. Ces arbres qui sont comme des veaux naissants. La peau, la bave, l'odeur!...

On sentait qu'il parlait pour se détourner d'un souci.

Antonio regarda dans la vallée. Une longue chenille de feu marchait dans les champs de neige.

— Le convoi est parti, dit-il.

— Oui, dit l'homme, j'ai vu.

Il y avait en bas tellement de torches qu'elles éclairaient le visage des champs et des bois nocturnes.

— Les morts ont plus de chance que nous, dit l'homme.

— Pas sûr, dit Antonio.

En abordant la crête du névé, en roulant dans la neige du sommet il avait pensé à l'aveugle. Avant la chute du jour il avait regardé sous lui tout le déploiement du pays et cherché : où est-elle? Là, ou là, ou là-bas loin, loin derrière cette montagne bleue? Maintenant, elle était là à côté de lui, entre lui et ce gros homme à la voix brutale et tendre.

— Je te croyais plus vieux, dit l'homme.

Tout le long du convoi apparaissaient dans la nuit le luisant des hêtraies, l'épaule blanche des coteaux, la bouche noire d'un ravin, l'œil d'une fenêtre de ferme contre laquelle la flamme des torches venait flotter.

— Cette jeunesse que tu as! dit-il encore.

— Pas si tu comptes depuis que je suis né, dit Antonio.

— Et alors?

— Tout le reste, dit Antonio.

— Quoi?

— Trop long à dire.

Il était occupé de cette femme d'ombre aux yeux de menthe qui s'appuyait à lui dans sa faiblesse d'aveugle et de fumée.

En bas, le convoi venait d'aborder le flanc de la montagne. De temps en temps un cavalier s'en détachait, s'en allait comme une étoile sur la neige, prévenir là-bas devant, le mufle luisant des roches, le grillage des forêts. Il s'arrêtait immobile, tout hargneux de flamme; il sonnait la trompe pour faire monter le convoi vers lui.

L'homme alluma son briquet. Il souffla sur l'amadou pour élargir le feu et allumer le profond de sa pipe. Il avait une grosse bouche aux lèvres déformées, un nez de chien large ouvert, de solides joues d'os et de peau.

Par-dessus les braises de l'amadou il regarda Antonio. Son regard expliquait sa voix.

— Ceux qui sont là, dit-il, n'ont jamais été si heureux que depuis qu'ils sont là. Tu es marié?

— Oui, dit Antonio au bout d'un moment.

— Qu'est-ce qui nous pousse à ça? dit l'homme.

— Tout, dit Antonio.

— Les morts ont plus de chance que nous. (L'homme avait baissé sa voix. Elle était maintenant toute tendresse et la sauvagerie des mots qui roulaient parfois plus fort dans sa gorge était plus qu'une sauvagerie d'homme qui souffre.) J'ai été marié moi. Pourquoi, moi? Qu'est-ce qui a fait qu'elle a dit oui, je me le demande. Pourquoi j'ai cherché? Parce que tout m'a poussé. Tu l'as dit. Quel besoin? Tu as chassé?

— Oui, pêché surtout, surtout la pêche. Je suis un homme du fleuve.

— Oui, mais tu as chassé?

— Oui.

— Les grosses bêtes?

— Les sangliers, surtout ça dans mon pays.

— Des battues de quelle époque?

— Fin de printemps, à la lisière des blés. Automne aussi.

— Des sangliers qui te prennent sous le vent et qui arrivent comme chez eux. Alors ils se lavent l'entre des cuisses avec la terre, ils avalent de longs vers noirs en levant le museau. Ou bien tu vois courir la mère et les petits porcs?

— Oui.

— Alors tu sais. Bon. Moi je peux parler aux bêtes. C'est pas sorcier. De la justice. Je te dis pas que j'ai parlé aux sangliers. Non. A des taureaux.

— Comment on t'appelle? dit Antonio.

— Maudru.

— J'ai été marié, dit-il au bout du silence. La fille

d'un tanneur. Combien les peaux? Tant. J'ai jamais démordu de ma vie, mais l'habitude est l'habitude. On entrait, on buvait le coup. Elle allait au placard, elle essuyait les verres, elle les donnait : un à toi, un à moi, pan sur la table. Elle apportait la bouteille. Elle versait. Elle penchait la tête en versant. Pour regarder au ras du verre et pas renverser la liqueur. Un jour à la ferme ma sœur me sert. Penche-toi un peu plus, je lui dis. Non. Pas pareil. Tout le jour j'ai vu devant moi l'autre penchement. Rien de pareil. Ni ça, ni les doigts, ni le geste. Rien que d'aller au placard, de l'ouvrir, de prendre les verres, de se tourner et de venir vers la table où je suis : rien que ça. Tu aurais pu mettre mille femmes, pas une n'y serait arrivée. Elle, elle le faisait. Je ne sais pas... A la fin je l'ai demandée. Elle a dit oui.

Il faisait péniblement monter les mots à travers lui et il respirait fortement sur tout ça comme un grand vent sur des herbes qui germent.

— Je ne t'embête pas? dit-il.

— Non.

— Comme un commandement, poursuivit-il. Qu'est-ce que tu fais dans la vie? Taureaux, fermes? Ta force à toi. Toi et ta force? Non, non, non. Moi je te dis : cette fille, cette fille, cette fille! Son geste. Là elle va au placard. Là elle penche la tête. Là elle marche, là elle rit, là elle tourne. Regarde. C'est ça que je veux que tu regardes. Regarde-la elle, rien qu'elle. Là elle marche. Elle se baisse, elle se relève, elle ouvre les bras, elle les ferme, elle respire. Elle va à l'eau. Elle marche, elle marche. Regarde, rien que la marche. Écoute, elle marche, ses bras, ses jambes, elle! Rien qu'elle! Je te dis de regarder. Regarde, regarde, regarde! C'est peut-être la seule fois où j'ai été heureux, dit-il à bout de souffle. Qu'est-ce que tu dis?

— Rien, dit Antonio, c'est que je respire fort, mais j'écoute.

— C'est, dit doucement Maudru, comme cette chanson des haleurs de troncs d'arbres. Le patron plante le croc dans l'écorce, puis il chante : « Ho! les gars, Encor-un-coup-Encor-un-coup » et ça s'en va. J'ai été aveuglé d'un seul coup par cette femme. Un an, puis elle est morte, ça n'est pas d'hier et toujours entre les taureaux et moi elle est là.

« Sangliers, tu entends? Tu as vu, je t'ai dit, tu sais. Les arbres, notre travail, notre peine — on entendait qu'il remuait ses lourdes mains — les bêtes, et puis tout en fin de compte, tout ce qu'il y a à faire. Et toujours celle-là, là au milieu, inutile, de la fumée. Penser à ça? Voir ça, avoir ça qui me bouche les yeux. Quoi faire?

— En prendre une autre, dit Antonio, tout nous pousse.

Le bruit d'une cavalcade lointaine sonnait dans la montagne.

— Peut-être, dit Maudru.

Un moment après il dit encore :

— Peut-être, peut-être.

Et il tira silencieusement sur sa pipe.

Le premier cavalier qui dans un bond de feu émergea des arbres se mit à crier, car il venait d'apercevoir devant lui, à la lueur de sa torche, la cyprière de Maladrerie. Il fit tourner sa bête et il se renfonça dans la forêt en trouant au galop un grand tunnel de lumière. Un nuage de poussière de neige le suivait.

Le char qui portait le corps de Médéric peinait dans la dernière montée. Les trois couples de taureaux tiraient de droite puis de gauche. D'un côté au bout de l'effort ils plantaient leurs cornes dans l'argile de la montagne; de l'autre côté leurs mufles dépassaient le bord de la route et ils recevaient à pleins naseaux l'haleine humide du gouffre. Chaque fois ils s'entrecroisaient les jambes, ruaient court, soufflaient deux jets de fumée en essayant de secouer le joug. Sur le siège, le bouvier de droite avait la torche, le bouvier de gauche la pique.

— Ho! criait droite en haussant son feu.

Sur le noir plat de la nuit les six échines de taureaux apparaissaient luisantes comme des galets.

— Aurore! criait gauche en se dressant sur le siège. Il lançait sa longue pique comme un javelot. Elle glissait dans l'anneau de sa main, elle allait se planter dans l'épaule du taureau Aurore en train de renifler l'abîme. Les six bêtes refluaient vers le parapet de la montagne comme d'énormes vagues de boue rouge et blanche. Les lanières sifflaient. Les jougs craquaient. Les taureaux d'attelle frappaient le timon de leurs cuisses. Le char pivotait de devant sur sa lune de fer, sautait de trois roues, tanguait sur le long gémissement de son essieu d'arrière. La caisse de Médéric sautait dans ses cordes, la tête du mort frappait dans les planches du cercueil. Puis les bêtes s'avançaient encore vers le bord sombre de la nuit. Droite criait. Gauche lançait sa pique dans la lumière et un nouvel effort des taureaux et du char haussait Médéric plus haut dans la montagne.

Derrière suivaient des charrettes légères, bâchées de toile blanche, lumineuses comme des bulles avec, dedans, le fanal pendu à l'arceau de bois. Elles étaient chacune traînées par un taureau avec tant de force pesante qu'à chaque déhanchement de la bête, les ferrures, les clavettes, les clous, les cuirs et les ressorts de frêne, tout criait comme une forêt d'oiseaux. Dans la première charrette il y avait Gina, noire et muette et qui se laissait secouer par le chemin sans décroiser les bras. Les autres portaient des hommes et des femmes de Ville-vieille apparentés aux Maudru, des petits tanneurs qui vivaient des cuirs de la ferme et cinq ou six filles grasses, bien lavées et poudrées avec, autour du cou, un foulard de soie qui sortait de leur fourrure. Les bonnes amies de bouviers qui montaient pour le repas et pour, après, coucher à la grange avec les hommes. Elles se faisaient toutes petites au fond de la dernière voiture. Elles ne bougeaient pas, elles ne parlaient pas, elles se regardaient seulement de temps en temps l'une l'autre avec un sourire. Dans toutes ces charrettes sauf dans celle de Gina on jouait aux cartes ou aux dés, ou à une sorte de mora où il fallait hurler des chiffres en dressant les doigts de la main droite.

Malgré le bruit des charrettes et le grondement sourd du gouffre qui suivait la route, Gina entendait les cris des joueurs. Elle disait :

— Rosses! Rosses!

Elle écarta la bâche pour regarder les charrettes. Elle sentit que son taureau d'attelle fléchissait en reniflant ses sabots.

— Alors, Gamma, cria-t-elle, on a fini de se lécher les pieds? Ils sont arrivés les autres, là-haut.

En effet on n'entendait plus, là-haut devant, le bruit du char à trois places. Il roulait sur le plat du plateau.

Le cavalier avait fait entrer son cheval dans une faille du rocher. Il tenait sa torche haute.

— On arrive, maîtresse.

— Je sais, dit-elle. Fais-moi taire ces enfants de garces là derrière.

Le taureau Gamma releva la tête et se mit à mugir en balançant la gueule. Là-haut le taureau Aurore répondit. Le mugissement coulait dans la vallée noire et on entendait en bas dessous les arbres morts qui s'éveillaient. Le taureau Gamma s'élança. Gina laissa retomber la bâche.

Le cavalier ne pouvait pas doubler le convoi. Il attendit les voitures dans sa faille, la torche haute. Il tenait les rênes avec les dents; il avait tiré de sa botte de fourrure sa longue houssine de jonc tressé et il la tenait à pleins poings. Quand la première voiture passa devant lui avec ses cris et ses rires, il la cingla à pleine bâche d'un bon coup de houssine comme s'il châtiait une bête. On s'arrêta de crier. Un homme releva le pan de toile. Il vit le cavalier debout sur ses étriers, la torche haute, les rênes entre les dents, la houssine prête.

— Bon, dit-il.

Et la voiture monta, silencieuse.

A la seconde il frappa pareil. Il mâchonna dans les rênes de cuir.

— Taisez-vous, salauds!

Il frappa encore un coup pour une femme qui avait eu peur et qui criait.

Il fit taire toutes les voitures et, la dernière passée, il sortit de la faille. Il descendit encore un peu dans le noir du chemin. Après le détour, il vit qu'à deux ou trois lacets plus bas la cavalerie bouvière arrivait. Alors il mit son cheval au pas et il remonta le chemin, la torche sur l'épaule. Sa tête seule émergeait de la nuit.

En arrivant sur le plateau, le char à trois couples roula lentement sur la neige. La nuit, devant, était épaissie par les arbres.

Droite-la-torche sauta à terre et vint toucher le museau des taureaux flèches.

— Oh hi! mes pigeons, gare à la souche de chêne. Là, Bosselé, attention au sapin. Droit, Aurore. Droit, Aurore!

Il les guidait doucement à travers la forêt ouverte. Le gros char déchirait les écorces et les rameaux de cèdre couverts de neige éclataient contre les flancs des bêtes et les ridelles.

— Aurore saigne, dit-il.

« Aurore a un trou comme le poing à l'épaule », dit-il encore.

— Merde! dit Gauche-la-pique, j'ai été obligé. Il a reniflé vers l'à-pic tout le long.

Dans les arêtes, Aurore frappait du sabot dans la neige.

— Rangez-vous, cria Gina, laissez-moi passer.

Elle avait ouvert la bâche de devant, enjambé la ridelle et elle se tenait debout sur le timon. Elle frappait Gamma du bois de la pique.

— Suivez, dit-elle, voilà le chemin.

Ainsi, au fond des arbres, le char à trois couples aborda de flanc un petit monticule de rochers. Il y resta comme ensablé dans une telle hauteur de neige qu'elle touchait le ventre des taureaux. En haussant les torches on voyait, là-haut dans la nuit, l'élancement luisant des cyprès.

— Là, dit Gina, il faudra le porter ici.

— On peut monter plus haut, dit Droite-la-torche.

— Restez là, dit Gina, on les a tous portés ici.

On entendait arriver les charrettes. La cyprière soufflait.

— Où est mon salaud de frère?

— Là-haut, dit Gauche-la-pique.

Maudru venait d'apparaître à la lisière de la nuit. Les charrettes se rangèrent en silence autour du monticule.

— Dételez les bêtes, dit Maudru. Elles ont assez fait.

— Sors-toi alors, dit Gina. Elles te sentent. Elles vont piétiner mon cimetière.

— Dételez, dit Maudru.

Les hommes et les femmes descendaient des charrettes.

Il y avait Romuald le quincaillier, le fournisseur de chaînes de Puberclaire. Il était là avec sa femme et ses deux filles. Il y avait Marbonon de « la Détorbe » avec son grand casaquin de fourrure en peau d'ours, Delphine Mélitta, dite la grande, la patronne des trois tanneries du sud, celle-là avec son toquet, ses bottes, et son fouet, et cet air cassant qu'elle avait pour tout, même quand il lui fallait demander aux hommes des

choses tendres. Il y avait les Demarignotte, tous les huit :
le père, la mère, les deux sœurs et les quatre fils tous
habillés pareils, tous parlant et marchant pareil, tous
s'attendant à chaque geste, reniflement bas ou remonte-
ment de ceintures. Il y avait cinq tanneurs de la rue
« Bouchoir-Saint-André » à qui Maudru avait rendu des
services. Ils se tiraient vers les torches pour que Maudru,
là-haut, puisse les voir.

On avait relevé les bâches des charrettes. On déte-
lait les taureaux. Gina s'était enfoncée dans la nuit.

— Tenez-moi le pied, dit Héloïse Barbe-Baille.

Elle descendait d'une ridelle sans marchepied. Bertrand-le-gaz lui fit un escalier avec son genou.

— Attention, dit-il, c'est de la loutre, ça glisse.

Il avait des culottes en peau de loutre. Héloïse sentit
que son pied glissait. Elle se retint au cou de Bertrand-
le-gaz. Il aurait donné mille peaux de loutre pour ça.

— Merci, dit Héloïse.

— De rien, dit Bertrand.

Héloïse sourit. Bertrand aussi. Elle monta dans les
rochers neigeux vers le cimetière. Ses belles hanches
rondes veloutées de peau de renard se balançaient.

« Qu'est-ce que je fais, se dit Bertrand, je la suis ?
Si je le lui disais ce soir ?... »

Il s'était appuyé à un petit cèdre.

— Pousse-toi, le gros, dit Thomas. Tu bouches le jour.

On avait planté des torches sur des piques à bœufs
mais elles n'éclairaient que de hautes branches lourdes
de neige.

— Viens, dit Thomas.

Il avait mené sa petite femme qui, tout épaissie de
peaux de bêtes, semblait une enfant-marmotte, agile, de
gestes courts et grasse à luire.

Les trois filles s'étaient plantées à l'écart et regardaient
les bouviers en train de dételer les taureaux.

A ce moment on entendit crier vers l'orée du bois.

C'était la cavalerie bouvière qui arrivait. Dès qu'ils furent sur le plat ils commencèrent à trotter. Ils portaient au bout de longues perches des lanternes de papier et de peaux de moutons qui figuraient des têtes de taureaux. Les yeux crevés cerclés de ronds de suie jetaient des flammes, les cornes d'osier léger dansaient au-dessus des lanternes comme des antennes de papillons et les crinières faites de sagnes sèches et de barbes de maïs sifflaient autour des lanternes.

Le taureau Aurore regarda la blessure de son épaule. Il s'en alla en soufflant parmi les bêtes délivrées. Il leur parlait à voix basse en langue taureau.

— Qu'est-ce que tu as, toi, là-bas? cria Maudru.

Aurore meugla doucement. Il commença à gravir le monticule. Les autres taureaux le suivaient.

Gauche-la-pique avait défait les cordes et libéré la caisse du neveu. Ils se mirent à quatre pour soulever le cercueil. Ils fléchissaient. Bertrand-le-gaz passa son épaule sous le milieu du cercueil et se releva un peu.

— Qu'est-ce que c'est? dit Maudru.

Aurore arrivait près de lui.

— Quel est l'enfant de garce qui a fait ça? cria Maudru.

Il touchait la blessure du taureau. Elle giclait et palpitait sous ses doigts comme un fruit pourri.

Gauche-la-pique assura le coin du cercueil au gras de l'épaule.

— Passons par là-bas, dit-il, il y a un chemin.

— Aurore, dit Maudru, alors ma bête, alors mon gros...

Aurore frottait son museau gras contre la veste en peau de taureau.

Les huit Demarignotte entrèrent dans la cyprière. Le père portait une torche, la mère avait pris une torche, les quatre fils aussi, la fille aussi, la dernière portait une lanterne-bœuf.

— Où est le trou? cria Gauche-la-pique.

— Ici, dit Gina.

Elle était, depuis un moment, arrêtée au bord du trou.

On passa des cordes sous le cercueil. On le descendit dans la fosse.

— Juste, dit doucement Bertrand-le-gaz.

La crinière de la lanterne-bœuf pendait sans bruit à peine un peu tremblante du chaud de la flamme. On entendait souffler Aurore et la main de Maudru qui flattait le taureau. La neige criait sous les pas.

Les quatre bouviers poussèrent la terre noire dans le trou.

Gina tourna sur elle-même et s'en alla. Les Demarignotte la suivaient avec les torches. Delphine Mélitta fouettait ses bottes de fourrure. Maudru descendit le monticule. Les taureaux marchaient posément autour de lui, laissant près du maître Aurore blessé qui s'arrêtait de temps en temps pour essayer de se lécher l'épaule.

Maladrerie, au milieu des neiges, venait d'allumer toutes ses fenêtres. De la cheminée bondissaient, au milieu de la fumée, les reflets roux de la grosse flamme d'âtre.

Le tatoué sortit de son abri sous le cèdre. Il entra dans le cimetière. Seuls, les cyprès parlaient à voix basse.

Il appela :

— Antonio!

Il lui fallait maintenant ouvrir la brèche dans le mur pour que, dès demain à l'aube, le neveu couché dans sa tombe puisse voir devant lui, largement étendu, tout le visage de la terre.

IV

Antonio arriva le mardi matin. Toussaint préparait sa salle des malades. Il avait balayé. Il essuyait tous les meubles avec un chiffon.

— J'étais inquiet, dit-il.

Il avait encore dans ses yeux cette lueur de douloureuse folie, cette fatigue, cette inquiétude avec laquelle il était retourné du chevet du neveu. De temps en temps il regardait la fenêtre, il écoutait vers la porte.

— Le temps est bon, hé? demanda-t-il.

— Oui.

— Je vais avoir des malades.

Il avait déjà dans ses gestes pour essuyer les meubles des rondeurs et des mouvements de doigts qui dépassaient le monde ordinaire et s'en allaient toucher au fond de l'air la mystérieuse matrice de l'espérance.

Antonio raconta le repas de Maladrerie.

— Où est le besson? dit-il.

— En haut, dit Toussaint, couché. Depuis trois jours, dit-il encore, lui et Gina sont comme des poissons pleins d'œufs. Ils se tournent autour, ils se suivent, ils se sentent. Ils sont couchés. Ils font de la lumière rien qu'en passant.

— Matelot?

— Attends, dit Toussaint en dressant la main sans qu'il fût possible à Antonio de savoir s'il fallait attendre ou si Matelot attendait quelque chose.

— Alors voilà..., dit-il.

Il était allé au repas mortuaire. Dans un coin. La vieille Gina avait le milieu de la table. Elle mangeait debout. Sans regarder, sans rien voir. De temps en temps elle parlait en mâchant sa viande. Antonio n'entendait pas.

— Qu'est-ce qu'elle a dit ? demanda-t-il au tatoué.

— Tout à l'heure, dit le tatoué.

Et il fit « chut » avec son doigt en travers des lèvres.

Antonio avait essayé d'écouter. On comprenait bien que la vieille Gina était maîtresse ici et que c'était son domaine véritable cette aire de neige et de nuit, et cette immense ferme à poitrine de géant dont les aîtres se perdaient de chaque côté dans l'ombre toute palpitante de toiles d'araignée, cet âtre qu'on venait de faire revivre à la hâte pour le repas mortuaire, ces meubles tout blanchis de la poussière des murs. Les bouviers eux-mêmes semblaient avoir perdu leur patron et Maudru ne parlait pas, ne faisait pas de gestes, sauf pour porter d'énormes morceaux de pain à sa bouche, changer de place sous la table sa grosse jambe raidie et regarder de temps en temps vers la porte de l'étable, aux joints de laquelle le taureau Aurore gémissait d'une petite voix de bête amoureuse. La compagnie mangeait comme il se doit. Les huit Demarignotte (ils vont partout, dit Toussaint, ils n'ont pas de conviction) assis ensemble, tous en rang, les coudes à la table, semblaient enfin arrivés. Marbounon remplissait souvent son verre. Romuald avait fait asseoir ses filles entre lui et sa femme et essayait de les protéger contre la sauvagerie, l'étrange sifflement de bataille qui coulait dans le silence. Delphine Mélitta (celle-là, dit Toussaint, je voulais savoir, elle est de leur parti maintenant. Qu'est-ce qu'elle peut bien vouloir à Maudru, qu'est-ce qu'elle guigne ?).

Elle mangeait posément. Elle avait sorti de ses gants ses belles mains longues, toutes blanches. Elle gardait ses yeux baissés sur son assiette. Elle avait dégrafé son col de fourrure, un peu élargi son collet; on voyait son beau cou et la racine de son épaule. Des fois comme sans y penser elle regardait Maudru.

Toussaint les récapitula tous sur les doigts : « Demarignotte (il rit), Romuald, c'est pour vendre ses chaînes; Delphine Mélitta, ça nous y reviendrons, je veux voir clair. Elle a trois tanneries, cent douze tanneurs. Sur les cent douze elle en tient bien quatre-vingts. Nous y reviendrons. Héloïse Barbe-Baille, pour être libre une nuit; Bertrand-le-gaz, pour Barbe-Baille; Thomas, c'est un danger. Un homme. Du parti de Maudru, pourquoi? Je ne sais pas. Courageux, franc, solide. Sachant. C'est-à-dire qu'on ne peut pas lui faire croire que noir c'est blanc. Bon. Alors, tu dis qu'en tout, en les comptant tous sans les bouviers, ceux de la ville étaient trente? Trente. Bon. Dans tout ça, Thomas seulement peut grouper des hommes et Delphine Mélitta. Bon. Et Gina, elle a parlé. »

Oui, elle avait parlé, subitement, sans rien changer à son attitude de femme noire et droite, sans prévenir, au milieu du silence, comme si c'était une chose attendue, bien mûrie.

— Tu la connais bien? demanda Antonio.

— Oui, dit Toussaint.

— Ce qu'elle a dit, dit Antonio, ça m'a touché partout : épaules, et bras, et jambes, partout comme avec la main pour savoir si j'étais prêt à la bataille, et comme elle l'a dit...

— Bouche d'or, murmura Toussaint.

« Comme elle l'a dit...

« Elle parlait sans haine, sans force, à petits mots de femme. Autour d'elle toute sa maison qui avait abrité sa vie. Elle était là avec sa vieille chair sans espoir. Elle couchait son bras devant sa poitrine en même temps qu'elle disait qu'elle avait bercé cet enfant. Elle disait : " Cet homme, je l'ai aimé " et elle évoquait avec un petit balancement de sa main la cavalcade des cavaliers; elle ouvrait sa main en palme pour montrer comment il avait caressé ses seins de jeune femme, comment il l'avait couchée sur les lits de cette énorme maison de montagne. Comment il avait fait l'enfant avec elle, peu à peu, pas du premier coup, lentement, à force d'amour, et d'entente, et d'union. Elle évoquait sa grande vie tragique vêtue d'amour et de champs de foin, et de bonheurs plus éblouissants que des haies d'aubépines. Et elle était là, debout devant la table, maigre et noire, sans plus rien d'autre qu'un châle de coton.

— Oui, dit Toussaint, je la connais bien : tout ce qu'elle peut dire et comment elle le dit. Crois-moi que, lorsqu'elle a mis la robe noire, le châle mince et qu'elle s'est serrée pour se faire maigre et plate, elle savait ce qu'elle faisait, elle savait ce qu'elle allait dire. Des châles dorés elle en a encore de pleines caisses et on n'attendrait pas le milieu du printemps pour les sortir en même temps que les jupes claires. Je la connais depuis toujours et je l'ai vue, ces derniers temps, vue et revue, tant et plus, à bien savoir ce qu'elle fera et ce qu'elle veut. Ce qu'elle fera? Comme avant, ni plus ni moins. Non pas qu'elle soit absolument sans peine de la mort de Médéric. Les femmes ça a toujours un coin où, en appuyant, ça pleure. Mais ce qu'elle veut surtout, c'est la bataille.

— Elle ressemble à Gina la nôtre, dit Antonio.

— Oui.

— Je parlais du visage, dit Antonio. Elle a dû être pareille étant jeune.

Il était encore de très bonne heure mais Antonio avait dû marcher une bonne partie de la nuit. Il monta là-haut pour se coucher. Il regarda par la fenêtre.

Oui, il y avait dans l'air quelque chose de nouveau

sinon d'étrange. Le soleil était plus lourd et, dans le bleu du ciel, vers l'est, un grand chemin plus profondément bleu venait de s'ouvrir.

Gina la nôtre descendit seulement sur le coup de midi. Antonio s'était déjà levé. Il était venu à la cuisine, avait trouvé l'âtre sans feu, les volets clos. Il avait ouvert la fenêtre, allumé le feu, fouillé dans la huche, trouvé des œufs, nettoyé la poêle et il s'apprêtait à la fricassée quand Gina la nôtre entra. De l'autre côté du mur on entendait les malades parler, crier, et Toussaint.

Gina était lasse, pâle et Toussaint avait raison : elle portait avec elle une odeur et une lumière. Elle n'était pas habillée. Elle avait mis sur elle son gros manteau de fourrure et, rien que par ses petites chevilles blanches et ses petits poignets on la savait toute nue sous sa peau de bête. Ses yeux étaient tout agrandis sous ses paupières de colchique.

— Je viens chercher le fromage et le pain, dit-elle. On ne descendra pas.

Antonio cassait les œufs dans la poêle.

— Rester un peu seuls, dit-elle pour s'excuser.

Antonio ne répondit pas. Il tournait la tête vers le feu pour ne pas la regarder. Elle sortit.

Antonio pensait à ce chemin ouvert dans le ciel par où quelque chose venait et touchait la terre. Il entendait au fond de lui des désirs, du vent et des bruits de fleuve.

Il mangea là, à côté du feu, avec Matelot. Il recommença à raconter l'histoire des deux nuits de Maladrerie. Il ne parla pas de la conversation avec Maudru. Pas plus que le matin à Toussaint. C'était pour lui. Puis Matelot s'endormit sur sa chaise.

Dehors, le jour était au départ, à la joie et au geste.

Tous les malades du matin avaient été des malades simples. Ils étaient arrivés tout parfumés de forêt et de grand air. Ils étaient déjà guéris d'être chez le guérisseur. Ils parlaient de chaise à chaise, de la route et du champ, et du long glissement qu'il avait fallu faire depuis les hauts pays jusqu'à Villevieille sur une neige déjà molle et qui portait avec mauvaise volonté.

— Il faudra parler moins fort, leur dit Toussaint. Je n'entends plus la maladie.

Il avait fait allonger sur sa table, devant lui, un petit enfant de cinq ans à moitié dévêtu et il le tâtait doucement de ses longues mains. La mère le regardait, elle suivait tous ses gestes, le plus petit mouvement de ses phalanges. Quand Toussaint posait le doigt sur une petite veine bleue du corps de l'enfant la mère s'arrêtait de respirer et elle attendait, les yeux bouleversés d'espérance.

— Voilà, dit Toussaint.

Il resta là, avec sa main posée sur la poitrine de l'enfant.

— Taisez-vous, dit la mère du côté où on chuchotait.

— Où restes-tu? dit Toussaint.

— Vers Méolans, dit la mère.

— Tu regarderas sur les troncs de mélèzes. Tu trouveras de ce lichen, ce rouge-là, regarde. Prends-le frais, avec un morceau d'écorce. La valeur d'une main pleine. Fais-le bouillir. Casse un œuf dedans. Donne-lui ça le matin au réveil.

— Il guérira? dit-elle.

— Il est guéri, dit Toussaint, regarde.

— Respire, dit-il à l'enfant.

L'enfant se mit à respirer. Son petit torse maigre tout ficelé de grosses côtes se gonflait et s'abaissait régulièrement.

— Mal? demanda Toussaint.

L'enfant regarda sa mère avec un sourire.

— Habille-le, n'oublie pas ce que je t'ai dit.

« A toi, là-bas, dit Toussaint, la grosse qui parle des

gelinottes, viens un peu ici. C'est le moment de parler maintenant. Qu'est-ce que tu as?

— Je peux?... dit la mère.

Elle interrogeait du regard. Elle gardait son poing fermé sur une grosse pièce d'argent.

— Oui, dit Toussaint, là sur la table.

Il n'avait pas encore trouvé son équilibre et sa paix dans ces petites douleurs. Il ne pouvait pas oublier encore le grand matin de l'autre côté des fenêtres et le ciel clair qui venait de se fendre sous le poids du temps comme une bille de bois qui ouvre le chemin de sa sève, cette Gina jeune, toute lumineuse d'amour, nue, là-haut dans le lit.

La lumière tournait à l'après-midi quand deux grands garçons entrèrent en portant un vieil homme. Toussaint était en train de toucher la tête d'une femme.

— Recule-toi, lui dit-il, et attends. Celui-là presse plus. Avancez, vous autres.

« Mettez-le là sur ma chaise.

« Tiens-lui les épaules, toi.

« Attention à sa tête. »

La tête du vieillard avait pris son gros poids de tête d'homme et elle se balançait sur le cou maigre et sans force.

— Il n'ouvre pas les yeux?

— Si, dit un des garçons d'une voix effrayée.

Les yeux s'ouvrirent. Leur féroce lumière appelait à l'aide.

— Il mange?

— Non.

— Il dort?

— Non, il souffre.

Il était comme charrué par une haleine extraordinairement puissante.

— Défaites son gilet, dit Toussaint, relevez sa chemise.

La peau apparut toute jaune avec des auréoles bleuâtres vers le ventre. Tout le corps était d'une maigreur terrible, chaque os avait déjà sa place de mort sous la peau.

Doucement, la main de Toussaint vint se poser sur la mauvaise fleur du ventre. Il attendit. Il était vide de vie et de force, tout était entassé dans sa main, tout : ses yeux, ses oreilles, ses nerfs et une sorte de sensibilité étrange, matérielle qui poussait sous sa main comme la chevelure des racines sous la touffe d'herbe, et il la sentait descendre dans le corps du malade.

Le mystérieux c'était cette respiration de géant et ce pauvre corps à peine comme un soufflet, sans graisse ni rien, sans plus rien à nourrir. Il nourrissait quoi avec ces torrents d'air, ça lui était commandé par quoi? Qui avait besoin de tout cet air humain aspiré et soufflé comme un tourbillon d'eau dans le fleuve?

Les minces racines sensibles de la main descendaient dans l'ombre pourpre du vieillard. Elles touchaient le foie. Voilà le foie : tout le tour. Un peu grumeleux. Encore souple, un peu jutant. Elles remontaient le long de la peau, vers les côtes. Le cœur! Comme un crapaud couché dans des feuillages de sang. Elles en faisaient le tour. Il sautait. Il s'échappait. La pointe se mit à frapper de grands coups dans l'arbre des veines. Les poumons, l'énorme lumière des poumons. Pour qui cette énorme lumière? La chevelure sensible des racines descendit vers le ventre emportée par le torrent ruisselant de l'air. Le ventre!

Brusquement Toussaint sentit dans sa main un choc sourd. Plus rien. Sa force sensible venait d'être coupée au ras de sa peau. Ce n'était plus qu'une main sèche, inutile, pareille à toutes les mains. La mort! Il venait de toucher la mort au fond du vieillard.

Elle était là, au fond du ventre, avec son épaisse couronne de violettes, son front d'os, sa bouche sèche assoiffée d'air.

L'ordre!

— Habillez-le, dit Toussaint.

Pendant qu'on l'emportait, l'homme ouvrit encore une fois ses yeux et il regarda le visage des vivants de ce regard terrible dont tout le monde se détournait.

Toussaint s'approcha de la fenêtre. C'était le long crépuscule d'hiver. Le soleil s'écroulait dans l'Ouest.

— La mort, dit-il entre ses lèvres.

Il se sentait enfin paisible et clair.

Bonne mort heureusement inévitable!

— Vous m'avez oubliée, dit une voix de femme.

— Oui, dit Toussaint.

— Vous m'aviez dit d'attendre.

Elle s'avança de l'ombre jusqu'à cette place blême qui restait devant la fenêtre. Son corsage lacé tenait de beaux seins à fleurs dures.

— Vous n'avez rien, dit-il.

— Non, dit-elle, je n'ai plus rien depuis le temps où vous m'avez guérie.

«Pour me donner une plus grande maladie, ajouta-t-elle au bout du silence.

— Il faut me laisser, dit Toussaint.

— Je ne peux pas parler facilement, dit-elle, car tout est caché de ce qui faisait avant ma joie et mon plaisir. La première fois vous m'avez guérie. Guérissez-moi encore cette fois. Pour toute ma vie.

— Je ne peux pas pour cette guérison-là, dit-il.

— Vous seul le pouvez, dit-elle. Je ne serais pas revenue si un autre avait pu me guérir.

— Vous ne vous êtes jamais vue? dit-il.

Il regardait l'effondrement du soleil et les jaillissements des nuages verts.

— Je me suis vue, dit-elle, et c'est ce qui me donne un peu de courage.

Il se tourna vers elle, sa tête penchée vers sa bosse. Son front luisait. Une grosse veine se tordait à ses tempes. Ses bras de fil pendaient sans force sous le poids de ses longues mains.

— Et moi, vous m'avez vu? dit-il.

Elle ferma les yeux.

— Je vous vois, dit-elle.

— Me voir comme je suis? dit-il.

— Je ne serais pas revenue si un autre avait pu me guérir.

— Il faut partir, dit-il, et ne plus revenir.

Il y eut un long silence dans lequel on entendit chanter sourdement le ciel de métal. La nuit montait.

La femme marcha jusque vers la porte. Elle attendit.

— Vous n'êtes donc jamais seul? murmura-t-elle.

— Jamais, dit Toussaint.

Elle sortit.

Peu à peu le silence emplit la grande salle. Les chaises de paille s'étaient étirées. La table avait craqué. Maintenant les pierres mêmes du mur ne parlaient pas.

Toussaint passa sa main sur son visage. Elle était redevenue sensible. Il toucha son front, ses yeux, son nez, sa bouche, sa triste bouche où venait se jeter l'effroyable ride de sa joue droite. Sous la peau et la chair il toucha les os.

Il y avait déjà de la nuit jusqu'à moitié de la fenêtre. Plus de bruit.

Il était seul.

Il avait enfin sa paix. Il pouvait toucher son visage, regarder sa main dans le peu de jour qui restait, voir sans douleur de quelle pauvre peau, de quelle triste chair, de quelle fausse charpente d'os il était fait.

Il avait touché la mort au fond du vieil homme. La mort! La force pure.

Heureusement que tu ne peux pas être salie ni de nos guérisons, ni de nos ordres, ni de nos prières.

Elle était là à côté de lui, familière, elle seule lui donnant l'espoir, elle seule lui donnant la paix.

On frappa deux coups à la porte du dehors.

— Déjà! dit Toussaint. Elle organise mieux que ce que je croyais.

Il traversa le couloir. Il alla ouvrir le judas.

— Qu'est-ce que vous voulez?

— Des malades.

— L'heure est passée, dit Toussaint.

— Nous venons de loin.

C'étaient trois hommes. Il les voyait dans la nuit à peine grise. Un avait la tête bandée dans des pansements tachés, un le bras en écharpe, l'autre le visage mangé d'un lupus noir.

— Entrez.

Il tira le verrou puis il referma la porte derrière lui. La nuit de la maison était plus épaisse.

— Suivez-moi, dit-il.

Il restait un peu de clarté dans la salle des malades.

— Ne vous asseyez pas, dit Toussaint, et dites tout de suite ce que Gina la vieille vous a dit de venir faire ici.

Les trois hommes étaient debout devant la table chargée de pierres et de plantes.

— Je sais, dit Toussaint, c'est cousu de fil blanc; j'ai l'impression que ça ne lui compte guère qu'on ait passé des nuits et des nuits à sécher la sueur de son fils.

« Allons, qu'est-ce qu'elle vous a commandé?

— Elle n'a rien dit pour vous, patron, c'est le cheveu-rouge...

— Et d'abord, coupa Toussaint, qu'est-ce que c'est cette mascarade de maladie? C'est elle qui t'a dit de te faire ce beau mal noir sur la figure? Enlève-moi ça, vite. C'est fait avec quoi?

— De l'argile, dit l'homme, du lait caillé et de l'euphorbe.

Il arracha son emplâtre.

— Fais voir, dit Toussaint.

Il toucha la joue de l'homme.

— A peine à temps, dit-il, et encore pas sûr. Je te fais mal, là?

— Non.

— Là?

— Oui, là ça fait mal, un peu.

— A fleur de peau, dit Toussaint. Te voilà beau.

— Allume, dit l'homme.

— Pour quoi faire? Je sais, dit Toussaint, je te le dis. Faut jamais rigoler avec les plaies. On voit bien qu'elle se fout de toi cette femme comme de sa première chemise. Qu'est-ce que ça peut lui foutre que le mal morveux te mange la figure.

— Allume, dit l'homme.

— Si tu veux, dit Toussaint, et qu'est-ce que ça y fera? Tu as trop fait déjà.

— Allume! cria l'homme.

— Allume, allume! dirent les autres deux.

— Du silence, dit Toussaint. Du silence, surtout. Le cheveu-rouge est là-dessus et lui il ne s'est jamais mâchuré de maladies imaginaires. Hé! du silence, sans quoi il arrive et, dans l'état où vous êtes! Doucement. Tu as des allumettes? Bon. Attends. J'enlève le verre. Là.

Il mit le verre sur la lampe. Il régla la mèche.

— Là, ça va y être. On va voir. Ne bougez pas.

Ils ne bougeaient pas.

— Vous êtes beaux! dit-il.

C'étaient trois bouviers de Maudru. Ils avaient la marque sur la veste. Le grand avait retiré son bandeau de blessé. Son front était encore taché de couleur rouge. Le bras censément malade de l'autre était sorti de l'écharpe. L'homme au lupus arrachait de sa barbe des restes d'argile, de lait caillé et du pus vert de l'herbe.

— Si je voulais garder les taureaux, dit Toussaint, vous diriez : regardez, celui-là, il va se faire encorner. Et voilà que vous jouez avec les miens de taureaux. Alors, raison raisonnante, moi je me dis : en voilà trois qui vont se faire sucrer les côtes. Ce que je fais? Rien, je regarde. C'est pas moi qui vous ai mis devant les cornes de la maladie. Alors? Mon droit? Regarder. On n'a pas tant que ça l'occasion de rigoler dans la vie. Allez-y, mes petits gars. Faites votre travail.

— Ça me fait mal là, dit l'homme au lupus en montrant la mâchoire.

— Viens ici, dit Toussaint.

Il s'était assis.

— Approche-toi, baisse-toi. Là, sous la lampe.

L'homme au lupus s'agenouilla entre les jambes de Toussaint.

Ils ne parlaient plus. Toussaint toucha les joues de l'homme.

— Il faut rentrer, dit-il, te laver à l'eau-de-vie, raser tes poils, faire bouillir cette plante, mettre des compresses. Si ça va mal tu reviendras.

L'homme se redressa.

— Jamais jouer, continua Toussaint. Le mal de l'homme on le salue. (Il fit le geste de se toucher le front et de saluer — poliment — il s'inclina.) Et on lui dit : « Passez, ne me touchez pas. » Et s'il passe, on salue encore longtemps en disant : « Merci, merci. » Voilà ce qu'on fait.

Il alla doucement vers la porte. Il tira les trois hommes vers lui d'un mouvement de tête.

— Allez-vous-en, les gars.

Il les écouta marcher dans le couloir, ouvrir puis fermer le portail. Alors il s'avança lui aussi dans l'ombre et il mit le gros verrou. Il regarda par le judas : les trois hommes descendaient la rue. L'homme au lupus touchait sa joue puis il examinait sa main à la clarté de la lune.

Toussaint entra dans la cuisine. Le feu mourait. Les escabeaux près de l'âtre disaient la longue attente de Matelot et d'Antonio. Toussaint sentit qu'il n'avait pas mangé de tout le jour. Il ouvrit le placard. Il y avait des pommes de terre bouillies froides. Il en prit une, l'éplucha, la mangea sans pain et sans sel en allant se coucher.

V

Maintenant, le fleuve soubresautait. De temps en temps on le voyait faire un geste. Il fallait le regarder un moment : il était toujours immobile sous le froid, puis on entendait comme la course d'un souffle qui descendait de la montagne. On regardait les arbres, ils ne bougeaient pas et quand on reportait ses yeux sur le fleuve on voyait qu'il avait fait craquer sa vieille peau et qu'une plaque de chair neuve, noire et sensible clapotait entre les glaces. Puis l'eau se ternissait de gel car il faisait encore très froid.

Mais maintenant c'étaient de vrais soubresauts et, parfois, ça jetait dans les champs de gros glaçons qui se mettaient à briller et à flamber, s'éteignaient quand un nuage passait, puis recommençait à jeter de hautes flammes froides dans le soleil. Tout le long des rives, à l'endroit où le fleuve avait pu se frotter contre les arbres durs, il y avait déjà une belle allongée d'eau noire, toute libre. Elle goûtait l'air et elle ne gelait plus, elle faisait seulement la grimace avec des vagues et la moire du grand courant qui la travaillait en dessous. Pour le voir bouger on n'avait plus besoin de guetter le fleuve comme une belette qui fait l'endormie. Il ne se gênait plus. Il prenait même un peu trop de plaisir à faire du bruit et, des fois, il craquait comme d'un bout à l'autre rien que pour un peu soulever son dos glacé et le laisser retomber. Alors, l'eau libre des bords montait dans les champs et, à force de lécher la neige elle avait fait apparaître l'ancien visage de la terre, celui qu'on avait oublié, celui de peau raboteuse. Il y eut même un jour de pluie. Il parut très court avec son bruit nouveau. Les tuiles chantaient, les ruisseaux claquaient dans les ruelles en pente avec des lanières toutes neuves. Le ciel entier bruissant dans les frémissements d'un vent un peu lourd faisait chanter au balancement de la pluie les sombres vallons de la montagne et l'aigre lyre des bois nus. Ce jour-là le fleuve se gonfla d'une joie sauvage. Plein de tonnerres sourds, il ondula brusquement, arrachant des saules, renversant des peupliers loin de sa bauge ordinaire. Il secoua la forêt de Villevieille. Il lança contre la tannerie de Delphine Mélitta une haute vague debout comme un homme, bourrée de graviers et de glaces qui s'écrasa contre les murs. Les tanneurs couraient dans la neige avec leurs grosses bottes de cuir. Du fond du pays bas monta la plainte des collines. On entendait que le fleuve les serrait pour les écraser. De la falaise de l'arche les oiseaux arrivèrent. Ils tournèrent au-dessus de la ville avec leurs ailes gonflées de pluie, si propres qu'on pouvait voir toutes les couleurs des plumes. Ils montèrent jusqu'à boucher les nuages et ils regardèrent tout le pays en tournant. De là-haut ils pouvaient voir l'ensemble du pays Rebeillard sous la pluie. Ils disaient entre eux ce qu'ils voyaient. Mais un qui devait être un verdier mâle piqua droit vers les montagnes et disparut dans les nuages. Il revint à toute vitesse et on l'entendait crier sous la brume sans le voir. Il traversa la ronde des oiseaux comme une pierre et tous le suivirent à pleines ailes vers la falaise de l'arche. Le ciel resta vide avec sa pluie. D'ailleurs la pluie s'arrêta au bord de la nuit. Le matin d'après tout était silencieux et écrasé de gel.

Mais le soleil ne revint pas. Le ciel resta boueux et vivant. Au-dessus de la terre immobile, du fleuve blessé de froid et qui n'avait plus que la force de gémir doucement contre le sable de ses golfes, le ciel travaillé d'un halètement terrible soulevait et abaissait sa poitrine de nuages. Des brumes lourdes traînaient parfois tout le jour au ras des herbes. D'autres fois les nuages étaient si haut, si loin, qu'à travers leur chair transparente on pouvait voir le soleil comme un cœur en train de faire là-haut son travail de lanceur de sang.

On n'avait plus besoin de se servir des masques de soie noire. La neige n'aveuglait plus. On trouvait maintenant au milieu des champs mous des hommes au visage découvert avec le menton, la bouche et les joues hâlées, le front et le tour des yeux pâles. Ils regardaient le temps avec une joyeuse inquiétude.

On ne voyait plus les montagnes. Elles étaient sous une brume épaisse qui descendait jusqu'à leurs pieds.

— On ne voit plus ton bateau, dit Antonio, on ne le voit plus, il est parti.

Du côté des montagnes, en effet, il ne restait plus, au bas du brouillard, qu'une ligne de sapins comme la lisière d'une grande forêt étendue sur de la plaine.

Matelot vint regarder à la fenêtre. Depuis que le monde tiédissait il avait des joies, des colères et des abattements désespérés, brusques comme du vent. Il avait dit cent fois : « Ouvre la porte et partons. Junie m'attend là-bas dans la forêt. Oui, elle m'attend, partons et merde pour Maudru. » Alors il fallait lui dire : « Tu veux tout perdre. Maintenant qu'on a tant fait d'attendre, tu ne vois pas qu'ils sont là dehors. C'est ça qu'ils veulent. Reste là. Avec le printemps, les routes libres, l'eau libre, le printemps, on verra. »

— Le printemps? disait-il. (Il se tournait du côté des montagnes et voilà qu'au-dessus de la brume sur un peu plus clair de ciel montait, comme un cacatois de misaine, le glacier carré du Ferrand.) Allons, soupirait-il, le sort est le sort. Attendons. Il n'y a plus qu'une chose qui m'embête : c'est la pauvre Junie là-bas toute seule. Oui, vous avez raison, attendons. Ce qui me fait plaisir, au fond, c'est qu'on les sortira d'ici, mon besson et sa femme. Oui, on les sortira de cette prison, n'ayez pas peur, les enfants. Au moins que je serve une fois à quelque chose. Et il regardait la brume et peu à peu elle montait. Elle cachait la haute voile d'avant. Il n'y avait plus que la brume mais toute gonflée par le grand navire immobile qui attendait le passager.

— Plus rien, dit Antonio. Regarde.

On aurait dit que les montagnes avaient été égalisées. La forêt de sapins s'étendait sur une plaine nouvelle comme la houle noire sur la mer.

— Oui, dit Matelot.

« Une fois, dit-il, nous avions tourné le Horn et nous remontions vers l'île aux Chèvres. Un temps comme aujourd'hui. Ça se découvre. Nous avions tous faim de citrons. Des mois qu'on était dans le sel...

— Toujours ta mer, donc, dit Antonio.

— Un besoin, dit Matelot.

— Tu ne m'en avais jamais parlé avant, dit Antonio. On aurait eu le temps, là-bas. Jamais un mot.

— Ça, dit Matelot avec un petit sourire gris, c'est toujours comme ça, quand on est loin d'embarquer on se garde bien d'en rien dire, mais dès qu'on est sur le rolle alors on en parle. Ce jour-là, je te dis, l'île là-bas et faim de citrons. On gouverne citron. Doucement, à l'estime. C'était bouché. Je tournais le jak. Alors, à un moment où j'étais seul à regarder vers la poupe j'ai vu passer dans notre erre, comme un oiseau, un grand voilier couvert de toile jusqu'à la flamme depuis le foc au pavillon.

« ... Le Grace Harwar de Greenock, dans la brume, avec à peine un bruit d'eau. Il nous avait manqués d'une largeur de main.

— Écoute, dit Antonio.

Dehors il y avait un bruit nouveau, le pays entier l'écoutait dans son silence immobile.

— Ouvre la fenêtre, dit Matelot.

L'air était tiède. De l'autre côté de la brume une cascade sonnait dans la montagne.

L'eau libre!

— Cette fois, c'est le printemps, dit Antonio.

— Le printemps, dit Antonio en descendant l'escalier. Le printemps?...

C'était amer à dire. Il avait trouvé tout d'un coup sa solitude. Clara n'était pas venue. Sans nouvelles de l'homme de Nibles on ne pouvait pas savoir en plein, bien sûr. Mais quand même, elle aurait pu. Non, c'est fini. Et puis au fond, ce à quoi on n'avait jamais pensé c'est qu'elle a été une fois enceinte. Alors l'autre. Ou bien un autre. Non, c'est fini. Il la revoyait. Non, c'est fini. Elle était là, construite de tant d'habitudes, là à côté à la toucher, à la voir, à l'entendre descendre l'escalier avec lui. Non. Les osiers fleuris, les flaques de matin clair sur le fleuve, les nuages de rossignols, les poissons qui sautent au-dessus de l'eau. Le printemps! Le printemps!

Il remonta chez Matelot.

— On avait dit qu'on se saoulerait, dit-il en entrant.

— J'y pensais, dit Matelot.

Ils sortirent par le petit portissol de derrière qui donnait sur des ruines. Ils avaient traversé toute la maison pieds nus. Toussaint était avec ses malades. Depuis que le printemps s'était annoncé par les premiers soubresauts du fleuve, Toussaint était affamé de malades. Chez le besson Gina chantait à mi-voix. Lui devait être couché sur le lit.

— Attention, dit Antonio en fermant la porte à gestes de chat. Restons là un moment.

Ils étaient cachés par un énorme laurier encore en partie couvert de neige.

C'était le milieu de l'après-midi.

— Je ne crois pas que de ce côté on risque grand-chose, dit-il. Comme ils s'attendent surtout à nous voir sortir tous les quatre avec armes et bagages, c'est la porte de la ruelle qu'ils surveillent. Au fond, que nous allions dans la ville, ils s'en foutent tous deux. Qu'est-ce que ça peut faire?

— Ça a l'air d'être sans personne ici, dit Matelot.

— Viens, dit Antonio.

Il se laissa glisser dans une longue citerne vide à ciel ouvert. Au bout la paroi écroulée donnait passage dans le flanc d'une cave.

— N'allume pas, dit Antonio, ça dure juste un moment, touche avec ton pied. Tu as l'escalier? Suis-moi.

Au bout de trois larges marches d'un escalier qui tournait on se trouvait en effet dans un peu plus de jour, puis bien plus et on arrivait au bord d'un long couloir éclairé de dix fenêtres face à la ville. A l'ombre des balcons de pierre, dans le couloir, on reconnaissait qu'on était dans le château des évêques.

— La dernière fois malgré tout, dit Antonio, il y en avait un ici. Je ne sais pas s'il était là pour guetter ou quoi, en passant peut-être. Il était là-bas, tu vois, après la troisième fenêtre, plaqué contre le mur, à côté de cette plaque de lierre. Je le confondais. Il ne bougeait pas plus que nous maintenant. Il avait dû m'entendre. Aujourd'hui c'est vide. Viens.

Au bout du couloir l'escalier les ramena au ras des ruelles mais ils descendirent plus bas dans une cave crevée.

— Toutes ces maisons mortes communiquent, dit Antonio.

Le son de la cascade maintenant emplissait le ciel. Tout était encore immobile mais tout écoutait et déjà au fond du silence on entendait des bruits confus comme d'un gros dormeur qui commençait à bouger et à renifler au bord du sommeil. Au-dessus d'eux, dans la ruelle, quelqu'un passa en courant.

— Une femme, dit Antonio.

On entendait claquer les jupes.

Ils s'arrêtèrent au milieu d'une enfilade de caves à moitié écroulées et qui descendaient le coteau. Au bout, le jour était comme une lune.

Des femmes chantaient. On entendait courir. Puis une femme criait d'un cri balancé sur l'air comme le chant d'un oiseau qui vole. Puis elle criait d'un long cri immobile et toutes les femmes se mettaient à chanter.

Un coup sourd ébranla la terre; un foulon se mit à battre très vite, comme affolé, puis on entendit le grincement du grand frein d'acier et le foulon s'arrêta.

— Il y a trop d'eau, dit Matelot, ils ne peuvent pas mettre en marche, ils essaient.

A mesure qu'ils descendaient, sous la ville basse, ils entendaient de plus en plus fort la vie réveillée là-haut dessus.

Le long tunnel des caves aboutissait à une cour de maison. Ils sortirent. Un tanneur déliait des ballots de peaux de bœufs. Une femme jouait à la balle avec la balle de sa petite fille. Elle sautait : sur un pied, sur l'autre, petit tourbillon, grand tourbillon, d'une main, de l'autre. Son chignon s'était déroulé sur son dos. Dans la rue passaient de gros lambeaux de brouillard chassés par le vent et, de temps en temps, des filles qui couraient poursuivies par des garçons. Elles se réfugiaient dans les couloirs des maisons. Elles criaient quand le garçon les avait saisies mais elles se taisaient vite car l'autre profitait de l'ombre pour les embrasser. Ainsi le garçon et la fille voyaient tout d'un coup, dans l'ombre du corridor, leurs deux visages hâlés par le bas, leurs fronts pâles, leurs yeux inquiets de printemps se rapprocher et se toucher comme deux graines au fond de la terre. Pendant ce temps, les autres filles restées au camp se mettaient à chanter. Elles savaient bien que là-bas on était en train de s'embrasser. C'est pour ça qu'elles chantaient, c'était le jeu.

— On ne va pas à « La Détorbe », dit Antonio. Il y aura trop de monde aujourd'hui.

— Un coin tranquille, dit Matelot.

— Difficile, dit Antonio, surtout à cause de ça.

Il tendit son doigt dans la direction du fleuve. Un grondement sans arrêt soufflait à travers les maisons du bord de l'eau, les ruelles en escaliers, les passages en voûtes. Le fleuve galopait à pleins sabots.

— Ça, au contraire, dit Matelot, ça fait tranquille, reposant. Comme ça, dit-il, tu vois (il montra la brume basse qui se ruait tête baissée contre le peuplier de la place aux œufs, se fendait sur l'arbre, s'en allait frapper à grands coups mous dans les proues des toitures et jaillissait en embruns perdus), le mouvement des choses me fait du bien.

— Curieux, dit Antonio, moi ça me trouble.

— On n'a plus les mêmes buts, dit Matelot.

Ils entrèrent dans un petit débit, allongé comme une tanière de renard et qui prenait jour au fond par une large fenêtre ouverte sur le tumulte du ciel et du fleuve. Il n'y avait personne, sauf une petite fille maigre aux fesses en gousses d'ail. Le gros poêle était allumé à plein feu et la petite fille était vêtue légèrement de sa courte jupe, d'un vieux corsage lacé trop grand pour elle et qui flottait autour de sa petite poitrine pommelée.

— De l'eau-de-vie, demanda Antonio.

— Apporte-nous la bouteille, dit Matelot.

Ils allèrent s'asseoir contre la fenêtre. De là ils pouvaient voir le fleuve en bas dessous, à la sortie du pont. Les quais étaient déserts. Un vent brutal que la ruée de l'eau emportait courbait les peupliers des rives et poussait des nuages de poussière de tan. Le fleuve, tout de suite après le pont, creusait ses reins boueux. Il était fait de terre, de glaçons, de débris d'arbres, de paquets d'herbes noires et, de temps en temps, sa force faisait sauter hors de lui les gros blocs de granit qu'il roulait au fond de ses eaux.

On entendait gronder tous les affluents de la montagne. Dans un écartement rapide du brouillard, Antonio vit, pendues le long des à-pics, plus de cent cascades vivantes.

La petite fille apporta l'eau-de-vie.

— Comment tu t'appelles? dit Antonio.

— La Bioque.

— Tu es seule?

— Ma mère est sortie.

Elle venait de fleurir son corsage avec une rose en papier. Matelot poussa doucement son gros verre à vin vers la bouteille.

— C'est bon ce bruit, dit-il en regardant à travers les vitres.

Antonio lissa à pleins doigts ses moustaches blondes. Le premier verre d'alcool venait de donner du travail à son désir. Il se sentait le corps chaud et reposé.

— Ça bouge, dit Matelot en montrant le fleuve. Peut-être...

— Peut-être quoi? dit Antonio.

— Tu me prends pour qui? dit Matelot.

Il avait carré ses coudes d'aplomb sur la table. Il tendait en avant sa vieille tête mâchurée de rides sous la croûte de barbe.

— Je te prends pour toi, pas pour un autre.

— Faut pas essayer, dit Matelot, je connais mon compte. Ça ne me fait pas peur. Tu crois que la mort me fait peur? (Il passa sa main sur la table.) Poussière! Une chose, dit-il en dressant son doigt, si je ne le disais pas je mentirais : les ramener tous les deux à Nibles, lui et la fille, revoir Junie et puis : présent ! Voilà tout. Vous êtes là avec vos airs. Vous croyez que je ne vous vois pas ? L'autre couillon là-haut avec ses herbes. La mort, la mort on sait que ça vient. Non, je demande un peu de temps, là, presque rien. Les mettre au libre pour leur voir commencer la vie comme il faut. C'est tout. Et puis Junie. Voilà, pas plus.

— Moi au contraire, dit Antonio, tout de suite. Et puis merde !

— Verse, dit Matelot.

« J'ai dit " peut-être ", dit Matelot. Je vois le réveil, ça me réveille.

— Tout de suite, tu vois, dit Antonio, tout de suite. Sécher d'un coup, là, sur ma chaise. A quoi ça sert de vivre ?

— Je te le dis.

— Pour toi oui, mais pour moi ? Et encore, dit Antonio en posant ses poings sur la table. Tu dis après « présent » ça m'est égal, alors tu vois ! tu dis : « Je sors mon besson d'ici, je vois Junie et après ça me fait rien de mourir. » Tu vois.

— Ça ne me ferait rien de rester non plus, dit Matelot doucement. Verse. A toi aussi.

— J'oublie pas, va, dit Antonio.

Les vautours étaient descendus de la montagne. Ils tournaient au-dessus des remous du fleuve.

— Qu'est-ce que je fous ici sur terre ? demanda Antonio.

Il but.

— Ça, tiens, ça vaut encore la peine mais autrement ; écoute.

Il avança son escabeau et s'installa les bras sur la table. Il lécha ses moustaches.

— Beaucoup d'autres choses qui valent la peine aussi, dit Matelot, faut pas dire. Ça, si tu veux, un jour comme aujourd'hui...

Il toucha la bouteille. Le pont venait de se déboucher de toutes les glaces accumulées et le fleuve criait comme un perdu.

— Rien dit Antonio, rien ça (il haussa son verre), ça, ça vaut encore parce qu'on est trop couillon. Voilà tout. Trop. Tous. Qu'est-ce qu'on fout? Oui. Il y en a qui ont de la chance. Bon. Mais moi? Seul.

Il resta un moment à écouter le tumulte dehors.

— Que ça se réveille ou non, kif-kif bourricot. C'est d'un côté, moi de l'autre. Ça fait son train. Je fais le mien. Toujours pareil. Quoi attendre? Depuis que je regarde, et que j'écoute, et que j'entends, j'ai tout vu, tout entendu. C'est fini.

Puis il se versa de l'alcool en penchant un peu la tête pour voir s'il s'en mettait bien rasant.

— Tu parles de compte, dit-il, le compte est vite fait. (Il ouvrit ses mains vides.) Rien, voilà ma part. Alors, qu'est-ce que tu veux, celui qui te dit : « J'en ai assez », va lui répondre. Ça n'est pas vrai? Qui l'oblige?

— C'est drôle, dit Matelot en se passant la main dans la croûte de barbe.

— Quoi?

— Je te croyais...

La petite fille était restée près du poêle. De temps en temps elle frisottait du bout du doigt la rose en papier de son corsage. Elle se regardait en plissant son menton puis elle tirait sa jupe sur ses jambes nues. Elle était accroupie sur sa chaise, les pieds aux barreaux, les mains jointes sur ses genoux relevés. Elle dépliait ses mains, elle lissait ses cuisses. Enfin elle sauta et courut vers la cuisine.

— Je te croyais d'aplomb, dit Matelot.

— J'ai l'aplomb de tous, dit Antonio. Qu'est-ce que tu crois d'avoir fait, toi?

— Bo! dit Matelot dressant la main, pas grand-chose. Verse à boire.

Antonio avança son visage vers Matelot.

— Viens ici que je te parle.

Sous ses paupières lourdes, il n'avait plus qu'un petit fil d'œil. Le poids de l'alcool abaissait les deux coins de sa bouche.

— Rien, dit-il. Tu veux que je te dise? Femme! On croit comme ça que ça peut faire (il fit lentement avec sa grosse main gourde le geste de rafler une mouche), voilà ce que ça fait. Plus bête qu'avant. Et moi aussi. On ne peut pas se faire comprendre des autres. Tu comprends? Jamais rien, jamais rien de ce qu'on a; le meilleur jamais tu le feras comprendre. Il n'y a pas de mots (il renifla à plein nez en plissant d'un coup tout son visage), ça devrait se respirer comme une odeur. Ah! foutre non! Tu as beau avoir femme et enfant, tu es toujours seul. Le monde c'est rien, voilà.

Il retomba contre le dossier de sa chaise. Sa tête aux yeux fermés flottait.

— Bonté de Dieu, dit-il les dents serrées, j'ai envie de casser la gueule à quelqu'un.

Le bruit d'une guitare lui fit ouvrir les yeux.

La petite fille était revenue s'asseoir sur sa chaise. Elle tenait sur ses genoux et dans ses bras une grosse guitare d'homme. Elle la dorlotait avec sa main comme une grande sœur. Elle frottait les notes basses toujours dans la même cadence et le bruit du fleuve, le bruit des femmes courant dans la rue, le hennissement des chevaux libres et du vent chantaient tout autour.

Peu à peu maintenant tout prenait corps et musique. La nuit était descendue. Des enfants couraient dans la ville en secouant des torches de lavande sèche. Une phosphorescence blême huilait les bonds du fleuve et ses détours gras éclairaient au loin la plaine comme des lunes. Tout le ciel tiède battait contre la fenêtre. On entendait vivre la terre des collines débarrassées de gel, et loin, là-haut dans la montagne, les avalanches tonnaient en écartant le brouillard, éclaboussant la nuit de gros éclairs ronds comme des roues.

Matelot regardait droit devant lui. Il battait la mesure en frappant sur la table avec sa main plate.

— Qu'est-ce que tu joues? demanda Antonio.

— Des tristes, dit-elle.

— Qu'est-ce que c'est, ça?

— C'est rien, dit-elle, je l'invente.

— Fais-moi danser, dit Antonio.

— Viens.

Il se dressa. D'un coup de pied il se débarrassa de sa chaise. Il était furieux de cœur et lourd de boire. Il fit deux pas en étendant le balancier de ses bras.

— Hari! cria Matelot.

Et il se mit à battre la table à pleines mains.

— Vas-y bon cœur.

Antonio eut un petit sourire gris.

— Oh! le cœur y est, dit-il, oh! oui.

Il écarta ses bras en croix. Il avança son pied droit, puis son gauche, en pliant les genoux, puis son droit, puis son gauche. Il s'agenouillait doucement sur l'air à chaque pas, il penchait la tête en avant. Il offrait ses bras ouverts. Ses gros souliers criaient. Pas à pas, dans les touka-touk de la guitare et les sombres contrecoups frappés sur la table, il s'avança près de la petite fille. Il resta là à trépigner presque sans gestes : petits plis du genou, secs dans la cadence, frémissements des bras, les mains à peine, une douce ondulation du long corps brûlant, comme une épave d'arbre qui a touché le centre du remous.

On n'y voyait presque plus. La petite fille jouait, penchée sur sa guitare, toute secouée par sa musique. On ne voyait que ses longs cheveux brillants et sa main blanche qui dansait en face de l'homme sur les cordes sombres.

Matelot ouvrit la fenêtre. Le grondement du fleuve

souffla en plein avec des embruns et du vent tiède.

Antonio tourna trois fois sur lui-même puis il se laissa emporter à travers la salle dans l'orbe du tourbillon. Les clous de ses souliers grinçaient sur les dalles comme l'alouette du matin.

En bas dans le fleuve, de grands arbres passaient bras écartés. Le feu des torches de lavande embrasait la rue. La petite fille releva la tête. Antonio tournait. Elle le regarda avec un large sourire et, nerveusement, elle appuya des coups plus forts sur les cordes. Lui, chaque fois, pliait brusquement les genoux, jetait les bras en l'air comme un homme qui s'enfonce dans l'eau, puis il se redressait sur l'aisance de ses bras étendus, il ondulait, penchant la tête comme pour se lancer dans un nouveau trou de la musique; l'énervement de la guitare arrivait et il sombrait à genoux, les bras en l'air, avec un grand soupir de toute sa force.

Il riait lui aussi d'un rire qui ne s'adressait à personne. Il dansait. Il courbait le dos et relevait ses bras au-dessus de sa tête. Il courbait les mains comme des feuilles fatiguées. De ce temps ses pieds battaient les dalles de pierre. Il reprenait la cadence en relevant son corps d'une souple ondulation de longe de fouet et alors il rejetait sa tête comme un pompon de laine. Et ainsi, pliant toujours ses jambes, comme s'il foulait dans la cuve.

La porte s'ouvrit brusquement. Une femme entra en courant.

— Cachez-moi, dit-elle.

Elle s'accroupit derrière le poêle. Elle était toute tremblante de joie, d'effort, de ruse; elle surveillait la rue où trottait la poursuite des garçons aux flambeaux de lavande.

Elle regarda Antonio, Matelot et la petite fille immobiles.

Un son mourait dans la guitare.

Les garçons passèrent à pleine rue en agitant les torches, on les entendit qui se dispersaient sur la place pour chercher derrière les gros ormeaux.

La femme se redressa.

— Merci, dit-elle.

Elle s'envola comme un oiseau. Antonio sauta derrière elle à sa poursuite.

La porte resta ouverte.

— Et voilà, dit la petite fille au bout d'un moment.

Dehors, c'était pour la première fois le printemps de nuit. Toute la ville le savait, tout le pays Rebeillard le savait, la terre entière avait l'air de le savoir.

— C'est le temps de l'étoile.

— Le ciel.

— La mousse.

— Le vin, dit une fille noire comme la nuit.

— Comment, le vin?

— Oui, la fleur du vin.

— Si on veut, dit le garçon.

— Elle triche, crièrent les filles, et toi aussi, Gaubert, tu triches, la fleur du vin n'est pas une étoile.

— C'est une étoile, dit le garçon. A toi, Dorothée.

— Moi?

— Oui toi, dis vite ou bien tu dois courir.

— L'eau. Elle montra le fleuve qui bondissait sous les dernières lueurs du jour.

— C'est pas des étoiles, c'est des lunes.

— Et ça, dit Dorothée, c'est pas des étoiles?

Les embruns brillaient au-dessus du fleuve comme un chemin de Saint-Antoine.

— C'est le temps de l'étoile. A toi, Marie.

— Les yeux.

— Les lampes.

Les lampes s'allumaient derrière les fenêtres.

— Les torches.

— Les lanternes.

— Moi, moi, dit une fille qui trépignait sur place en
battant des poings, je ne sais pas, je ne sais pas, je sais
mais je veux courir.

— Attrapez l'étoile, cria le garçon, et tout le monde
se mit à courir après elle.

La ville était pleine de chansons, de jeux, de torches,
de lanternes. Les flambeaux de lavande donnaient une
fumée épaisse qui sentait la colline chaude. Les vieilles
femmes riaient aux éclats dans les corridors.

Le fleuve balançait son grondement dans tous les
échos des montagnes. Sous le grand ciel plein de tumulte
le pays Rebeillard frémissait comme une peau de jument.

Derrière la femme, Antonio s'était engagé dans une
longue rue montante tout en escaliers et en voûtes. Il
n'y voyait pas. Il entendait des pas devant lui. Il sautait. Elle sautait. Il montait les marches deux à deux,
elle aussi, avec un petit rire. Un moment il n'entendit
plus rien. Il appela :

— Hé !

Elle resta un peu sans répondre puis elle éclata de
rire près de lui. Il se rua sur elle bras ouverts. Elle sautait déjà là-haut d'escalier en escalier.

> *Tourterelle, tourterelle,*
> *tourterelle n'a qu'une aile.*

Elle chantait pour dire qu'elle était un peu fatiguée.
En haut de la rue il y avait un réverbère, une petite
place, une fontaine et un arbre. Elle se cacha derrière
le tronc de l'arbre, Antonio entendit l'eau. Il s'était
arrêté pour se demander où était passée cette tourterelle d'une aile; il entendit l'eau. Les fontaines venaient
de s'ouvrir. Le bassin se remplissait en chantant large.
Sous le canon de bronze il vit luire la longe de l'eau.

Antonio sentit en lui tout son fleuve clair, son fleuve d'été qui berçait sur ses eaux maigres de larges palets de lumière. Il pensa à Clara. La femme derrière l'arbre murmura :

— Tourterelle.

Puis elle s'élança et il eut juste le temps de la serrer au passage. Elle glissa entre ses bras. Il lui resta dans les mains de la chaleur et la forme d'un sein.

Elle courait d'une course de biche : la tête haute, les jambes longues, sautant la terre de saut en saut. Elle tournait la tête. Il voyait son visage. Elle avait des yeux de menthe. L'éclair vert de ses yeux le touchait. Il en était à perdre haleine, plus de ces regards que de la course. Il courait lourd mais avec une bonne provision de force et de temps, sûr d'atteindre quand elle flottait là-bas devant, hésitante entre deux rues, il n'avait, lui, qu'un petit balancement de buste, prêt à se lancer tout de suite dans la course nouvelle et, de temps en temps, bien que la proie fût loin là-bas devant l'ombre tachée de feu, il tendait ses bras dans le vide pour s'habituer au geste de la saisir.

> *Tourterelle a ses deux ailes,*
> *Tourterelle, tourterelle.*

Toute la bande qui jouait au temps de l'étoile déboucha de la rue. Il y avait des filles et des garçons et ils poursuivaient eux aussi une petite femme aux gestes de perdrix. Elle ne courait pas fort mais elle allait d'un mur à l'autre de la rue, elle tournait autour des arbres, creusait ses reins sous les mains qui voulaient l'attraper. Elle se cacha derrière Antonio. Elle le tirait par la veste. Elle le poussait. Elle s'en servait comme d'un bouclier contre ses poursuivants. Antonio se laissait faire. Il avait cinq, dix Clara autour de lui. Chacune avait de larges yeux de menthe. Elles y voyaient, elles riaient comme toutes les femmes. Elles sentaient la bonne sueur et le printemps. D'un coup, la perdrix sauta plus loin et elles la suivirent. La « tourterelle n'a qu'une aile » attendait, plus loin, sous le réverbère.

— Attends, dit Antonio.

Il s'élança.

Elle fit un faux pas pour repartir. Il débula sur elle. Il la toucha à pleins bras. Tout le printemps de la nuit entra dans lui. Mais déjà elle courait vers les rues où ruisselait la lumière des torches.

Le ciel était lourd, mou, sans étoiles, sans lueurs, si bas sur la terre qu'il se déchirait dans les arbres. La nuit était déjà renouvelée. Elle sentait la pluie tiède, elle était devenue humaine et sensible.

Dès qu'il eut touché la femme avec ses bras et sa poitrine, Antonio resta un moment immobile saisi par la grande connaissance de son amertume à lui d'être sans raison dans le renouvellement du monde. Il se mit à courir.

La tourterelle venait d'entrer dans la rue lumineuse. Elle s'était retournée pour voir s'il la suivait. Il la suivait. Il cria :

— Clara!

Il respirait profondément cette nuit gluante, épaisse d'avenirs comme une semence de bêtes. Ici il voyait mieux la femme : son dos, ses hanches où en appuyant les mains et en serrant il pourrait arrêter la fuite, et tenir et garder, et le mouvement de la course, de la fuite, et, quand elle se tournait pour le regarder, ce mouvement qui était amour! Mais elle était ici plus difficile à attraper car la rue coulait pleine de gens qui descendaient vers la place aux quais où l'on devait brûler le mai de paille. Il ne fallait pas compter courir. Ils marchaient maintenant à quatre ou cinq mètres l'un de l'autre, séparés par des groupes de tanneurs, de bouviers, de commères et de fillettes. De temps en temps Antonio poussait l'épaule entre deux hommes et il se glissait pour gagner un peu. Il voyait là-bas devant les hanches mouvantes, le corps tout frémissant de fuite et d'élan contenu, ce qu'il aurait voulu tenir et arrêter, et serrer à pleins bras. Mais elle gagnait aussi, se faufilant de groupe en groupe. De temps en temps elle tournait la tête pour voir la distance; en même temps elle regardait Antonio et, chaque fois, elle souriait car il était là, au milieu des hommes, avec sa haute taille, son beau visage encore jeune et ses molles moustaches d'or. Ainsi il vit ses yeux. Ils devaient être d'un bleu très sombre ou bien de la couleur de la violette. Aux lumières ils paraissaient noirs mais avec des reflets et des lueurs. Il ne cherchait sur cette femme que des endroits de proie, des endroits de ce corps qu'il pourrait saisir et tenir dans ses mains. Mais, chaque fois qu'elle le regardait, il avait soudain une grande tendresse au milieu de sa force et de son désir.

Sur la place aux quais le hurlement du fleuve frappait les hommes en pleine figure. Il y avait de quoi être grave et inquiet. Les eaux n'avaient fait que monter tout le jour. Les glaçons se broyaient contre la clef de voûte. Parfois, au-dessus du quai, le bord blême d'une vague luisait comme un dos de poisson. Sur le visage des hommes les femmes regardaient peureusement cette gravité et ce souci. Le grand amour se préparait.

Les bouviers de Maudru avaient apporté au milieu de la place la mère du blé. C'était une énorme gerbe de vieux blé presque noir de paille avec encore sa chevelure blonde. La vieille gerbe faite de toutes les dernières javelles des champs, on l'avait habillée de trois jupes de femme, d'un gros tourillon d'avoine, et elle était là, enceinte du labeur des hommes, avec son ventre pesant de graines, ses seins de paille, sa vieille tête d'épis. Les bœufs des attelages la reniflaient et frappaient du sabot dans la boue. Ils faisaient crier les jougs en secouant leurs cous de bronze. Ils essayaient de se détourner pour fuir en entraînant les charrettes.

Antonio s'arrêta.

Un bouvier avait pris une torche de lavande. Il souleva les jupes de la mère du blé. Il se mit à lui faire l'amour par-dessous avec sa torche enflammée et soudain elle s'embrasa. Le ronflement des flammes, le crépitement des épis qui éclataient, le gémissement de la paille serrée dans le corps des jupes couvrit les hurlements du fleuve. La lumière s'élargit sous le ciel bas comme une moisson mûre. Les hommes criaient :

— Blé du feu! Blé du feu!

La femme de paille se tordait sur le brasier de son ventre.

Antonio s'approcha de la femme de chair, celle qu'on pouvait saisir par sa nuque claire sous les cheveux noirs. Elle comprit qu'il venait. Elle fit deux pas de côté comme pour la danse. Il fit deux pas de côté. Elle s'avança. Il s'avança. Un remous la porta du côté des ormes. Il se glissa du côté des ormes. Elle était hors de la foule, à la lisière de l'ombre. Il marcha vers elle. Elle l'attendait, elle courut à reculons.

— Je t'attraperai, dit Antonio.

— Oui, dit-elle.

Et ils s'élancèrent vers les ruelles d'ombre.

Matelot écoutait le fleuve et le grand printemps de nuit déchaîné dans le ciel. Par-dessus son alcool il venait de boire deux mesurons de vin rouge, là, coup après coup, seul face à face avec le fantôme de sa mer.

Le bruit des vagues et des voiles emplissait sa tête et, de temps en temps, il bombait le dos, serrait les poings, tirait des deux bras un long cordage plein d'échardes pour une manœuvre de fumée. Une lueur enflamma le ciel.

— Qu'est-ce que c'est? dit-il.

— On brûle le mai, dit la petite fille.

Matelot regarda la porte ouverte, la chaise vide.

— Il n'est pas revenu?

— Il ne reviendra pas, dit la petite fille.

Quand elle parlait, sa guitare tremblait sur ses genoux et elle parlait elle aussi toute seule avec sa voix à elle. Ça allait s'éteignant, puis plus rien.

— Combien je te dois? dit Matelot.

— Nonante sous pour votre part.

— Je paie les deux parts, dit Matelot.

— Alors, dit-elle, un écu tierce.

Il tira de sa poche une poignée de monnaie et de pièces.

— Cherche ton compte, dit-il.

Et il étala l'argent sur sa main. Il noua les autres pièces dans son mouchoir.

— De l'ordre, dit-il.

Il dressa son doigt en l'air et il essaya de sourire pour lui faire comprendre toute la malice. Il sentait sous sa langue l'odeur salée de la mer.

— Ça serait donc l'heure? dit-il.

— D'aller se coucher, dit la petite fille.

— Oui, dit Matelot, donne ta main, fillette.

Elle lui tendit sa main, il la soupesa dans la sienne.

— Pas lourd, dit-il, mais beaucoup. Alors, adieu.

— Adieu, dit-elle, vous reviendrez?

— Non, dit-il, j'embarque ce soir.

Il sortit. Les gens revenaient du mai. La nuit maintenant sentait l'incendie de paille. Des reflets rouges traînaient dans le ciel.

« C'est drôle, se dit-il, c'est des choses comme ça qu'on regrette. C'est petit, ces mains-là, c'est fait de rien, c'est fort comme un buffle. Tire droit, Matelot. Va un peu moins sur la gauche. Là. »

D'entre ses paupières à demi fermées, il regardait les gens autour de lui, les hommes et les femmes enfin lassés de jeux et qui rentraient se coucher. Par bandes de quatre ou cinq, se tenant par les bras, les bouviers de Maudru s'en allaient « A la Détorbe ».

« N'empêche, se dit Matelot, que c'est comme tous les départs. Toujours pareil. On en a fait cent, on en a pas fait un. Toujours à refaire. Sur la terre ça va. On part, on revient, le pied a de quoi, la terre le porte. »

Il se répéta doucement :

« La terre le porte! Oui mais, sans la terre; voilà la question. Voilà mon homme. Ta gueule », se dit-il.

Il marcha sans plus penser à rien, vide et léger.

De temps en temps il entendait siffler le vent dans des cordages et de grandes voiles claquer. Des coques gémissaient. Ça sentait le bois de sapin. Un large port clapotait autour de lui.

« On dirait qu'il y a comme un jusant dans la terre. »

Il se sentait tiré en avant, vers les quais de départ; déjà il avait sous ses pieds le balancement flexible de la passerelle.

— Quand il faut partir, faut partir, dit-il. Oui, la maison, ça va. Ne pas trop penser. J'aurais pas dû toucher la main de la petite fille. Ça a été plus fort que moi. Ça a de petites peaux entre les doigts, faibles comme des palmes de canard. C'est mou. Fort comme un buffle. C'est drôle qu'on soit comme ça crocheté dans la terre.

— Oui, patron, j'arrive, dit-il au bout d'un moment.

Il venait d'entrer dans une zone d'ombre et de silence. Le bruit du fleuve ne s'entendait plus, ni les gestes et les odeurs du printemps, mais c'était au ras de terre le froissement doux des vagues endormies. Matelot chantait :

> *Sur la mer n'y a point de haie,*
> *N'y a point non plus de cabaret,*
> *N'y a que la mort dans toute chose*
>
> *N'y a point l'ombre de mon pays,*
> *N'y a que de l'ombre pour l'oubli*
> *N'y a que la route à perte haleine*

> *N'y a point d'aisance et de repos,*
> *N'y a point d'amuse et de cormiaux,*
> *Ni d'arbres verts, ni de charmeilles,*
> *N'y a que de l'eau toujours pareille.*

Deux bouviers, un noir et un poilu, étaient arrêtés sur la porte de « La Détorbe ».

— Celui-là, là-haut? dirent-ils...

Ils regardaient Matelot qui montait péniblement vers la ville haute.

Matelot chantait :

> *Ah! Capitaine,*
> *Si tu voulais m'écouter...*

— Il est tout seul, dit le Noir.

Soudain, au détour de la rue, Matelot se trouva devant la montagne. Le vent de nuit l'avait découverte tout entière. Tous les glaciers frémissaient.

Malgré le grand vent le navire de la mort portait toutes ses voiles jusqu'en haut du ciel comme une montagne.

— Te voilà, cria Matelot en dressant les bras.

A ce moment on le frappa à coups de couteau dans le dos.

— Où es-tu? appela Antonio.

La femme avait disparu. Elle s'était glissée derrière un mur au moment où il allait la saisir et elle s'était éteinte. Il regarda autour de lui. Il était sur la place de l'église. Soudain quelque chose lui dit :

« Marche, marche, va là-bas, va voir ça. Va voir. »

Et il fut tout d'un coup malade d'espérance comme si un large oiseau s'était mis à battre des ailes dans sa poitrine en frappant son cœur et son foie.

Il s'avança.

C'était là, juste au pied de la ruelle qui montait chez Toussaint.

C'était un vieux traîneau d'hiver. On lui avait mis des roues. Le cheval soufflait encore. Quand il bougeait on sentait le chaud de sa sueur. Il venait d'arriver.

— L'homme de Nibles!

Il aurait reconnu ce traîneau entre mille depuis le temps qu'il y pensait, même s'il l'avait vu passer dans le ciel à la vitesse des étoiles. Et brusquement Clara se mit à lui faire mal à plein corps comme une large blessure.

— Clara!

Il entendit là-haut la porte de Toussaint s'ouvrir puis se fermer, puis un pas d'homme qui descendait les escaliers de la ruelle.

Il n'avait plus la force. Il ne pouvait pas bouger son petit doigt. Il faisait tout ce qu'il pouvait pour respirer.

— Ho! dit l'homme.

— C'est moi, dit Antonio.

— Je t'ai cherché là-haut.

— Tu as des nouvelles?

— Oui.

— Et?... dit Antonio longtemps après.

— L'enfant est mort, dit l'homme.

Antonio respira longuement.

— Et Clara, dit-il.

— Elle est là.

— Où?

— Là-haut, elle est venue avec moi.

— Merci, dit Antonio.

Il commença lentement à monter la ruelle.

— La route est longue, dit l'homme.

— Oui, longue, dit Antonio, merci.

Il ouvrit la porte. La maison était pleine d'ombre et de silence. Il resta là dans le vestibule à écouter. Il se sentait sec et tout embrasé. Il y avait seulement la pendule qui marquait le temps comme d'habitude. Il n'osait ni appeler ni bouger. Il cherchait une présence avec tous ses sens.

— Je te vois, dit Clara du fond de la nuit.

Il ne pouvait pas parler. Il lui fallait déjà toute sa force pour respirer, pour rester debout, ne pas s'allonger sur les dalles et rester là, heureux et paisible puisque tout était arrivé.

— J'ai été bien seule sans toi, dit-elle.

« Je suis venue, dit-elle à la fin, parce que tu ne peux pas me tromper. Je te vois.

— Où es-tu? dit Antonio.

— Devant toi, marche.

Il s'avança en tâtonnant dans l'ombre. Et soudain il la rencontra.

VI

Toussaint se réveilla.

Le vent brassait la nuit à grands gestes de velours.
Seulement en bas les pas de la pendule.

Il alluma sa bougie. Il écouta. Bon, rien. Pourtant
il sentait la maison mal assise. L'ombre tremblait comme
le sable travaillé par l'eau de dessous.

Il alla écouter à l'huis de Matelot. Il poussa la porte.
La chambre était vide, le lit froid. Chez Antonio personne. Alors il descendit l'escalier. Il marchait sans
bruit, pieds nus sur les dalles. Il haussait sa bougie
au-dessus de sa tête pour voir loin devant lui.

Il s'arrêta. Au bas des escaliers une femme était
assise. Elle le regardait avec de grands yeux verts pleins
de couleur jusqu'aux bords comme des feuilles de
menthe. Elle gardait sur ses genoux la tête d'Antonio
qui dormait. Elle avait l'air d'être à ce moment du
bonheur où l'on ne voit plus rien autour de soi et ses
yeux avaient une large lumière dispersée.

— Femme! dit Toussaint à voix basse.

Elle ne fit pas de gestes, elle demanda :

— Qui est-là?

— Que te dire, dit-il avec un petit rire amer, pour
que tu saches vraiment qui est là?

— Je sens que tu n'es pas à craindre, dit-elle. C'est
la maison des hommes bons ici. Tu es le second que

j'entends et on ne peut pas dire qui est le meilleur de celui qui dort sur mes genoux ou de toi.

Alors, il comprit qu'elle était aveugle.

— Pourquoi dort-il?

— Il m'attendait, dit-elle, il se repose maintenant. Laisse-le.

Toussaint descendit doucement les marches. Elle continuait à regarder là-haut d'où sa voix était venue.

— Il va falloir le réveiller, dit-il.

Il toucha l'épaule de la femme pour lui faire entendre qu'il était près d'elle.

— ... j'ai peur qu'il nous soit arrivé un malheur. Antonio!

— Quoi?

— Réveille-toi.

— Voilà.

— Et Matelot?

— Matelot, répéta Toussaint, il n'est pas couché.

La bougie tremblait dans sa main.

— C'est vrai, dit Antonio.

Il se dressa.

— Je l'ai laissé dans un café, un dont la fenêtre donne sur le fleuve, dans la ville basse. Il n'est pas rentré?

— Non.

— Je vais le chercher.

— La ville est pleine de bouviers.

— Donne mon fusil.

— Je vais avec toi, dit Clara.

— Je ne sais pas, dit Antonio, il vaudrait mieux que tu restes là. Il faudra peut-être se battre.

— La bonne et la mauvaise fortune maintenant, dit Clara. Tu ne peux pas m'obliger à autre chose.

Toussaint éclaira la lanterne.

— J'y vais aussi, moi, dit-il.

Antonio descendit la rue le premier avec son fusil en avant. Clara le suivait en le tenant par la veste. A vingt pas derrière, Toussaint venait avec la lanterne.

— Le danger, dit doucement Antonio, c'est ce gros laurier là-bas devant. D'habitude ils sont là.

— Arrête-toi, dit Clara.

Il s'arrêta, la crosse à la hanche, le doigt sur la gâchette, le fusil braqué vers l'arbre noir.

— Marche, dit Clara, il n'y a personne.

Ils avancèrent.

— Prête ta lanterne, dit Antonio.

Il regarda dans l'arbre. Quelqu'un avait été embusqué là, tout à l'heure. Des clous de souliers avaient blessé fraîchement l'écorce.

— Levé la garde, dit Antonio.

— Oui, dit Toussaint.

Il avait pris le fanal et il éclairait les coins d'ombre à ras de terre.

— Qu'est-ce que tu cherches?

— Matelot.

— Avançons, dit Clara.

Au bout d'un moment elle demanda :

— La rue débouche sur une place?

— Oui.

— Méfie-toi au tournant.

« Et maintenant, tu peux aller, dit-elle après un moment, il n'y a personne. »

Toussaint les rejoignit sur la place déserte. Le ciel était terrible à voir. Il n'était pas là-haut à sa place comme d'habitude mais là contre terre, à faire de grands gestes autour de la lanterne.

— Il doit être resté là-bas, dit Antonio. Il doit dormir sur la table.

— Guère possible, dit Toussaint. Vous avez bu?

— Oui.

— Il a dû partir droit devant l'ombre. Pourquoi l'as-tu laissé?

— Je ne sais pas, dit Antonio, descendons.

— Arrêtez-vous là, dit Clara, et regardez autour de vous.

Derrière l'ormeau Matelot était couché, le visage dans la boue. Un long couteau à décharner était planté entre ses épaules. Il n'y avait rien à essayer. Il avait la bouche pleine de boue. Il avait saigné du nez et des oreilles. Il n'avait pas le visage calme mais, autour de ses yeux ouverts et de sa bouche éperdue, les rides effroyables du dernier désespoir.

— Je l'ai laissé, dit Antonio, je l'ai laissé!

— Porte-le maintenant, dit Toussaint.

Et cette fois Antonio se sentit fier de sa force. Il pouvait relever ce corps, l'emporter dans ses bras comme un enfant, faire quelque chose pour lui.

Il entendit Clara qui disait :

— Attends, je t'aide.

Et elle posa sa main sur son épaule.

— Je le pensais, disait Toussaint. Quand je n'ai vu personne dans le laurier j'ai bien pensé qu'ils avaient fait le coup. Matelot! Le Rebeillard a été ton rendez-vous à toi aussi.

Antonio portait le corps.

« Je l'ai laissé, je l'ai laissé », se disait-il.

Il n'avait plus rien de bon dans le monde que la petite main de Clara posée sur son épaule.

Toussaint passa le premier dans le couloir et il ouvrit la porte de la cuisine.

— Là, dit-il.

— On devrait le mettre sur la longue chaise.

— Non, dit Toussaint, là, par terre comme un mort, et là, devant la cheminée et les casseroles. (Il regarda autour de lui. Les énormes rides de son visage étaient pleines d'ombres.) Tu vois : la table, la marmite, l'âtre et lui mort, voilà ce que je veux (il tourna ses yeux vers Antonio et Antonio vit dans le regard une sorte de fureur du delà des hommes), nous n'avons plus de besson, peut-être; il dort. On ne sait jamais tout ce qu'une femme à grande bouche peut manger dans un homme. Je veux qu'il le voie là, par terre, au milieu des usances de la vie. Pour qu'il comprenne, s'il peut encore comprendre.

Il sortit. Il s'en alla dans le couloir, vers la chambre du besson et de Gina.

— Tu l'aimais bien? dit Clara.

— Un vieux copain, dit Antonio.

— Et c'est ta faute?

— Oui.

— Entre, dit Toussaint.

Le besson entra.

— Toi aussi.

Gina entra.

— Voilà, dit Toussaint.

— Qui est-ce? demanda le besson.

— Le père.

Il se pencha sur le visage barbouillé de sang.

— Mon père, dit-il, pourquoi?

Il regarda Antonio, et Toussaint, et Clara, et puis autour de lui : les chaises, l'âtre, le chaudron.

— Et maintenant?... dit-il.

Soudain il se dégagea de Gina qui lui serrait le bras. Il toucha l'épaule d'Antonio.

— Viens, dit-il.

VII

Ils étaient sortis de la ville par le nord. Le vent souf-flait. De temps en temps les nuages découvraient la lune; on voyait alors une lande hirsute encore sale de boue et de neige fondante.

— Je n'ai pas d'armes, dit Antonio.

Le besson marchait devant à grands pas.

— Pas besoin, dit-il.

Le bruit du fleuve était loin. On entendit parler un vaste marécage avec tous ses roseaux frais.

Ils marchaient encore sur la terre ferme mais tout à côté on entendait des froissements d'eau, de gros cla-potis et parfois le frisson d'une vague rase qui sifflait entre les roseaux.

— Combien d'heures avant le petit jour? demanda le besson.

— Cinq.

— Il faut un peu courir, dit-il. Nous suivons la digue, c'est franc.

Et il commença à trotter lourdement, presque sans bruit. Au bout d'un moment les nuages s'ouvrirent. La lune éclaira là-bas devant un grand découvert d'eau plate encore un peu encroûté par places d'îlots, de joncs, mais où glissaient toutes libres les luisantes risées du vent.

Au bout de la digue le besson regarda, en bas, du côté de l'ombre.

— Attends-moi.

Il descendit jusqu'à l'eau. Antonio l'entendit patauger. « Regarde là-haut s'il n'y a pas une perche. Par terre. » Si. Elle était là.

— Viens.

C'était une sorte de radeau bâtard avec un petit bord, moitié barque.

— Attendons que la lune se cache.

Il y eut encore de grandes vagues d'ombres portées par le vent; les deux hommes ne bougeaient pas. Ils regardaient du côté des montagnes. De temps en temps ils apercevaient là-bas au fond les rochers brillants, les névés et les glaces, mais, tout le long des pentes montagnardes, suintaient de lourdes brumes noires, épaisses comme des forêts; on les voyait gonfler leurs énormes feuillages. Il fallait attendre que le vent les saisisse et les couche. Alors, ce serait la grande nuit sans lune toute bouchée. Elle arriva. Le vent trop lourdement chargé flotta un moment, frappant l'eau du marais avec son odeur d'arbre.

Tout le marais était dans l'ombre.

Le besson poussa sur la perche et commença à naviguer. Il restait un petit rond de lune sur l'eau mais il s'enfuyait à toute vitesse et il s'éteignit, loin, de l'autre côté, au moment où il touchait les sapinières des collines. Il n'y avait que le bruit de la perche dans l'eau et le glissement de la barque plate. Une bonne odeur de boue et de pourriture, et puis l'haleine grasse des roseaux pleins de sève verte. Une odeur animale d'oiseaux d'eau, le duvet du fond du nid, l'odeur des grands becs mangeurs de frai, l'odeur des anguilles noires. La fuite d'un rat palmé faisait lever l'odeur des racines d'osier puis le fumet de la petite bauge flottante avec la femelle rate toute chaude.

Le besson naviguait en eau libre. Il avait l'air de connaître la route. Il pesait régulièrement sur sa perche.

Il la retirait de l'eau et, à l'endroit où il la sortait, s'élargissait un petit rond de lumière pâle, gras comme une fleur de nénuphar. La perche luisait, égouttait des gouttes. Il l'enfonçait. Tout s'éteignait. Une bête d'eau nagea près d'eux en gémissant. Elle sentait le poisson mort et le poil mouillé. Elle entra se cacher dans une touffe de roseaux-avoines en dispersant une odeur de pollen et de miel.

Depuis un moment Antonio voyait là-bas devant un petit point rouge comme une tache de braise. Le besson naviguait sur ça. De là-bas venait aussi une odeur de terre piétinée et de fumier.

« C'est une lampe », se dit Antonio.

Un poisson sauta hors de l'eau avec une odeur d'anis et de cresson.

Là-bas c'était maintenant une lueur derrière des fenêtres, sans doute une lueur de gros âtre, une sorte de halo écarlate à peine palpitant et, dedans, des points plus éclatants qui clignotaient comme des étoiles, des lampes. L'odeur du fumier arrivait plus épaisse. Une odeur de murs aussi, de crépi humide, de torches, de chaume et d'ardoise. Dans le ciel bas qui frôlait l'eau flottait un parfum de foin sec, de paille, de fumée, d'urine de taureau, de pelages, de sueurs, d'hommes.

La lumière sembla s'enfoncer dans la terre puis disparut. Ils abordaient au bas d'un haut talus de terre fraîche. De temps en temps des mottes s'éboulaient encore et tombaient dans l'eau.

— Attends un peu, là, dit le besson.

Il sauta au bord et grimpa le long de la berge glissante.

Antonio entendit que là-haut le besson se jetait contre la terre. Un cri un peu gras et qui s'éteignait doucement. Le souffle court du besson, par paquets. Des craquements de muscles. Un petit gémissement. Une longue respiration. Le silence.

Antonio sauta. Comme il se rétablissait en haut du talus une griffe de bête lui égratigna la joue. Il baissa la tête, lança sa grande main dans la nuit. La griffe était au bout d'une longue patte raide, immobile. Il se haussa d'un seul coup, roula sur un corps encore chaud, mou comme une outre, couvert de poils; sa main glissa sur une langue baveuse, des dents froides, une gueule qui sentait la carne.

— Tais-toi, dit le besson.

Il était à côté de lui, couché sur la terre.

— C'est le chien, dit le besson. Attends un moment.

Là-bas devant, maintenant, ils pouvaient voir un grand corps de maison. La carcasse était plus noire que la nuit, plus noire que les collines derrière; la lumière brûlait dans le corps principal, sous une arche.

Une énorme odeur de taureau, épaisse comme du mortier, dormait au ras de la pâture.

— Au fond du pacage, trois, dit le besson. C'est là qu'on est.

La grande ferme des bêtes se dressa devant eux au bout des pâtures. Elle élargissait, de droite et de gauche, des étables à toits blêmes.

Ils traversèrent un fossé, une barrière en fil de fer barbelé; une pâture ancienne; de temps en temps l'herbe était usée jusqu'à la pierre; une autre barrière en fil de fer; une pâture un peu plus grasse; un fossé plus large, plus profond, à moitié plein d'eau et d'herbe d'eau, du cresson et des éparvières. Au-delà du fossé un pré. A l'odeur il avait l'air d'être habité. C'étaient des taureaux galeux, seuls dans la nuit. Les bêtes se levèrent. Elles reniflèrent les hommes, tapant du pied dans la terre sourde. Elles faisaient claquer leurs cous. Le besson siffla. Les taureaux se recouchèrent.

Voilà le mur.

Depuis la berge du marais où le besson avait étranglé le chien jusqu'à cette première enceinte de la ferme, il y avait un bon millier de pas. C'était un mur d'un peu plus d'un mètre de haut fait avec de grosses meules de granit.

Antonio sauta. De l'autre côté, du fumier vivant sous le pied.

Le besson dit :

— Je crois que c'est à droite.

Une énorme grange noire s'avança vers eux; elle soufflait une haleine de foin sec. Un hangar creux bourdonnait des bruits de la nuit; il répéta les pas. Les deux hommes s'arrêtèrent. Le hangar sentait le fer et le bois. Il devait abriter des chariots neufs.

Ils s'en allèrent comme des chats le long d'une draille d'herbe. Elle menait au puits. Ils restèrent là un moment pour s'orienter.

On ne voyait plus la lumière de tout à l'heure. On était trop dans le corps de la ferme. D'ici on apercevait un reflet sur le mur d'une autre grange. Il n'y avait pas de bruit sauf le bourdonnement grave du hangar.

— Je les aurai, dit le besson.

— Qui?

— Tous.

« Tous », dit-il encore.

Il regardait le petit reflet de la lumière sur le mur.

— Les uns après les autres, chacun à leur tour, chacun à leur manière. Tous. Tous.

Il frappa du poing dans l'herbe.

Il était un peu éclairé par le reflet du mur : accroupi comme un chat, la tête en avant, le menton dur.

— C'est l'heure, dit-il.

Il sauta. Antonio courut derrière lui.

Depuis l'angle de la grange il y avait un chemin de lumière jusqu'au porche de la ferme.

Ils s'avancèrent en pesant les pas.

On voyait la grande fenêtre. Là-bas dedans c'était éclairé : l'âtre et les lampes. Six bouviers étaient assis, les coudes écartés sur la table de bois. Maudru près de l'âtre, le bas du visage dans sa main, le pouce et l'index sur ses joues, la bouche dans sa paume. Gina, en deuil de femme de montagne, marchait de long en large. De temps en temps elle parlait. On n'entendait pas ce qu'elle disait. Personne ne devait l'entendre, même pas ceux de dedans. Ils ne bougeaient pas. Enfin un bouvier se tourna vers Gina et il se mit à lui répondre. Il expliquait avec les gestes de sa main : ça avait l'air d'être un large pays, puis il dressa le bras comme pour dire : « Au tonnerre de Dieu, là-bas! » Gina s'arrêta en face de lui. Immobile elle se mit à parler à l'homme. Elle ne bougeait que ses lèvres. Elle devait parler de Maladrerie, car le bouvier, à mesure qu'elle parlait, regarda en l'air du côté des montagnes. Gina se tourna vers Maudru. Elle eut l'air de lui dire : « Et alors, toi, qu'est-ce que tu en penses? » Maudru ne bougea pas. Il resta comme il était : la bouche dans sa main.

Le besson les compta.

— Six, sept, huit.

— Neuf, dit Antonio.

— Où neuf?

— Regarde au fond, près de la porte du fond.

C'était Delphine Mélitta, toujours lisse et coquette, le petit béret de tricot de côté sur ses cheveux blonds. On la voyait de profil avec son front étroit et son gros menton volontaire.

— Reste deux hommes par étable, dit le besson.

Il s'approcha d'Antonio.

— D'abord tu vas me suivre, puis tu feras pour ton compte sans te soucier de moi.

— Je dois me soucier de toi, dit Antonio.

— Je te dis...

— Je te dis qu'on ne me commande guère, dit Antonio.

Il entendit le besson qui grinçait des dents comme un ours.

— Marche, dit Antonio, je te suivrai, après on verra.

De chaque côté du corps principal de la ferme s'étendaient les étables : cinq à droite, sept à gauche.

— A la première, dit le besson.

Il regarda par la chattière. C'était bien ce qu'il pensait : le fanal, les taureaux libres, les deux hommes couchés. Mieux que ce qu'il pensait : on avait apaillé de frais et la paille des litières était toute neuve. Il tira doucement la clenche. Il ouvrit la porte. C'était un haut vaisseau de maison avec un enfaîtage de poutres en bréchet d'oiseau. Un fanal près des hommes endormis; une sorte de lampe-tempête à gros ventre de pétrole.

Le besson s'approcha des hommes. Il les frappa de toute sa force sous le menton. Un sans bouger se mit à saigner du nez. L'autre releva le bras et le laissa retomber.

— Tirons-les dehors.

— Loin des étables, dit le besson dans l'ombre.

Ils les cachèrent dans un angle du mur d'enceinte près du puits.

Le besson toucha l'épaule d'Antonio.

— Ils en ont pour un gros quart d'heure ces deux-là.

— Peut-être plus, dit Antonio.

Il avait porté celui qui saignait du nez. Il avait du sang sur les mains.

— Peut-être plus, oui, dit le besson, mais d'ici un quart d'heure ils pourront se réveiller sans dommage.

Ils rentrèrent dans l'étable.

Le besson fouilla dans le coffre aux bouviers. Il en sortit deux vestes de cuir marquées de l'M.

— Mettons ça, dit-il, ça nous cachera toujours un peu.

Il enfonça un béret sur ses cheveux rouges.

— Et maintenant..., dit-il.

De temps en temps le besson disait : « Et maintenant... » Ça avait commencé en partant de Villevieille.

Il se le disait à lui, comme s'il arrivait au bout d'un geste qui le lançait dans un autre geste qui le lançait vers sa vengeance, toujours plus avant, dans un bel ordre, où, tout prévu, rien ne pouvait échapper.

— Et maintenant.

Il ne se pressait pas. Il tremblait seulement un peu.

— Et maintenant...

Il s'avança au milieu des bêtes couchées.

— Oh! carne de bœuf, dit-il, c'est pour toi que je le fais.

Les bêtes avaient l'air de le connaître. Il caressa le garrot d'un taureau à cornes claires.

Il frappa doucement du pied le flanc d'un taureau roux.

— Allons les bœufs, dit-il, debout!

Cela faisait un bruit doux et léger car il y avait juste le bruit des bêtes qui se dressaient, puis elles restaient là, plantées sur leurs jambes, encore pleines de sommeil. Elles regardaient le besson. Il allait de l'une à l'autre. Il leur parlait à voix basse.

« Qu'est-ce qu'il va faire? » se dit Antonio.

Il trouvait le besson bien grandi.

— Qu'est-ce que tu vas faire?

— Mettre le feu.

Ils regardèrent les bêtes. Elles étaient toutes levées maintenant et déjà quelques-unes secouaient la tête.

— Ouvrir la porte rien que d'un vantail, dit le besson.

Puis il prit la lampe, il dévissa le petit bouchon du réservoir à pétrole. Il fit un tas de paille. Il l'arrosa de pétrole. A mesure qu'il vidait, la flamme de la lampe baissait puis elle s'éteignit tout à fait.

Il ne restait que le brasillement de la mèche. Le besson souffla dessus. Il la jeta sur le tas de paille.

Il y eut un moment d'obscurité et de silence puis, tout d'un coup, glouf, la flamme creva dans la paille, comme une bulle rouge.

Ils sortirent de l'étable. Ils allèrent voir les deux bouviers endormis de coups de poing. Ils dormaient toujours.

L'incendie était déjà rouge à pleine porte mais sans bruit de feu. On entendait seulement les taureaux qui commençaient à danser.

— Toi, dit le besson, tu vas mettre le feu au bout, là-bas...

Il montrait les étables noires, au fond, à droite.

— ... et moi là-bas.

— Tout, dit-il.

Devant la fenêtre éclairée du logis on voyait passer et repasser l'ombre de Gina la vieille. Elle parlait toujours.

— La langue bat où la dent fait mal, dit le besson.

Il toucha le bras d'Antonio.

— Mon père, dit-il...

C'est ce qui jeta Antonio dans la nuit. En courant il toucha sa poche. Il avait son briquet. Il regarda derrière lui. Le besson courait de l'autre côté. Une fumée tremblante d'éclairs rouges sortait de l'étable. Un taureau hurla à la peur. Il y avait là-bas dedans une danse de sabots, de coups de cornes dans les murs de bois, de gros corps qui poussaient le vantail bardé de fer. Un taureau bondit dans la cour. Il traînait entre ses jambes de la paille enflammée. La fenêtre s'ouvrit.

— Quoi? cria Maudru. Puis : « Au feu! »

Il poussa encore un grand cri en langage taureau et les bêtes qui sautaient dans le feu, là-bas, lui répondirent.

Le taureau qui était sorti s'approcha de la fenêtre en galopant.

Le besson avait disparu de l'autre côté de la fumée. Antonio se remit à courir. Il se cacha à plat ventre derrière l'abreuvoir. Deux bouviers venaient à la course des étables noires. Ils allaient vers le feu. Il avait pris maintenant une énorme santé. Il bondissait vers le ciel plein de fumées et d'ombres, tout traversé de taureaux boulés à pleines cornes vers le frais de la nuit. Devant le feu, des ombres d'hommes s'agitaient. La maison criait de toutes ses poutres. Antonio se releva. Il alla à la grande porte de l'étable du bout. Il chercha la clenche avec sa main. Dedans, les taureaux s'étaient aperçus que les gardiens étaient partis. Ils soufflaient. Ils s'interrogeaient à voix basse. Ils marchaient doucement dans la paille l'un vers l'autre.

Antonio entra. Le fanal allumé était resté là. Il renversa le pétrole dans la paille. La flamme sauta tout de suite. C'étaient des taureaux plus jeunes. Ils soufflèrent en tapant du pied. Ils se poussaient en cul les uns les autres vers le mur du fond. Des pendeloques de foin sec tombaient des trappes de la grange. La flamme échela jusque là-haut. Elle resta un moment à fouiner puis on l'entendit qui étripait le fourrage dans le long grenier plein de courants d'air.

Antonio vit une petite porte dans le mur de droite. La flamme la faisait mirer, car elle était toute cloutée de gros clous de fer. Il sauta vite là-bas vers ça. Il la poussa. C'était derrière une autre étable paisible, la ferme se continuait par là. Une étable en pierre avec des voûtes. Des vaches. Des veaux. Des ballots de paille serrés dans des liens. Il sortit son grand couteau. Il coupa la corde. Il éparpilla la paille. Il regarda autour de lui. Il y avait là-bas au fond une grosse lucarne ronde comme dans les églises et tout ouverte. Ici, ça ferait bien cheminée. Un peu de feu et il y aurait un tirant du diable sous ces voûtes. Les vaches inquiètes se dressaient. Elles faisaient claquer leurs langues dans les trous de leurs museaux. Les veaux arrivaient près d'elles. L'étable où Antonio avait allumé le feu en premier se vidait de taureaux mugissants dans la nuit. On n'entendait pas l'autre incendie là-bas de l'autre côté. Les murs étaient trop épais.

Antonio allait battre le briquet. Il se coucha dans la paille. Une porte venait de s'ouvrir. Entre les jambes des vaches il vit deux jambes d'homme. Comme elles arrivaient près de lui Antonio les serra dans ses bras et l'homme tomba. Antonio le frappa dans les côtes. Le poing de l'homme frappa à vide dans la paille. Il en avait. Antonio se dressa sur ses genoux. Il saisit la tignasse de l'homme, il lui renversa la tête en arrière. Il le frappa très vite deux fois à la pointe du menton, puis encore un coup dans les côtes. On n'y voyait pas là. Il toucha le visage avec le plat de la main. La bouche était ouverte, lèvres retroussées, dents froides, les yeux fermés. Il tira l'homme par les bras jusqu'à la porte par où il venait d'entrer. Ça donnait dans le logis même. Il l'allongea sur les dalles. Il revint battre le briquet. Il alluma la paille à cinq endroits. Il entra dans le logis et il ferma la porte.

C'était un homme de peau rousse avec des taches de son sur les joues. Les coups de poing lui avaient écorché le menton. Les vaches là-bas essayaient de sortir. Elles ne criaient pas. Elles se bourraient toutes ensemble contre la petite porte; chaque fois il devait en passer une ou deux, puis elles battaient encore au bélier les murs et la porte. La maison en tremblait chaque fois comme si elle avait eu la hache au pied. L'incendie de la grange hurlait d'un long hurlement doux à plein plaisir. Un petit veau gémissait, battait de la tête contre la porte du logis. Une fumée épaisse suintait lentement par l'huis.

Ici c'était la salle où tout à l'heure Gina se promenait en parlant. Il n'y avait plus personne que la table vide, les escabeaux renversés, l'âtre avec du feu domestique, la fenêtre ouverte. Le vent de la nuit faisait battre le volet. Il y avait dehors un tumulte de mugissements et le craquement des grands bras de l'incendie. Antonio se lécha les lèvres. C'était le cœur de la ferme. Une

armoire, le battant ouvert, avec des livres de comptes
dedans. Pendue au mur une grande planche avec les
empreintes de toutes les marques de bœufs. L'ordre de
service écrit de la main de Gina. Antonio se lécha les
lèvres, s'approcha pour lire :

« Servery clos 5.

« Ressachat clos 9, mener au sel.

« Burle — le gros des vieux — conduire aux pâtures
hautes... »

La maison tremblait. Le vent ferma le battant de
l'armoire à comptes. Un gros écrasement de flammes
illumina tout le dehors avec la course éperdue des taureaux tout noirs de nuit.

Antonio se passa la main sur la joue. Il n'y avait pas
grand-chose à allumer ici. Les livres brûlent mal. Un
escalier prenait dans le coin à côté de l'âtre. Ça devait
aller aux chambres. Il monta.

Il fallait aller doucement. Sûrement ils étaient tous
dehors à essayer, mais...

Juste il entendit ouvrir en bas et un gros pas qui
s'embronchait dans les escabeaux.

— Tavelé! Tavelé!

C'était Maudru.

Il grogna encore un grand mot puis il sortit en courant.

Dehors le bruit s'enflait et retombait comme le langage d'un grand vent. C'était, au plus haut, le ronflement des flammes, le craquement des murs, des poutres,
des portes, l'écho des hangars, le mugissement des taureaux et la sourde cavalcade des bêtes dans les prés
contre. Quand tout ça s'apaisait un peu, le bruit se
relevant et s'envolant en haut de la nuit, il y avait alors
en bas comme un grésillement de graisse au feu; les cris
des bouviers et, au milieu, en plus gros, les cris de Maudru avec sa voix de vallon. On ne savait pas s'il parlait
aux hommes ou aux bêtes. Les hommes répondaient,

les bêtes répondaient à cette voix. L'incendie même...
des hauts de la nuit le fléau bleu de la flamme retombait
en ronflant, faisant craquer toute la ferme.

Il n'y avait qu'un seul étage au logis. Antonio poussa
une porte. Il fit claquer son briquet. Ce devait être la
chambre de Maudru : un petit lit tout maigre en cage
de fer avec des pieds à roulettes, un drap gris encore
froissé, un oreiller noir à force de graisse de tête. Au
milieu du lit un gros trou comme effondré. Oui. La
cruche d'eau, la veste d'ours. C'était Maudru.

En abaissant son briquet, Antonio éclaira une valise
de cuir au milieu de la chambre, une valise de ville avec
du cuivre et du cuir, marquée D. M. Elle avait dû être
apportée là puis ouverte et refermée vite; un bout de
ruban dépassait du couvercle. Antonio l'ouvrit. C'étaient
des choses de femme. En soie. De tout. D. M. Delphine
Mélitta.

Antonio pensa au gros homme amer et tendre qui
parlait au bord de la fosse à Maladrerie. La nuit, le
bruit des cyprès, et cette voix énorme qui venait du
fond de l'ombre dire les gestes d'une femme qui porte
les verres et la carafe.

Sans l'incendie, ça allait être la guérison de Maudru,
cette nuit sans doute.

« Oh! gagner, se dit Antonio (il pensait à tout ce qu'il
avait entendu dire de Maudru et de Delphine Mélitta
depuis qu'elle avait commencé à tourner autour du
maître des bœufs), savoir si c'est elle qui gagne en tout
ça. »

Il pensait à ce gros homme écœuré d'amertume.

Il mit le feu dans la chambre de Gina la vieille. Dans
la paillasse, le matelas éventré, les jupes, les robes, les
fichus. Il cassa le miroir et un flacon de parfum. Il
ouvrit la fenêtre et la porte pour que le feu tire bien.

Il pensa au Tavelé étendu par terre, en bas, avec des

coups de poing dans le menton. Il fallait le tirer dehors. Il descendit. On parlait dans la cuisine. Il alla sur ses pieds nus jusqu'au détour des escaliers. Il regarda.

La vieille Gina et un homme.

— Il a dû se frapper dans quelque chose, dit-elle.

— Et les deux là-bas contre le mur? dit l'homme. Et ce feu qui a pris aux quatre coins? dit l'homme. Prenez les pieds, maîtresse, dit-il.

Ils se penchèrent sur le Tavelé. L'homme prit la tête, Gina les pieds. Ils l'emportèrent dehors. Gina marchait à reculons.

— Pour cette putain de fille, dit Gina.

Antonio se coula dehors par la lucarne de la souillarde. Ça donnait derrière, dans les bois de fayards. De ce côté-ci il n'y avait que des flammes. Le vent les poussait. Elles glissaient dans l'herbe, puis un peu plus loin elles pliaient les genoux et elles sautaient d'un grand saut bleu se perdre dans les arbres et dans la nuit.

Antonio courut jusqu'au bois. Les grands troncs des fayards chauffés de loin craquaient. Un bœuf était là arrêté. Il avait les yeux fixes illuminés par les bonds de la flamme. D'ici on pouvait bien voir. Il n'y avait plus rien dans la ferme que de la colère de feu et de fumée. Elle était maintenant embrasée tout au long avec plus rien de solide et d'assis, mais toute molle, pétrie par les flammes. Elle avait dû perdre tous ses taureaux. On les entendait mugir et galoper dans les prés, mais elle avait dû garder des veaux, des vaches. Une odeur de carne et d'os calcinés remplissait la fumée.

Une trompe se mit à sonner, loin dans la montagne. « Et de là-bas? » se dit Antonio.

Ça voulait dire : et du côté besson, qu'est-ce qui se passe? Toutes les étables de droite, les sept étaient en feu, mais on entendait crier les hommes. Il n'avait vu personne lui de son côté, sauf ce Tavelé qu'il avait endormi à coups de poing. Ils avaient l'air d'être tous là-bas à chasser. Le vent et les remous du feu faisaient tourner leurs cris comme un vol d'oiseaux.

Antonio boutonna sa veste maudrute, enfonça sur sa tête le béret bouvier et s'en alla vers ces cris et cette chasse dans la fumée. Il se disait : et le besson?

Maudru était debout sur le plus gros tas de fumier. Il dirigeait ses taureaux. Il essayait de leur faire comprendre qu'il fallait sortir de la cour et s'en aller galoper dans les prés d'autour sans plus penser à ce feu. Il leur disait que le jour allait venir, que ça, l'incendie, c'était ce que c'était mais que ça n'était rien au fond. Le principal c'était qu'on allait dès demain partir pour les pacages d'été. C'est un peu tôt mais là-haut il y a des baraques.

— Et allez, criait Maudru, et il montrait les grands prés nocturnes.

Mais les taureaux reniflaient l'odeur de viande brûlée. De temps en temps, dans les braises de gauche, là-bas, un ventre de vache éclatait : pis, ventre et tout, et, tout d'un coup, ça sentait la tripe, le lait, l'herbe aigre. Les taureaux se dressaient sur leurs deux pattes de derrière comme des boucs qui se battent et ils essayaient d'encorner les flammes du bout de leurs cornes claires. Ils reniflaient fort. Ils avaient de gros paquets de bave sous leurs babines. En retombant ils restaient un long moment immobiles comme des taureaux de pierre, sans rien écouter, à regarder danser le feu.

Antonio s'approcha de là. Maudru appela Aurore. Un bouvier arriva en courant.

— Vous l'avez? demanda Maudru.

— C'est lui qui nous a.

— Encore?

— Il y en a trois d'étendus là-bas.

Il montrait le chemin du hangar dans la fumée.

— Je crois que Carle aussi.

— Il était là à la minute, dit Maudru.

— Eh! bien oui!

— Alors il faut que ce soit..., dit Maudru, je ne sais pas.

Et il appela Aurore.

Antonio entra dans la fumée avec le bouvier. Il vit passer devant lui une carrure qu'il connaissait. Mais elle était agrandie par la fumée et les éclatements de la flamme. Le bouvier trembla comme un homme qui s'embronche.

— Ho! cria Antonio.

— C'est toi? dit le besson.

Il avait déjà agrafé le bouvier par le col et il le retenait. L'homme avait déjà le cou mou et les bras pendants. Il l'allongea par terre d'un autre coup de poing.

Antonio et le besson s'élancèrent dans le plus gros de la fumée. Antonio se mit à frapper lui aussi chaque fois qu'il rencontrait un bouvier seul. Quand ils étaient deux ou trois il passait en criant. Chaque fois qu'il en avait un seul en face de lui il frappait de toutes ses forces.

— Alors, alors, disait l'homme étonné, puis il tombait.

Au moment où le corps du logis s'embrasa tout entier en craquant comme un feu de figues, avec ses parquets de sapin et ses lambris graissés, le besson empoigna un grand bouvier à barbe. Il avait l'air vieux. Il était dur d'épaules. Il reçut le coup dans sa barbe mais il l'évita un peu et il se bourra en avant en moulinant au marteau avec ses grands bras. Le tranchant de son poing frappa le besson sur la lèvre. La fumée se battait autour d'eux. Le bouvier serra le besson à la ceinture et il le plia en arrière. Le besson perdit pied. Il prit le cou de l'homme dans ses mains. Il appuya ses deux pouces sur la cannelure du gosier. Ils tombèrent tous les deux. La bouche du bouvier sentait l'oignon. Le besson se redressa.

L'énorme toiture des granges s'effondra. Un mur se renversa en faisant courir toutes ses pierres dans le pré. Il y eut un long moment de grandes flammes silencieuses. Maudru parlait aux taureaux. Ils commençaient à comprendre et à regarder vers les pacages. L'aube verdissait et l'herbe commençait à luire.

Le besson s'enfonça ses doigts dans sa bouche et se mit à siffler. Le sang de sa lèvre fendue giclait entre ses doigts.

— Qui siffle? cria Maudru.

Les taureaux écoutaient le sifflet. Ils avaient plutôt tendance à obéir à ce sifflet qui les tirait vers le feu. Maudru descendit de son tas de fumier et marcha vers la fumée d'où venait cet autre commandement des bêtes. Antonio le vit arriver. Il marchait en traînant la jambe comme là-haut à Maladrerie. Le reflet de la flamme éclairait son nez de chien. Mais il avait toujours ses yeux tendres, une amertume grise et fatiguée. Le taureau Aurore le suivait. Le taureau se méfiait; il regardait dans la fumée de droite et de gauche. Maudru s'en venait face au siffleur, lentement, sans se détourner.

Antonio se cacha derrière une benne à grains.

C'était l'aube. L'air plus lourd avait abattu la fumée, les flammes se clarifiaient dans le ciel où passait un peu de lumière. La ferme n'était plus que charnier avec sa poitrine de poutres calcinées et ses murs pourris. Du tas des vaches mortes jaillissait de temps en temps une longue flamme jaune aiguë comme de l'or et qui éclatait là-haut dessus en jetant une odeur boueuse de graisse brûlée.

Maudru s'avançait en traînant la jambe.

Il n'y avait plus rien à faire pour Puberclaire — murs et poutres — il y avait encore à faire pour Puberclaire taureaux. Il fallait décider les bêtes à partir pour les pacages lointains. Tout de suite. Leur donner de l'herbe et du calme. Tout de suite. Loin de ce rouge feu, de cette odeur. Elles tournaient déjà en rond dans de grands galops. Tout de suite où la danse allait commencer Aurore meugla vers ses frères.

Le besson était accroupi dans une draille. Autour de lui la fumée s'entassait comme une pelote de laine noire. Il sifflait à petits coups en balançant la tête et son sifflet semblait venir de tous les coins du vent.

Antonio se mit à ramper sous la fumée. Maudru enjamba la draille. Le besson se tourna lentement dans son trou. Il avait son couteau ouvert à la main. Il se redressa pour sauter sur Maudru qui marchait maintenant devant vers les fayards. Un homme tomba de tout son poids sur les épaules du besson. Ils roulèrent tous les deux dans la draille. Le besson frappa un coup de couteau. La lame s'enfonça dans la terre. Une main de fer lui serra le poignet. Il mordit le bras à pleines dents. La main serra très fort sur le nerf du pouce. Il lâcha le couteau. Il reçut un coup de poing au joint des mâchoires mais il était dessus. Il releva la tête. Il assura ses genoux, l'homme se tordait sous lui.

— Lâche-moi! cria Antonio.

Le besson le frappa sur le front, près de la tempe.

— C'est moi! cria Antonio.

Le besson le frappa encore près de la tempe. Il essayait de se dégager pour courir derrière Maudru.

— Laisse, dit Antonio, Delphine Mélitta, la valise. Laisse.

Il frappait le besson à coups de poing dans le ventre. Il essayait de se tourner, de le renverser pour se coucher sur lui et le tenir.

— Le jour, le jour, criait Antonio, laisse-le. Viens besson, assez.

Il replia sa jambe et il frappa le besson sur la tête avec son pied, de toutes ses forces. Le besson le bourrait dans les côtes. Il eut deux ou trois coups de poing alignés. Il souffla. Antonio lui donna un coup de pied dans la hanche. Les cuisses qui le serraient se desserrèrent. Il bomba les reins. Le besson flottait. Il le fit chavirer à côté de lui dans la draille.

Là-bas, près des fayards, Maudru appelait les taureaux. Le sifflet n'appelait plus. Ils commencèrent à répondre à la voix. La galopade s'arrêta. Puis les taureaux s'élancèrent au grand trot vers le maître.

— Assez, dit Antonio. Laisse-le celui-là. On a fait plus que le compte. Viens.

Le besson le frappa d'un grand coup de poing mou en pleine figure. Antonio le saisit au poignet et commença à lui tordre le bras.

— Ça va être le jour, dit Antonio, viens. Profitons, partons. Gina. Tu entends? Partons tous aujourd'hui, le fleuve, profitons. Tu entends?

De son genou libre le besson lui écrasait le tendre du ventre. Antonio lui donna un coup de coude dans le nez. Il lui tordait toujours le bras.

— Écoute, souffla Antonio, écoute. Il faut partir aujourd'hui avec Gina. Tu m'entends?

Il le frappa sous le menton.

— Partir là-bas, ton pays. La forêt. Tu te souviens?

Il se mit à crier tout d'un coup comme une bête; le besson avait détendu sa jambe en plein dans son ventre.

Couchés tous les deux dans la draille, couverts de fumée, les flammes claquaient doucement dans le jour levant comme de grands draps au séchoir. On entendait sur les premières pentes de la montagne le troupeau des taureaux qui commençait sa route de sauvetage.

Le besson enjamba Antonio. Il s'allongea sur lui. Il soufflait à grandes haleinées lentes. Il mit sa bouche molle près de l'oreille d'Antonio.

— Mon père, dit-il, mon père, mon père!

Il avait la joue toute mouillée de larmes.

TROISIÈME PARTIE

I

C'était le grand désordre de printemps. Les forêts de sapins faisaient des nuages à pleins arbres. Les clairières fumaient comme des tas de cendres. La vapeur montait à travers les palmes des feuillages; elle émergeait de la forêt comme la fumée d'un feu de campement. Elle se balançait et, au-dessous de la forêt, mille fumées pareilles se balançaient comme mille feux de campement, comme si tous les nomades du monde campaient dans les bois. C'était seulement le printemps qui sortait de la terre.

Le nuage prenait peu à peu sa couleur sombre à l'image des lourdes ramures. Elle avait aussi la lourdeur de la grande masse d'arbres, son halètement et son odeur d'écorce et d'humus. Il pesait sur les vallons creux avec juste un liséré d'herbe neuve sous lui.

Les pâturages charrués de sources nouvelles chantaient une sourde chanson de velours, les arbres hauts craquaient d'un côté et de l'autre comme des mâts de navire. La bise noire était arrivée de l'est. Elle charriait sans arrêt des orages et un soleil extraordinaire. Les nuages des vallons palpitaient sous elle puis, tout d'un coup, ils s'arrachaient de leur lit et ils bondissaient dans le vent. De grandes pluies grises traversaient le ciel. Tout disparaissait : montagnes et forêts. La pluie pendait sous la bise comme les longs poils sous le ventre des boucs. Elle chantait dans les arbres, elle allait en silence à travers les larges pâturages. Alors arrivait le soleil, un soleil épais et de triple couleur, plus roux que du poil de renard, si lourd et si chaud qu'il éteignait tout, bruits et gestes. La bise se relevait. Il y avait un grand silence. Les branches encore sans feuilles étincelaient de mille petites flammes d'argent et, sous chaque flamme, dans la goutte d'eau brillante, les bourgeons neufs se gonflaient. Un épaisse odeur de sève et d'écorce fumait un moment dans l'air immobile. Le piétinement de la pluie passée descendait vers les fonds. La pluie nouvelle venait à travers les sapins, la bise retombait de tout son poids, les taches noires de la pluie et du soleil marchaient dans tout le pays sous une frondaison d'arcs-en-ciel.

Dans les coupes profondes de la terre, les nuages épaississaient lentement avec des soubresauts comme la soupe de farine. De temps en temps d'énormes bulles éclataient en jetant des éclairs. Le tonnerre roulait ses grosses pièces de bois dans tous les vallons de la montagne. Puis l'orage se dressait dans sa bauge. Il piétinait les villages et les champs, faisant éclater des arbres dans ses ongles dorés.

Le ruissellement des eaux dansait, fouillait sous toutes les herbes. Au penchant des talus les sources grasses sautaient en soufflant comme des chats. Les neiges étaient déjà toutes fondues. Elles avaient découvert une terre noire, sanguine, enrichie d'eau et qui jutait sous le piétinement léger des oiseaux. Les glaciers usés de soleil et de pluie coulaient à pleins torrents dans d'étroits corridors encombrés de roches énormes.

La bise s'arrêta. Les nuages immobiles entassèrent sur les horizons leurs épais feuillages pommelés, leurs cavernes, leurs sombres escaliers, les gouffres bleus où se perdaient en épanouissements toutes les lumières du soleil. Il faisait chaud. L'ombre même était chaude.

Les derniers soubresauts de la bise secouaient quelques tringles de grêles. Le soleil reprenait de jour en jour sa couleur naturelle. Il montait tous les matins à travers une vendange de nuages, puis il se mettait à rouler doucement sur le sable fin du ciel dégagé; les bêtes de poils, les bêtes de plumes, les bêtes de peau rase, les bêtes froides, les bêtes chaudes, les perceurs de terre, d'écorces, de roches, les nageuses, les coureuses, les voiliers : tout commençait à nager, à courir, à voler, avec des souvenirs d'anciens gestes. Puis tout s'arrêtait, humait le chaud et démêlait du museau, au milieu du grillage tremblant et blond de la lumière, la trace sirupeuse de l'amour. Pendant de longs crépuscules le soleil descendait derrière les vallons sonores dans les appels de bêtes et le ruissellement multiplié des eaux.

Les glaciers fondaient. Ils n'avaient plus que de petites langues amincies dans les cannelures des roches; la montagne couverte de cascades grondait comme un tambour. Il n'y avait plus de petits ruisseaux mais des torrents musclés aux reins terribles et qui portaient des glaçons et des rochers, bondissaient, luisants et tout fumants d'écume plus haut que les sapins, minaient leurs rives profondes, emportaient des lambeaux de forêts. Les eaux, les roches, les glaces, les ossements d'arbres se tordaient en grosses branches d'acier à travers le pays et se déversaient en mugissant dans l'immense fleuve. Lui portait ses larges eaux si loin de son lit ordinaire qu'il ne bougeait presque plus, encombré de fermes désertes, de bosquets, de tertres, de lignes de peupliers; perdus dans des replis de collines, il s'engraissait lentement à plat. Des bords lointains on apercevait seulement là-bas au milieu le moutonnement du grand courant.

Depuis longtemps les houldres avaient quitté la falaise de l'arche pour aller crier le printemps partout. Mais les oiseaux ordinaires revenaient tous les soirs au grand rocher tapissé de lierre et de clématite. Il y avait des fauvettes, des mésanges de toutes les sortes, des rossignols, des verdiers, des carmines, des pies, des corbeaux, tous les habitants de la ronce ou de la forêt, mais rien que des mangeurs de viande. Pas des mangeurs de graines. Ils étaient gras et lourds à ne plus bien savoir ni voler ni marcher. Ils se cramponnaient dans les résilles de branches et de feuilles qui tapissaient le rocher et ils restaient là un moment à se reposer du vol de tout le jour sur le grand pays plein de chaleur et d'espérance. Ils clignaient des yeux, ils tournaient la tête, ils s'aiguisaient le bec, ils s'épuçaient, puis ils se mettaient à se raconter tout ce qu'ils avaient vu ou entendu dire là-haut dans le ciel.

— Plus de glaces, plus de glaces.

— Oui, oui, oui.

— Que si, que si.

— Où, où, où?

— Là-haut, là-haut, sur la dernière cime, celle qui est tout aiguë, tout aiguë.

Alors ils se bousculaient tous les uns sur les autres pour entendre, pour dire leur mot, et ça finissait toujours par un départ de corbeaux parce qu'ils n'étaient pas très habiles à la parole et qu'ils disaient toujours la même chose.

Ce qui les intéressait tous surtout c'était le fleuve. Ils savaient bien qu'il n'allait pas rester toute la vie avec cette largeur. Ils attendaient le retrait des eaux pour aller chasser dans les limons les vers, les sauterelles, les puces d'eau, les cadavres et la graisse brute des œufs de poissons.

Une grosse gelinotte blanche arriva du sud.

— Allons, poussez-vous, poussez-vous, dit-elle, poussez-vous, je vous dis, comment faut-il que je vous le dise?

Dise, dise, c'est le dernier mot de la gelinotte. Juste

après elle va frapper avec son espèce de gros bec pointu. Tout le monde le sait.

— Voilà, voilà.

Trois verdiers s'envolèrent, firent le tour, vinrent s'accrocher plus bas. La gelinotte s'installa sur la branche.

— Allons, allons, allons, dit-elle, et elle se lissa le cou. Il fait bon ici.

— Froid, dit le corbeau.

— Oh! non, dit la gelinotte, il fait bon. En bas c'est déjà plein de fleurs et les saules sentent si fort que ça étouffe.

— Il fait si chaud que ça? dit la fauvette.

— Comment faut-il que je vous dise?

La fauvette sauta vers son trou.

— Chaud, dit la gelinotte. Il y a déjà des feuilles partout, et de l'ombre, et de cette sacrée poussière de fleurs qui étouffe.

— Et des vers, et des vers, dit la mésange, il y en a?

— Oui.

— Ici aussi, là-bas où l'on a enlevé le grand radeau au bord de l'eau.

— Le radeau, dit la gelinotte, je l'ai vu.

— Où?

— En bas loin, du côté de Clape-Mousse. Il descend l'eau.

— Seul?

— Avec des hommes, presque déjà dans le pays des saules.

— Quoi? Quoi? dit le corbeau.

— Si tu veux que je te dise, dit la gelinotte, et elle sauta près du corbeau.

— Oh! moi, moi, moi, dit le corbeau, et il s'envola.

Il tourna un moment au-dessus du rocher, puis il s'en alla vers les ruines de Puberclaire.

Le radeau était épais mais il restait maniable sur les hautes eaux. Il avait un grossier gouvernail de frêne à l'arrière et Antonio avait besoin de toute sa force pour le bouger et il fallait garder la position un bon moment car la masse des cinquante troncs de sapins obéissait un peu en retard. A l'avant, le besson tenait la perche et frappait toutes les épaves. Ils naviguaient sur le bord du fleuve, assez près du grand courant pour être entraînés mais dégagés des vagues et des remous. Ils contournaient des îlots d'arbres, des collines et des champs d'eau mince ridés de vent.

Ils avaient essayé de tendre une bâche au-dessus des deux femmes. Ça n'avait pas tenu. Ils venaient de traverser deux jours de pluie et de vent et, en plus du vent du ciel, il y avait au ras du fleuve le vent du fleuve, l'air emporté par les eaux, une force soudaine en remous et en gouffres dont le poids sur la bâche contrariait le gouvernail. Ils avaient manqué s'ensabler à plein large.

Alors ils avaient fait au milieu du radeau une sorte de fer à cheval avec les bagages : une grosse malle donnée par Toussaint, les sacs, la bâche roulée, le lest, et les deux femmes s'abritaient là pendant le jour et dormaient là pendant la nuit. Car, depuis le départ de Villevieille ils n'avaient plus touché rive. D'abord, ils voulaient s'éloigner vite et puis, surtout, il n'y avait plus rien de solide et d'ordonné sur ces rives pétries de printemps, toutes haletantes de cascades et de pluie. Il valait mieux faire large et descendre vers ce sud tiède d'où montaient des parfums d'arbres.

A l'avant était le besson, à l'arrière Antonio. Au milieu, dans le nid des bagages, Gina et Clara. Elles étaient serrées là-bas dedans l'une contre l'autre avec chacune leur grand manteau de montagnardes. Gina avait mis le capuchon mais Clara restait tête nue sous la pluie.

— Couvre-toi, avait dit Antonio.

Elle avait répondu :

— Si je me couvre les oreilles et si je me mets cette laine dans le nez c'est comme la mort. Laisse-moi libre, je profite, je n'ai pas froid.

De temps en temps on voyait le petit visage de Gina sous le capuchon. Elle regardait peureusement à droite et à gauche, la tête un peu dans les épaules. Elle était effrayée de ce large d'eau, du besson planté pieds nus sur les sapins et qui luttait à la pique avec des épaves dix fois grosses comme lui, d'Antonio arc-bouté contre la barre du gouvernail, de cette pluie sauvage qui hachait les mots, les bruits et mordait les joues.

Elle se serrait contre Clara. L'aveugle lui touchait les mains, lui tâtait les poignets sous les manches.

— C'est le printemps, disait Clara, ça va être le cœur du printemps.

— A quoi le sais-tu?

Et Gina regardait les yeux morts toujours pareils à des feuilles de menthe.

— Ça sent, disait Clara, et puis ça parle.

Et, de son doigt, elle montrait le bruit des eaux, le bruit des eaux grasses dans le fleuve, le bruit des eaux claires ruisselant des rochers et des montagnes, là-bas sur les rives. Elle montrait des épaisseurs de pluie dont le battement d'ailes était plus sombre, des écroulements de terre — et elle montrait les écroulements de terre avant que Gina ait entendu le bruit.

— Comment fais-tu?

— L'odeur, dit Clara. L'odeur de terre est venue tout d'un coup. C'est de l'argile. C'est le bord d'un pré qui est tombé, ça sent la racine.

Et Gina la regardait, là, pliée dans son manteau; ce corps de femme, ce beau visage fermé comme une pierre, aigu comme une pierre, ce visage qui ne bougeait pas, ce visage sans yeux. Elle sentait sur son poignet le bracelet un peu osseux de cette main.

— Le pré, comment sais-tu?

— Je marchais dedans à quatre pattes quand j'étais petite, disait Clara. J'entendais dire : le pré. Je disais : « Qu'est-ce que c'est, le pré ? » Mon père tapait du pied dans l'herbe. « C'est ça », disait-il. Je l'entendais taper du pied près de moi. Et je l'appelle pré, moi, cette odeur de plantes. Tu sais, ces choses craquantes qu'on écrase entre les doigts et ça sent une odeur...

Elle s'approcha de l'oreille de Gina.

— ... une odeur d'enfant, ou comme quand un homme est couché sur toi.

— Je connais, dit-elle, la pâquerette, le bouton-d'or, l'avoine, l'esparcette. Ce n'est peut-être pas les mêmes que vous appelez comme ça, ça ne fait rien, c'est des noms. C'est pas les noms qui comptent, dit-elle, Gina, tu m'écoutes ?

— Je t'écoute.

— C'est pas les noms. Je ne sais pas comment te dire. Si tu fermais les yeux pendant longtemps et que tu t'habitues à tout avec ton corps, et puis si tout changeait pendant ce temps, le jour où tu ouvrirais les yeux de nouveau tu saurais tout, c'est comme ça. Toutes les choses du monde arrivent à des endroits de mon corps (elle toucha ses cuisses, ses seins, son cou, ses joues, son front, ses cheveux), c'est attaché à moi par des petites ficelles tremblantes. Je suis printemps, moi maintenant, je suis envieuse comme tout ça autour, je suis pleine de grosses envies comme le monde maintenant.

Il y avait une odeur de limon, d'herbe, de pluie chaude.

— Tu n'as plus peur ?

— Non, dit Gina.

— Tire à gauche, cria le besson.

Antonio tira de toutes ses forces la grande barre vers la gauche.

Le toit d'une ferme émergeait de l'eau.

Le radeau talonna un peu sur une chose cachée puis il s'arracha, contourna la toiture, reprit l'aise plate. On

s'avançait vers une grande colline entièrement prisonnière des eaux.

— On devrait piquer plus sur le large, cria Antonio.

Le besson s'approcha du gouvernail.

— Trouver le grand courant, dit Antonio, et galoper
droit vers en bas.

— Non, dit le besson, cet endroit-là, je le connais.
On ira bonne erre pendant trois heures et, à la nuit,
on sera dans un treillis de boqueteaux noyés et de sables
rasants. Le mieux, c'est de profiter de ça.

Il montra la colline.

— On se met à terre, on fait du feu, on dort. C'est
franc.

Il montra les eaux tout autour.

— Allons, dit Antonio.

On était à peu près à la moitié de l'après-midi. Depuis
le matin, ils naviguaient hors de la pluie. Les nuages
dispersés balançaient l'ombre et la lumière comme les
ramures d'un verger. Le soleil descendait dans l'Ouest.

La colline était couverte de grandes yeuses crépues,
couleur de fer. Elle avait une odeur de terre déjà sèche.
Elle était comme un moyeu avec tous les rayons du soleil
rouant autour d'elle. Le radeau entra dans son ombre.
La crue du fleuve avait rempli tout un vallon. C'était
un port dans des châtaigniers. Les feuillages trempaient
dans l'eau. Au fond de l'anse, trois sapins adolescents
luisaient au bord d'un pré. Un ruisseau silencieux comme
de l'huile coulait dans de la mousse noire. Sur ce rivage,
l'eau du fleuve dormait. Elle clapotait doucement dans
les branches des arbres. L'air paisible était tout criant
du grésillement des courtilières, des grillons et des sauterelles.

Le besson amarra le radeau aux jeunes sapins. Le
cordage écorcha l'écorce blanche. La résine coula. Son
odeur éveilla l'odeur de toutes les sèves. Un châtaignier
commençait à fleurir. Il était plus haut que les autres.

De sa cime écrasée de soleil couchant coulait une odeur de levain.

— L'herbe est sèche, dit Gina.

— Je voudrais savoir, dit le besson, si l'eau nous entoure. Hier, j'ai vu galoper là-bas à droite toute une cavalcade, et le troupeau des taureaux marchait sur la crête des montagnes comme une forêt.

— Je vais voir, dit Antonio.

II

C'était déjà une terre du Sud, avec de la poussière et des cailloux ronds. Le sous-bois d'yeuses était sans mousse et clair. Des bêtes couraient en faisant écumer les feuilles sèches.

Antonio guidait Clara en la tenant par la main. Elle le suivait, baissant la tête, elle cachait son front dans son bras replié pour se protéger des branches.

Au sommet de la colline ils se couchèrent dans l'herbe frisée. Le débordement du fleuve les entourait de tous les côtés. C'était bien une île protégée par le grand courant et la large étendue des eaux. Sur la crête des montagnes, rigides dans le soir, il n'y avait que des forêts immobiles. Seule, là-bas sur la pointe d'Uble, une silhouette noire bougeait. Ça semblait un cavalier debout sur la cime avec son manteau gonflé de vent. Ça pouvait être un arbre.

Le printemps du Sud montait des forêts et des eaux. Il avait déjà conquis le soir et la nuit. Il était le maître de la longueur des heures. Les hautes montagnes de glace déchiraient le Nord; une drapille de nuages battait sur leurs flancs. Mais on ne sentait plus le froid. Les poissons sautaient. Un renard mâle appelait d'une petite voix plaintive. Des tourterelles grises volaient contre le soleil et le bout de leurs ailes s'allumait. Les martins-pêcheurs couraient sur l'eau. Des grues lancées vers le nord comme des flèches passaient en criant. Des nuages de canards écrasaient les roseaux. Un esturgeon à dos de cochon nageait sur l'eau. Le soleil étincelait dans ses écailles. Un nuage de boue suivait le flottement de sa queue. Un immense verger d'arbres à chatons, d'arbres à bouquets, d'arbres à petites fleurs aiguës comme des fleurs de blé, tous fleuris, barrait le fleuve en bas. L'eau les baignait jusqu'aux épaules. Des remous balançaient les branches. Le pollen fumait dans le soir comme le sable sous la danse des poulains. Les loutres plongeaient dans des gouffres et sortaient luisantes et lisses comme des balles de fusil. Des belettes miaulaient. Une fouine dépassa la lisière en un bond de feu. Un loup hurlait du côté d'Uble. Un essaim d'abeilles haletait, perdu dans le ciel. Des martinets frappaient l'eau avec leurs ventres blancs. Du frai de poisson animé par les courants profonds ouvrait et fermait sur le plat du fleuve ses immenses feuillages mordorés. Des brochets claquaient des dents. Les anguilles nageaient dans des bulles d'écume. Les éperviers dormaient dans le soleil. Les sauterelles craquaient. Le vent du soir faisait flotter le doux hennissement du fleuve.

Le soleil se coucha.

— Je voudrais te faire voir, dit Antonio.

— Vous avez tous beaucoup de souci, dit Clara, et moi je vois beaucoup plus loin que vous.

— Voilà que le soir est venu, dit Antonio, et toutes les choses me parlent de toi. Tes cheveux sont comme les sapins de la montagne.

— Je me demande, dit Clara, ce que ça peut être ce que vous dites : voir! puisque, chaque fois, ça vous trompe.

Elle était face au couchant, son fin visage un peu maigre presque sifflant, ombragé de ses lourds cheveux noirs, son front, ses tempes perdues, sa bouche mince et profonde, ce hâle de seigle, ses yeux pleins de vert jusqu'à leurs bords et d'un ovale pareil aux tendres feuilles de la menthe.

— Je me souviens, dit Antonio, de la chose que ça a été de te voir la première fois. Sur le moment ça n'a pas été terrible, mais par la suite...

Elle resta silencieuse.

— Tu as marché à côté de moi sur toutes les routes, dit-il, que je veille ou que je dorme je te revoyais.

— Voir et revoir, dit-elle.

Elle toucha ses yeux.

— Alors, du profond de ce pays où tu étais parti tu pouvais me revoir avec tes yeux?

— Non, dit-il, tu étais vivante dans ma tête, avec ta liberté, et tu faisais parfois des choses bonnes pour toi, mauvaises pour moi. C'est ça le terrible.

— Je vois beaucoup mieux que toi, dit-elle.

La nuit était venue.

— ... écoute, le gros poisson est en bas sur la rive. Il s'est couché contre le bord. Comment dis-tu le nom de cette chose qui sent à la fois l'eau et la terre et qui doit être le mélange?

— La boue, dit-il.

— Il bouge doucement sa queue dans la boue. Il est sous ces arbres qui sentent comme l'amour de l'homme. Quel est son nom?

— Je ne sais pas, dit-il.

— Je te ferai connaître et puis tu sauras, et puis tu me diras. Dans toute la colline il y a des pattes, des ongles, des museaux, des ventres. Entends-les! Des arbres durs, des tendres, des fleurs froides, des fleurs chaudes. Là-bas derrière un arbre long. On entend son bruit tout droit. Il fait le bruit de l'eau quand elle court. Il a de longues fleurs comme des queues de chats et qui sentent le pain cru.

On entendait bruire un peuplier.

— Tu le vois?

— C'est la nuit, dit-il.

— Qu'est-ce que ça peut faire? Ta femme est bien savante, dit-elle. J'ai peur que tu me prennes pour une petite fille. Je te connais depuis le moment où tu m'as touchée avec ta main, même avant. Depuis le moment où je t'ai connu au pied de mon lit. Tu ne disais rien. Tu respirais. Et moi j'ai dit : « Vous êtes trois et non pas deux. Il y en a un qui est là et ne parle pas. » Et j'ai dit : « Je veux qu'il sorte. » Je ne voulais pas que tu me connaisses dans ce lit de malade avec mon odeur d'accouchée. Les autres, tant pis, mais toi, j'aurais voulu que tu me connaisses avec ma jupe de faille qui bouge autour de moi comme du blé mûr, mon capucet sur les cheveux, et que je sois assise dans l'herbe des prés, au mois de mai, au bon soleil, toi venant à travers les fleurs comme les chansons.

Antonio resta un long moment sans parler.

— Je vais te dire ce que tu attends, dit-elle.

— Je mentirais..., dit-il.

Elle dit très vite :

— Il ne faut pas mentir. Ça ne peut pas servir parce que j'entends les mots un peu avant qu'ils soient sur la bouche et, quand tu parles à toi, je t'entends. J'ai été vite mûre, dit-elle au bout d'un silence. (Elle écoutait un soupir du fleuve et des arbres.) Des fois, selon où je suis, j'entends dire autour de moi : la fille, et j'entends cette petite fille qui parle avec des moitiés de mots, des bouts de choses de rien, comme les oiseaux. Je ne me souviens pas, je n'ai jamais été une petite fille comme ça.

« Mon père était un homme qui avait deux voix. Une voix simple et, dans celle-là, il était ce qu'il était vraiment. Une voix faite de tout, et alors là, on en avait la tête tournée à ne plus rien pouvoir démêler de ce qui était la méchanceté, la peine, toujours plus de méchanceté, toujours plus de peine, des choses profondes, du mal et des envies de mal et un petit filet au fond de cette voix comme un chien qui lèche ses coups. Il parlait souvent avec cette voix. Elle s'accordait avec son pas d'arrivée comme il lançait sa hache dans le coin. Un jour, toute seule à la maison, j'étais allée toucher la hache chaude de manche, froide de fer, avec un bord blessant — sa voix s'accordait avec son poids sur le parquet et le grincé du banc quand il s'asseyait. Je me disais : " Ah! Dieu! " comme je l'avais entendu dire à ma mère, et il commençait à parler avec sa voix mauvaise. Qu'est-ce que j'avais à cette époque? Très peu. Cinq ans peut-être. Ma mère n'avait pas de voix à elle. Elle disait : " Ah! Dieu! " Dehors, des arbres, d'abord deux, sans odeurs d'arbres. Ils étaient trop près de la maison, ils sentaient encore la maison, l'ardoise, les écœurs de bois, la fumée. Puis de l'herbe, un petit ressaut de terre et alors des arbres : d'abord un endroit où ils étaient plantés loin l'un de l'autre comme mes deux bras ouverts. Arrivée là je sentais le frais sur ma tête. Les branches étaient sur moi. A ce moment de l'année ils avaient une odeur de miel et chantaient comme des ruches. A la fin de l'année ils font des pommes, on en trouve dans l'herbe. Plus loin des arbres serrés l'un contre l'autre, des gros troncs, des petits, des écorces lisses comme de la peau, des grumeleuses, de tout, des épines, et puis là, si on entre, du froid. Du beau froid tout d'un coup. Et un grondement qui vient du fond des arbres comme quand on est au bord d'un trou et qu'on écoute. Ne crois pas que je cherche, dit-elle, je pense à ce que tu attends et je vais te le dire. Mais tout ça sert. Pour mon excuse.

« S'il y a excuse à demander.

— Il n'y a pas d'excuse à demander, dit-il, je ne crois pas qu'il y en ait un mieux dans la vie que moi. Et puis...

— Et puis, dit-elle, voilà comment tout ça s'est fait.

— Ce n'est pas ce que je veux dire, dit-il, je veux dire : et puis je t'aime.

La nuit était venue toute noire avec un grand ciel double rempli d'étoiles dans le ciel et dans le reflet des eaux.

— Donc, d'abord, dit Clara, tout ça est assez long. Moi, pendant ce temps, avec la double voix de mon père, les arbres, l'herbe, le chaud, le froid, et puis un nouveau plaisir qui me venait peu à peu : l'odeur. La voix de mon père était de moins en moins double. Sa vraie voix, je ne l'entendais plus que quelques fois rares. Ma mère ne gémissait plus, elle était morte un jour. Presque le temps où je trouvais l'odeur, vers le moment où elle eut encore le temps de me rassurer sur une chose de femme qui se faisait dans ma transformation. Alors, tu me vois ?

— Oui, dit-il.

— Je dis exprès ton mot à toi, dit-elle, pour te faire comprendre comment moi je vois.

« Cette petite fille c'était moi. Calcule. »

Le vent. Le fleuve. L'appel nocturne des bêtes.

— Donne-moi ta main, dit-elle.

Elle maria ses doigts à ses doigts.

— Tu veux savoir comment j'ai eu mon petit enfant, et je vais te le dire.

— Si tu crois que je te le demande, dit Antonio, tu te trompes.

— Ta bouche dit ça parce qu'on se fait toujours fort avec sa bouche, mais ton corps me le demande.

Elle serra la main d'Antonio.

— ... O mon garçon, dit-elle, ô le pêcheur et le chasseur, ô celui qui coupait la viande de sanglier, ô roi de la montagne ! Et alors, dis-moi : c'est toi qui pêches les poissons avec tes mains ? C'est toi qui nages ? C'est toi qui marches dans les roseaux ? C'est toi qui cherches la ruse pour attraper le congre comme tu disais au bouvier l'an dernier près de la porte de la cabane, et nous étions deux à t'écouter, bouche ouverte : lui et moi dans mon lit toute faible, avec ta voix qui me faisait le grand serpent d'eau dans les oreilles. C'est toi, dis?

— C'est moi, dit Antonio.

— Alors, ça va aller, dit-elle, parce qu'il faut que nos corps soient bien accordés.

« Pour le petit enfant, c'était obligé, tu comprends?

— Oui, dit Antonio.

— Je voudrais que ce soit une chose bien comprise, dit-elle, et pour ça il faudrait que je te dise et des mots et des mots, et que je t'explique des choses que tu connaîtras toi-même par la suite dans moi.

— Il y a une chose, dit-il, qui peut-être te fera plaisir. Voilà : quand je t'ai laissée dans la maison de la mère de la route, nous avons marché, Matelot et moi. C'était la nuit comme maintenant et je me suis dit et redit tout le long : elle ne voit pas! Elle ne voit pas toutes ces étoiles comme maintenant si tu voyais. Et j'avais envie de te faire voir, de te donner, tu comprends?...

— Je comprends, dit-elle. Mais pourquoi me dis-tu ça juste quand je te parle de cet enfant et quand je vais te dire tout ce qu'il y a eu avant, tout, tout. Il y a toujours beaucoup de choses avant un enfant.

— Parle, ma petite fille, dit-il, tu sauras après pourquoi j'ai dit ça maintenant.

— Voilà que je ne sais plus, dit-elle.

— Voilà que moi je sais, dit-il.

« Tu es comme une qui est montée plus lentement que moi dans la montagne. Voir me trompe? Tais-toi, avec bien du temps rien ne trompe. La vérité c'est que tout doit obéir.

— Oui, dit-elle, voilà que maintenant moi je sais aussi juste ce qu'il faut dire. J'ai connu le pré, le verger de pommiers, la forêt, le troupeau de mon père, tout. La vérité c'est que, que tu sois une chose ou l'autre il faut vivre, c'est obligé, mais j'aurais dû te trouver avant.

— Tu m'as trouvé quand il fallait que tu me trouves, dit-il, tu verras.

Il dégagea sa main, il toucha ce visage qu'il ne voyait plus. Il s'approcha d'elle à travers l'herbe, il l'entoura de ses bras.

— Parce que j'en reviens toujours à la nuit, dit-il avec un petit rire, et c'est comme un petit qui a trouvé le b-a ba.

« Tu ne peux pas sentir les étoiles ni les toucher, je veux te donner des étoiles.

« Et maintenant, viens ma petite fille. En bas le besson a allumé du feu. »

III

Ils levèrent le camp à l'aube. Le port du châtaignier
était encore plein d'ombre.

Le besson défaisait le nœud d'amarre.

— Attendez, mes beaux enfants, dit Antonio.

Il entra dans l'eau. Elle était éclairée par le reflet du
jour levant sur les yeuses. Sur le fond de roche une
truite bleue battait lentement des ouïes. Elle dormait.
Il lui caressa le ventre puis il la serra sous les nageoires
de tête et il la dressa en l'air toute fouettante.

— L'avoine est bonne, dit le besson. Voilà que les
poulains se mettent à jouer dès l'aube.

« C'est vrai, se dit Antonio, voilà que je joue dans le
monde maintenant. »

Le besson dénoua soigneusement le nœud, il roula la
corde, il arrangea les paquets, il essaya l'aplomb du
radeau.

Antonio regardait la truite prise. Elle battait encore
de la queue, elle ouvrait ses nageoires roses, elle les claquait, elle bâillait avec du sang dans les dents.

— C'est pour le dîner, dit-il.

— A quatre? demanda le besson.

— J'en pêcherai d'autres, dit Antonio.

— Je veux arriver demain matin, dit le besson.

Des brumes traînaient sur le fleuve et dans la montagne pleine d'un mystère d'argent. Le monde commençait à chanter doucement sous les arbres.

Antonio regardait la pointe d'Uble. Elle était toute propre, haut dans le ciel, nette comme le bout d'un doigt.

— Hier soir, il y avait quelqu'un là-haut, dit-il.

Le besson s'arrêta de faire danser le radeau.

— Je crois, dit-il, que la bataille est finie.

Il avait mis ses mains sur ses hanches, tournait la tête de droite et de gauche comme un homme qui compte autour de lui le travail du jour.

— Je veux arriver demain matin, dit-il, monter à Nibles et commencer. Il me faut seize kilos de clous, trente charnières à trois par fenêtre et par porte, deux serrures. En attendant, Gina couchera dans la maison de Charlotte.

Le matin fleurissait comme un sureau.

Antonio était frais et plus grand que nature, une nouvelle jeunesse le gonflait de feuillages.

« Voilà qu'il a passé l'époque de verdure », se dit-il.

Il entendait dans sa main la truite en train de mourir. Sans bien savoir au juste, il se voyait dans son île, debout, dressant les bras, les poings illuminés de joies arrachées au monde, claquantes et dorées comme des truites prisonnières. Clara assise à ses pieds lui serrait les jambes dans ses bras tendres.

— Jeunesse, dit-il.

— Tout fini, dit le besson.

— Je me parle, dit Antonio.

Le radeau sortait du port à la perche. Une risée de courant l'enleva comme il émergeait de l'ombre et il entra dans le printemps.

Antonio reprit le gouvernail.

Les arbres appelèrent. Un peuplier disait :

« Adieu, adieu, adieu, avec ses petites feuilles neuves et le peu de vent. »

Un sapin noir à moitié enfoncé dans le fleuve haussa sa gueule d'ombre ruisselante d'eau.

« Où allez-vous, les grands enfants, où allez-vous les grands enfants. »

Vers le milieu du jour ils traversèrent le large verger de châtaigniers qui barrait le fleuve. Ils l'abordèrent doucement, sans bruit. Ils courbèrent le dos, le radeau glissa sous les arbres. Une grande chose était en train de s'accomplir ici. Les feuillages touchaient presque le fleuve. Ils étaient pleins de soleil mais la grande illumination venait des fleurs. Des étoiles. Comme celles du ciel, plus larges que la main avec une odeur de pâte en train de lever ! Une odeur de farine pétrie, l'odeur salée des hommes et des femmes qui font l'amour ! L'eau calme était couverte de poussière jaune. Le radeau écartait des brouillards de pollen.

Clara tourna son visage vers Antonio.

— Tonio !

Elle avait presque crié avec un roucoulement dans la gorge comme les pigeonnes.

Elle resta lèvres entrouvertes à mordre le nom.

Antonio conduisait.

Il regardait là devant le mystère des ombres et l'éclat des fleurs. Il faisait entrer le radeau dans l'ombre puis dans la lumière. Il savait si Clara voulait l'ombre. Il le voyait au mouvement de cette bouche, au pli qui courait sur la joue, au soupir. Il poussait le radeau dans l'ombre. Il savait si Clara voulait la lumière. Il poussait le radeau dans la lumière. Il savait si Clara voulait des branches. Il poussait le radeau dans les feuillages bas et le visage de Clara écartait les feuilles fraîches. Il sentait qu'elle avait soudain besoin, grand besoin tout de suite de fleurs, de cette odeur de bête chaude et il tirait la barre de toutes ses forces, et le radeau frappait du flanc contre le tronc des arbres, et la poussière des fleurs tombait sur Clara, et elle avait alors de longs soupirs sombres et un grand détachement dans son corps comme si tous ses nerfs se dénouaient.

Il était dans Clara. Il savait ce qu'elle voulait mieux qu'elle. Il voulait ce qu'elle voulait. Sa joie était sa joie. Il était entouré d'elle. Son sang touchait son sang, sa chair contre sa chair, bouche à bouche, comme deux bouteilles qu'on vide l'une dans l'autre et puis on renverse encore et elles s'illuminent l'une l'autre avec le même vin.

A la proue, le besson était assis.

Gina le regardait. Elle avait des élans vers lui, puis elle se mordait les lèvres et elle tordait ses mains.

Lui, les bras pendants, attendait qu'on ait traversé.

Antonio pensait :

« Là-bas devant le trou d'ombre. Elle ne sait pas que je vais la lancer là-dedans. »

Il tirait la barre. Clara frissonnait.

« Elle commence à savoir », pensait-il.

Il guettait sur le visage l'approche de la fraîcheur. Puis, d'un seul coup, il poussait le radeau en plein dans le gouffre d'ombre, la farine des fleurs poissait les cils, les feuilles raclaient les joues, les branches craquaient, Clara gémissait :

— Tonio! dans le craquement des branches.

Elle le remerciait avec son sourire, son halètement, sa façon de mordre son nom au blanc des dents.

Enfin, au fond des arbres, Antonio vit le grand jour et l'eau libre. Il sentit que Clara avait faim et soif de finir.

Il lança le radeau hors du verger, dans un énorme soleil dont le poids faisait frémir comme du froid.

Clara revint se coucher entre les bagages.

— Approche-toi, dit Gina.

Et elle la serra dans ses bras. Elle appuya sa tête contre ses seins. Elle resta là à respirer du même souffle long.

Clara lui caressa les joues.

— Tu pleures?

— Oh! non, dit Gina, c'est le soleil.

Elles s'allongèrent toutes les deux sur leur lit de couvertures et elles commencèrent à dormir, doucement. De temps en temps elles soupiraient.

Vers le soir le guetteur reparut à la pointe d'Uble. On le voyait bien maintenant. Ce n'était pas un arbre. C'était un gros homme à cheval. Il était seul. Il regarda passer le radeau devant lui, au fond de la vallée. Il le regarda s'éloigner vers le sud puis s'effacer dans la nuit.

Le courant portait dru. Il n'y avait plus à craindre les souches et les hauts-fonds. On était sur le gras de l'eau. Il ne restait plus qu'à donner de temps en temps de petits coups de gouverne. Au fond de la nuit, on entendait souffler les gorges.

Au jour levant, on touchera l'île des Geais.

Le besson vint s'asseoir à côté d'Antonio.

Les femmes dormaient.

— Ça va? dit le besson.

— Ça va, dit Antonio.

— Ces clous, dit le besson, ces clous longs de deux troncs que mon père achetait, ça serait pas des fois chez le forgeron de Perey-le-Terroir?

— Non, dit Antonio.

Il pensait que maintenant, Clara et lui, tout le temps ensemble...

— C'est du côté de Vuitebœuf, dit Antonio, je crois, chez un qui a trouvé des pierres à fer sur la colline et qui fait la fonderie.

— Savoir s'il en fait toujours, dit le besson.

Antonio pensait qu'il avait beaucoup de choses à lui apprendre, qu'elle était neuve, qu'elle n'avait encore rien senti, rien touché de vrai...

— Et s'il voudra m'en vendre? dit le besson.

— Pourquoi non?

— J'irai le voir, dit le besson, on passe par où?

— Villars-le-Terroir, dit Antonio. Prevouloup, les fonds de Combeyres, mont de Lavaux, puis tout droit, Orges ça s'appelle.

— Trois jours?

— Plutôt cinq, dit Antonio.

— Petit voyage, dit le besson.

Antonio pensait qu'il allait être libre et la garder près de lui dans l'île. Tout doucement. Pas à pas. Peut-être me l'attacher à moi avec la courroie quand nous irons vers les marais. Pour qu'elle marche où je marche. C'est plus sûr.

— Ce que je veux faire, dit le besson, c'est une bonne maison, avec de grands clous. Solide. Je vais laisser Gina chez Charlotte. J'irai à Orges. J'ai pensé à ces clous tout le temps. Qu'est-ce que tu en penses?

— Rien, dit Antonio.

Il se souvenait du temps où il était seul.

— Au couchant, dix mètres de mur, dit le besson, Au levant, deux fenêtres, la porte. Au nord la souille. le grainier et un bon silo pour les raves, et puis devant une terrasse, trois piliers, un auvent, qui couvre tout.

« Après-demain, je pars pour Orges, qu'est-ce que tu en penses?

— Rien, dit Antonio.

Il pensait qu'il allait prendre Clara dans ses bras et qu'il allait se coucher avec elle sur la terre.

ŒUVRES DE JEAN GIONO

Aux Éditions Gallimard

Romans – Récits – Nouvelles – Chroniques

LE GRAND TROUPEAU.

SOLITUDE DE LA PITIÉ.

LE CHANT DU MONDE.

BATAILLES DANS LA MONTAGNE.

L'EAU VIVE.

UN ROI SANS DIVERTISSEMENT.

LES ÂMES FORTES.

LES GRANDS CHEMINS.

LE HUSSARD SUR LE TOIT.

LE MOULIN DE POLOGNE.

LE BONHEUR FOU.

ANGELO.

NOÉ.

DEUX CAVALIERS DE L'ORAGE.

ENNEMONDE ET AUTRES CARACTÈRES.

L'IRIS DE SUSE.

POUR SALUER MELVILLE.

LES RÉCITS DE LA DEMI-BRIGADE.

LE DÉSERTEUR ET AUTRES RÉCITS.

LES TERRASSES DE L'ÎLE D'ELBE.

FAUST AU VILLAGE.

ANGÉLIQUE.

CŒURS, PASSIONS, CARACTÈRES.

LES TROIS ARBRES DE PALZEM.

MANOSQUE-DES-PLATEAUX *suivi de* POÈME DE L'OLIVE.

LA CHASSE AU BONHEUR.

Essais

REFUS D'OBÉISSANCE.

LE POIDS DU CIEL.

NOTES SUR L'AFFAIRE DOMINICI, *suivies d'un* ESSAI SUR LE CARACTÈRE DES PERSONNAGES.

Histoire

LE DÉSASTRE DE PAVIE.

Voyage

VOYAGE EN ITALIE.

Théâtre

THÉÂTRE (Le Bout de la route – Lanceurs de graines – La Femme du boulanger).

DOMITIEN, *suivi de* JOSEPH À DOTHAN.

LE CHEVAL FOU.

Cahiers Giono

1 et 3. CORRESPONDANCE JEAN GIONO – LUCIEN JACQUES.
   I. 1922-1929.
   II. 1930-1961.

2. DRAGOON, *suivi d'*OLYMPE.

4. DE HOMÈRE À MACHIAVEL.

Cet ouvrage a été composé
et achevé d'imprimer par l'Imprimerie Floch
à Mayenne, le 4 mars 1991.
Dépôt légal : mars 1991.
1er dépôt légal dans la même collection : décembre 1971.
Numéro d'imprimeur : 30520.

ISBN 2-07-036872-6 / Imprimé en France.